W0182369

Martin Becker

Die Arbeiter

Roman

Luchterhand

Für Kathrin, Rudi und Benno.

»Geschichte wiederholt sich nie /
Aber sie reimt sich immer ein Mal«

Spinvis, Oostende

»… und schaffe selig zu werden mit Furcht und Zittern.«

Inschrift in der protestantischen Kirche St. Laurentius, Tönning

Prolog

Da kommen wir her. Aus der Kleinstadt, aus dem Reihenhaus. Das sind wir. Mit Unterhemd, Sonnenbrand und Kippe auf dem Zahn. Mit glasigem Blick an Weihnachten und heiligem Ernst zur Konfirmation. Mit Mama, Papa, zwei Töchtern und zwei Söhnen. Mit Schwarzwälder Kirschtorte vom Fließband, zu früh auf dem Tisch, noch gefroren, zum Geburtstag viel Glück. Wir arbeiten uns den Arsch aus der Hose. Unter Tage ist es finster, in der Schmiede heiß, in der Wäscherei stickig. Manchmal dürfen wir ans Wattenmeer, verdorrich nochmal, ist das schön. Selbst im stinkigen Schlick. Bald ziehen wir ganz hin, wenn wir sechs Richtige haben, irgendwann sind wir dran, dann stehen wir in der Zeitung.

Bis die Lottofee kommt, läuft das Ganze so: Mein Vater steht auf, geht malochen, kommt nach Hause. Isst Schweinebauch, Kotelett, Frikadellen, gut für die Kraft, ruht sich aus, nimmt uns mit zum Einkaufen, setzt sich nach dem Abendbrot (Aufschnitt, Fleischwurst, Salami) vor die Glotze und trinkt. Mal ist das Knie dick, dann legt er Eis drauf, mal kriegt er Spritzen gegen die Piene im Rücken, davon wird er böse, dann geht man ihm aus dem Weg. Ansonsten helfen Hausmittel: samstags eine Kiste Bier und eine Flasche Schnaps. Sonntags ein Liter Rotwein aus dem Tetra Pak. Früher hat ihn das auch böse gemacht, aber das ist lange her. Meine Mutter trinkt gar nichts mehr, sie haben ihr im Schützenverein mal Korn ins Bierglas gekippt, um sie so richtig stramm zu sehen. Zu runden Hochzeitstagen machen die Eltern was für sich, dann zieht mein Vater das weiße Hemd mit Kragen unter den Pullover und meine Mutter holt ihren Weihnachtsrock mit farblich exotischer Weste aus dem Schrank. Elegante Damenmode vom Quelle-Versand mit Sammelbestellerrabatt, auch das geht auf Raten. Sie reden schon Tage vorher davon, was sie beim Chinesen essen, sie nehmen jedesmal die Ente. Eigentlich trägt meine Mutter von morgens bis abends ihre geblümten Küchenkittel aus Polyester. Sie steht auf, macht die Kinder fertig, kümmert sich um den Haushalt. Beim Bügeln in der Waschküche schiebt sie die Kassette mit Heintje in den Rekorder und stellt laut, *Mama, du sollst doch nicht um deinen Jungen weinen, ich bau dir ein Schloss, du wirst schon sehen,* und dann kommen ihr die Tränen.

Das Auto ist aus dritter Hand und rostbraun und rostig. Helmut Kohl wird Bundeskanzler. Die Fassade streichen zu lassen ist schweineteuer, das macht mein Vater selbst. In Tschernobyl explodiert ein Atomreaktor. Im Erdbeernetz im Garten verheddert sich eine Amsel und stirbt vor Aufregung. Über Lockerbie wird ein Flugzeug gesprengt und die Passagiere hängen tagelang in den Bäumen, zum Glück fliegen wir nie. Das Auto ist jetzt hellblau und ein Kleinwagen, uns fährt jemand rein, und die Versicherung zahlt nur den geringen Restwert. So ein Arschloch. Die Mauer fällt, auf dem Balkan ist Krieg, Dagobert erpresst

Karstadt, in Eschede entgleist ein ICE. Unser Auto ist ein metallicgrauer Opel, der macht was her. Bei der Tombola des Firmenjubiläums in der Fabrik meines Vaters gewinnt meine Mutter eine Weinfahrt nach Boppard und verschenkt sie gleich weiter. Wegen der Kinder, wie soll das denn gehen. Trotzdem blättert sie am Küchentisch im Hotelprospekt und sagt wochenlang, so fühlen sich reiche Leute, Mensch, so muss das sein.

So vergehen die Achtziger und die Neunziger, und die Lottofee bleibt weg. Wir sehen ein letztes Mal Ebbe und Flut, und dann ist es vorbei. Mein Vater stirbt. Meine Mutter stirbt. Und dann auch noch eins von ihren Kindern. Das waren wir. Eine Familie aus der Vergangenheit. Aus der Kleinstadt, aus dem Reihenhaus. Das nie ganz uns gehörte. Wie alles. Ohne Geld, mit geringer Lebenserwartung. Arbeit taktet die Tage durch, bis sie stottern, bis sie gezählt sind.

I

Ebbe

Meine Mutter meint: Ach, schön hier. Mein Vater hat schon das Poloshirt ausgezogen und trägt sein Feinripp-unterhemd. Ruhrpottsmoking. Ich leg mich hin, ruft er mir zu. Du holst die Koffer aus dem Auto und dann fängst du mir Würmer. Wenn ich aufstehe, geh ich angeln. Ich nicke. Man kann das Meer von hier aus nicht sehen, niemals. Aber man kann es riechen, überall. Schmeckst du das Salz auf den Lippen? Seit Tagen schon. Wir sind an der Nordsee. Nicht direkt, wir sind doch unserem Geld nicht böse, sagt meine Mutter. Wir wohnen in Petersgroden, wie jedes Jahr. Eine Ferienwohnung mit schlichter Ausstattung und vielen Fliegen. Gegenüber hat der Milchbauer seinen Stall, hundert Kühe treibt er jeden Tag von der Weide über die Landstraße zu den Melkmaschinen.

Das mit den Regenwürmern hat mir mein Vater so erklärt: Früher haben sie die mit Strom gejagt, das war einfacher, aber dann sind ein paar Blödmänner dabei draufgegangen. Nimm eine alte Pulle, tu Wasser rein und Spülmittel, nicht zu viel, nicht zu wenig, das verteilst du, dann juckt den Viechern der Pelz und sie kommen gucken, was da los ist.

Mein Vater liegt auf dem Bett, seine Oberarme kräftig und muskulös, die flache Hand ruht auf der Stirn. Er ist gleich eingeschlafen und schnarcht, kaputt von der Fahrt, kaputt von den Wochen davor. In der Fabrik haben sie was an der Produktionsstrecke umgestellt, er muss neuerdings wieder Nachtschichten machen. Meine Mutter gießt ein Glas Cola ein, sitzt am Küchentisch, steckt sich ihre erste Nordseezigarette an, schaut zu mir und sagt wieder: Schön ist das hier, woll. Fang bloß nicht an zu heulen, denke ich. Bald wird sie morgens wieder aufstehen und japsen, das ist immer so im Urlaub. Das Atmen fällt ihr schwer. Das ist das Reizklima, stöhnt sie, dabei, denke ich, sollte es hier doch gerade besser werden und nicht schlechter. Weil selbst ihr starkes Kortisonspray nichts bringt gegen die Kurzatmigkeit, sitzen wir beim Kurarzt im Wartezimmer. Der hängt sie wie jedes Jahr an den Tropf (Kochsalzlösung mit ein paar Vitaminen, aber das sagt der Kurarzt ihr nicht). Danach kriegt sie wieder Luft.

Meine Geschwister sind schon groß und in die eigenen Ferien gefahren, auch für Lisbeth haben meine Eltern einen Verein gefunden, der eine Rollstuhlreise nach Schottland anbietet. Ich bin das jüngste Kind, alle nennen mich den Kurzen. Wir packen das Auto am Abend davor. Meine Mutter stopft viel zu viele Klamotten für zwei Wochen in die Koffer, auch Herbstkleidung, als würden wir auf einen fremden Kontinent reisen, man weiß doch nie, wie das Wetter da oben ist. Mein Vater zelebriert sein jährliches Ritual, verschwindet im Schlafzimmer und kommt mit einer kleinen Banktasche aus Leder zurück: Dort hat er das ganze Jahr über große Münzen und kleine Scheine gesammelt. Wir setzen uns um den Küchentisch herum und zählen fiebrig, Donnerwetter, ist das wieder viel. Dreihundertfünfzig Mark für Fischbrötchen und Eis und Spielsachen für den Strand und Souvenirs und kleine Geschenke, mit denen mein Vater meine Mutter überrascht. Mein Vater trinkt vor der Fahrt nichts, das war früher anders, da ist er auch mit Restalkohol losgefahren. Jetzt ist er älter und braucht Konzentration für die Strecke. Meine Mutter kocht Eier und belegt die Brote mit Wurst und Käse, darin hat sie Routine, das macht sie auch für meinen Vater vor der Schicht. Dann sind alle Koffer im Auto, zum Schluss kommt das Wichtigste, ein ganzer Pappkarton mit Zigarettenstangen. Es hat gerade noch so geklappt, ein Kollege meines Vaters hat ihm die Zigaretten ohne Steuerbanderole aus Polen mitgebracht. Wusstest du, sagt mein Vater, der mehr redet als üblich, dass die Zigaretten nach dem Krieg eine eigene Währung waren? Wäre das heute noch so, hätten wir jetzt richtig viel Moos.

In der Nacht schlafe ich kaum. Ich lecke mir das Salz von den Lippen. Im Halbschlaf wird aus dem Gluckern der schlecht entlüfteten Heizkörper das Rauschen des Meers. Dann sitzen wir im Auto. Meine Mutter steckt sich eine Zigarette an und reicht sie meinem Vater. Die Radiosender ändern sich stündlich. Wie auf der Reise in ein fernes Land. An einem Rastplatz bei Ascheberg essen wir unsere Eier und die Brote. Meine Mutter rückt auf der Bank ganz nah an meinen Vater und lehnt sich an. Sie trinken Kaffee aus der Thermoskanne und teilen sich eine Zigarette. Dann fahren wir weiter. Auf den Feldern tauchen die ersten schwarzgefleckten Kühe auf. Jetzt kann es nicht mehr weit sein. Die Autobahn ist leer, wir sind um fünf Uhr morgens losgefahren, und man braucht nur dreieinhalb Stunden. Heute haben wir das Glück im Rücken, murmelt mein Vater. Was, frage ich, weil ich denke, ich hätte mich verhört. Glück, schreit er ungehalten. Und ich wundere mich. Denn viel öfters sagt er: Das Pech klebt uns wie Scheiße an den Fingern. Das mit dem Glück hingegen höre ich nur ein einziges Mal. Das ist so bemerkenswert, dass ich den Satz nach seinem Tod sogar dem Pfarrer diktiere für seine Grabrede. Heute haben wir das Glück im Rücken.

Während mein Vater die ersten Stunden an der Nordsee verschläft und ich für ihn Regenwürmer sammele, besucht meine Mutter unsere Vermieter. Diesmal bringt sie Sauerländer Honig und eine Flasche Wacholderschnaps mit. Fenna und ihr Mann Finn wohnen nebenan. Finn ist hager und wortkarg und arbeitet als Schiffsingenieur in Wilhelmshaven. Fenna ist kräftig, backt den ganzen Tag Brot und Kuchen, flennt bei jeder Gelegenheit und sagt nicht, warum. Mit Finn und Fenna verstehen sich meine Eltern. Das ist selten. Denn meine Mutter eckt überall an, dauernd kämpft sie um ihr, wie sie sagt, gutes Recht. Das ist doch ein starkes Stück, meckert sie und pflaumt die Leute an. Am Grabbeltisch, auf dem Amt, im Linienbus. Immer kommt sie zu kurz, immer regt sie sich über die Welt auf, die sich gegen sie, die sich gegen uns, verschworen hat. Als hätten wir es nicht schon schwer genug. Sie meint es nur gut, für Freundschaften allerdings ist das schlecht. Mein Vater wird vor anderen Leuten nicht laut. Aber mit denen hat er auch nichts zu tun. Er ist in keinem Verein. Nicht bei den Taubenzüchtern, nicht im Männerchor, nicht im Kegelclub und erst recht nicht beim Altherrenfußball. Er ist ein Eigenbrötler, und das ist noch untertrieben. Er muss schon ordentlich trinken, bis er gesellig wird. Und da er zum Saufen nicht in die Kneipe geht, bleibt er immer bei uns.

Mit Finn und Fenna ist das anders. Wir sitzen abends zusammen im Garten, und es wird gegrillt. Meine Mutter redet und lacht unentwegt, mein Vater tauscht mit Finn einige Details über die Teile aus, die er schmiedet. Manche davon gibt es auch im Schiffsmotor. Sie duzen sich, auch das gibt es nicht oft, normalerweise läuft bei meinen Eltern alles per Sie. Vielleicht klappt es so gut, weil wir nur ein Mal im Jahr hier sind, vielleicht macht uns die Nordseeluft zu anderen Leuten, vielleicht sind wir hier nicht so klein und verbissen, vielleicht gehören wir in Wahrheit an diesen Ort, wo es nach Kuhmist riecht und es mehr Tiere als Menschen gibt.

Während meine Mutter bei Fenna sitzt und erzählt, was seit unserem letzten Urlaub passiert ist, knie ich auf dem Boden und verteile gewissenhaft das Wasser mit dem Spülmittel auf den Steinen vor dem Haus. Es sickert in die Ritzen. Dann winden sich die ersten Tiere aus dem Boden. Sie wissen nicht, was das für eine ätzende Flut ist, die aus heiterem Himmel über ihr Zuhause hereinbricht. Ich will meinen Vater beeindrucken, ihm ein randvolles Glas mitgeben, als würden die Fische allein durch das Überangebot an Ködern anbeißen. Bald wird mein Vater aufstehen und die Angel aus dem Auto holen, die darf ich nicht anrühren. Er wird das Glas mit den Regenwürmern in der Hand wiegen, die Unterlippe stumm nach vorn schieben und anerkennend nicken. Dann nimmt er das rostige Gästefahrrad aus dem Schuppen, dessen Sattel seinen schweren Körper kaum trägt, klemmt die Utensilien umständlich unter den Gepäckträger und verschwindet für Stunden, bis wieder Ebbe ist. Mich kann er am Meer nicht gebrauchen, ich quatsche ihm zu viel. Er will in Wahrheit nur seine Ruhe, behauptet aber, selbst die Fische könnten mein Gelaber nicht ertragen und würden stiften gehen. Er wird mit leeren Händen zurückkommen, er hat nur ein einziges Mal einen Aal gefangen, so einen Oschi, erzählte er hinterher, aber dann hatte die vorbereitete Reuse ein Loch.

Als mein Vater mit dem Fahrrad außer Sichtweite ist, halte auch ich es nicht mehr aus. Ich gehe in den Garten, wo meine Mutter fröhlich sitzt und raucht, während Fenna in der Küche den Käsekuchen anschneidet, den sie für uns gebacken hat. Ich will nicht bleiben, sondern mich nur kurz verabschieden. Aber meine Mutter macht mir eine Szene, wie üblich. Mit Tränen in den Augen drückt sie mich an sich, als würde ich auf Weltreise gehen, dabei will ich doch nur mit dem Fahrrad ein paar Kilometer zur Nordsee fahren. Pass auf dich auf, fahr schön langsam, geh auf keinen Fall ins Wasser, hörst du, da sind selbst gute Schwimmer schon ersoffen, und schieb das Fahrrad den Deich runter, versprich mir das, hier hast du fünfzig

Pfennig, wenn was ist, dann rufst du von der Telefonzelle aus die Fenna an und wir kommen dich holen, hast du das verstanden? Sprich nicht mit fremden Leuten, nimm dein Asthmaspray mit, und mach dir Sonnencreme ins Gesicht, aber ganz flott.

Ich nicke mit gespieltem Ernst, die ständigen Sorgen meiner Mutter gehen mir auf die Nerven. Das ist doch nicht normal, denke ich, so ist doch sonst keine Mama, aber ich mache mit. Jedes Widerwort würde mein Abenteuer nur verzögern, und ich will endlich los. Ich schnappe mir das kleine Kinderfahrrad aus dem Geräteschuppen. Vorbei an den Kuhställen, vorbei an den Kartoffelfeldern, rauf auf den Deich, runter vom Deich, ich begrüße die Schafe wie alte Bekannte. Mein Vater ist zum Glück weit weg, irgendwo hinterm Hafen, wo ihn keiner stört. Einen Spinner hat er mich genannt, als ich ihm von meinem großen Moment erzählte, den ich monatelang herbeisehne. Jetzt kann ich die Brandung schon hören, aber ich schaue nicht hin. Ich stelle mein Rad an einem Laternenpfahl ab, ziehe meine Schuhe aus, stopfe die Socken hinein und klemme sie unter dem Gepäckträger fest. Hier sind selten Menschen, da kann man so was machen. Ich drehe mich zum Wasser um und schließe die Augen, laufe langsam los über die Wiese und dann durch den Sand, blinzele höchstens, um nicht zu stolpern, fühle den stärker werdenden Wind, das Salz auf den Lippen ist echt. Noch wenige Meter, dann geht es los, das erste Gefühl von Gischt, ich warte noch, bis mir das Wasser bis zum Knöchel steht, und dann öffne ich die Augen und bin mittendrin.

Abends sitzen wir zusammen am Küchentisch und spielen Karten oder knobeln. Holen wir uns morgen einen Strandkorb? Fangen wir zusammen Krebse? Baust du uns eine Burg und dann ziehen wir da ein? Mein Vater ist albern, meine Mutter überschwänglich, das Lachen dröhnt bis auf die Straße, bis auf den Deich, bis ans Meer, wo gerade Flut ist. An unserem letzten Tag vor der Abreise haben Finn und Fenna ein Lagerfeuer gemacht. Es gibt Bratwürstchen und Steaks, und ich nippe an dem kleinen Schluck Bier, den mir mein Vater ins Glas geschüttet hat. Es ist ungewöhnlich warm. Eine Schar von Glühwürmchen schwebt aufgeregt durch die Luft. Ich verwechsele die Leuchtkäfer mit Sternschnuppen und bin felsenfest davon überzeugt, dass man sich mit jedem erlöschenden Glühwürmchen was wünschen darf. Jedesmal schließe ich die Augen ganz fest.

Mein Vater ist tot. Lisbeth und Mama sind im Heim, das man neuerdings Seniorenzentrum nennt. In zwei unterschiedlichen Wohnbereichen, eine Etage voneinander getrennt. Sie glauben damals noch, dass es weitergeht. Lisbeth träumt vom betreuten Wohnen, von Gesellschaftsspielen am Nachmittag und Gitarrenunterhaltung am Abend. Meine Mutter sehnt sich zurück. Wenn ich diesen Tag, diese Woche, diesen Monat geschafft habe, dann. Mein schönes Häuschen wartet auf mich. Wir erzählen ihr nichts vom Abschied, noch nicht. Wir sind ja selbst gerade mittendrin.

Mein Bruder Kristof hat das Haus geräumt, weil er immer alles machen muss. Er wohnt mit seiner Familie nur eine Straße entfernt. Als mein Vater stirbt, tritt er an seine Stelle wie im Märchen. Kümmert sich um unsere Mutter, um unsere Schwester, neben der Arbeit, neben der eigenen Familie, jahrelang. Das Entrümpeln der Bude ist ein letzter Akt der Fürsorge: Mit dem Verkauf des Elternhauses ist selbst nach Abzug des noch ausstehenden Darlehens Geld da für zwei Heimplätze. Kristof ist ein weicher Kerl, das weiß ich. Aber in der Not hat er einen kühlen Kopf. Einen Container für Sperrmüll, dessen Inhalt nach Kubikmetern abgerechnet wird. Eine Rolle reißfester Kleidersäcke. Etliche Umzugskartons aus dem Baumarkt. Mehrere Wochenenden hintereinander steht er zwischen all den Erinnerungen in Schrankwänden und von Kleidermotten befallenen Kommoden und Möbeln und Pflegebetten und mistet aus. Schier aussichtslos nach vier Jahrzehnten, in denen wir hier gewohnt haben. Als alles leer ist, ruft er mich nochmals an: Kannst du mit mir die wichtigen Sachen durchgucken? Willst du rein, bevor es weg ist?

Frühmorgens sitze ich also ein letztes Mal in unserem Zuhause. Vom Munde abgespart, nie ganz bezahlt. Ich stelle mir den letzten verbliebenen Stuhl mitten ins Wohnzimmer. Ins Zentrum der untergegangenen Welt. Ich sehe durch das große Fenster nach Holthausen rüber, der nächstgelegene Stadtteil auf der anderen Seite vom Tal, ein Katzensprung heute, damals eine ganze Welt weit weg von unserer Reihenhaussiedlung.

Es ist absolut still, so ruhig wie selten. Als würde die ganze Stadt Trauer tragen. In Wahrheit ist die Gewerkschaft schuld. Normalerweise setzt der Schmiedehammer im Tal um halb sechs Uhr morgens ein. Wegen ihm sind schon Familien wieder weggezogen, weil sie vom Krach geweckt wurden, sich nie an den Rhythmus gewöhnt haben. Ich kenne es nicht anders. Der laute Betrieb in den Stahlwerken Westfalen gehört dazu. Hintergrundrauschen, so selbstverständlich wie der letzte Zug in der Nacht, wenn man neben der Bahnstrecke wohnt. Heute bleibt das gewohnte Hämmern aus. Das hat die IG Metall so entschieden. Der Streik wird den ganzen Tag über dauern. Abschiedsstille. Ich sitze da und sehe mich um:

Die gerahmten Urkunden und Fotos sind verschwunden. Die Strukturtapete aus den späten Neunzigern war wirklich mal weiß, das sieht man aber erst jetzt mit der nikotingelben Patina drumherum, für die es eine ganze LKW-Ladung gerauchter Zigaretten brauchte.

Ein Stockwerk höher hatte ich mein Kinderzimmer mit holzverkleideter Decke und Ausblick auf die Mittelgebirgslandschaft. Wenn mir alles zu viel, zu laut oder zu verqualmt wurde, dann schloss ich – so lautlos wie möglich, um nicht aufzufallen – die dünne Zimmertür aus dunklem Furnier, stemmte mich fachmännisch dagegen, drehte an unsichtbaren Knöpfen, stellte mir ein massives Schleusentor vor, das ich schließe. Mit Hebeln und Haken und mächtigem Rahmen. Mit Sicherheitsmechanismen für den Druckausgleich, wie beim Flugzeug, wie beim Raumschiff. War die Tür dicht genug verschlossen, ging ich ans Fenster und kontrollierte unsere Flugbahn. Ich hatte das Kommando. Ich war der Chef, der Kapitän unserer Geschichte. Katapultierte uns in andere Länder, in andere Städte – oder auch nur nach Holthausen auf der anderen Seite vom Tal. Richtig gut funktionierte das immer nur für ein paar Minuten. Die Wände des Hauses waren dünn. Im Küchenradio lief der Schlagersender. *Schönes bleibt*, der Jingle, der zwischen zwei oder drei Schnulzen gespielt wurde. Damit man ahnte, wo man war. Damit man wusste, wo man blieb. *Ich bau dir ein Haus, du wirst schon sehen. Tiritomba, denn die Liebe ist so schön. Sagt der Igel zu dem Stachelschwein.*

Die Melodien sind nie wieder verschwunden. Auch, wenn ansonsten nicht mehr viel übrig ist. Von uns und wie wir waren. Denke ich, während ich im besenrein gefegten ehemaligen Wohnzimmer ein letztes Mal das Reihenhausraumschiff kommandiere. Wenn es einen Grund gibt, die Geschichte unserer Familie abermals zu erzählen, erschöpfend, bis zur Erschöpfung, dann diesen: damit sie nicht gänzlich verloren geht. Es gibt keine haarklein aufgezeichneten Stammbäume, es gibt keine gesammelten Kassetten mit launigen Erinnerungen der rüstigen Urgroßeltern, es gibt kein einziges Tagebuch, es gibt kaum Briefe, es gibt nahezu keine Verwandtschaft mehr, es gibt nur diese großen Worte und was sie bedeutet haben: eine Familie von Bergleuten. Eine Familie von Arbeitern. Eine arme Familie. Eine stolze Familie. Eine Familie, die es nicht leicht hatte. Es gibt Geräusche, die mir überall begegnen, wo ich bin, mich zurückholen. *Schönes bleibt.* Das erste Knacken beim Öffnen der Schnapsflasche. Das Klicken des elektronischen Feuerzeugs, das Knistern der aufglimmenden Zigarette. Das Klackern beim Lösen der Rollstuhlbremse. Das Rattern der Nähmaschinen. Das Blubbern der schlecht entlüfteten Heizungsrohre. Das Knattern des ersten Mofas. Das Wummern des Schmiedehammers im Tal. Das Schnalzen meines Vaters durch die Lücke seiner am Rand abgebrochenen Schneidezähne. Das Fiepen der Hörgeräte meiner Mutter. Das Zirpen des Wellensittichs. Das Wispern von Lisbeth, stundenlang. Das Fauchen der kleinstädtischen Omnibustüren. Und ja: das ferne Bullern des Meeres nach einem Tag mit viel Wind. Aber auch: das zielgerichtete Zischen des Asthmasprays, das rhythmische

Pumpen der Beatmungsmaschine auf der Intensivstation, das humorlose Geräusch der Krankenhausschiebetür, sommers wie winters, bevorzugt nachts.

Nach ein paar Minuten schaltet ein Nachbar den Rasenmäher ein, er hat wegen des Streiks frei und nutzt den unerwarteten Urlaubstag. Das Geräusch ist mein Startsignal. Ich stehe auf und laufe ein letztes Mal durch alle Zimmer. Ein junges Paar mit Kindern, hat Kristof erzählt, will das Haus kaufen, es innerhalb von ein paar Wochen renovieren. Es geht also weiter. Der Stuhl stand bis zuletzt in der Küche, gehörte zu einer Vierergarnitur mit Tisch und Eckbank aus dem Quelle-Versand. Mein Vater hatte die Sachen noch bestellt, als er schon ungewöhnlich häufig müde und schlapp war und der Alltag ihm schwerfiel. Die letzte Rate dafür war nach seinem Tod fällig gewesen. Ich nehme das letzte Möbelstück, trage es hinaus und pfeffere es in den Container auf unserem längst nicht mehr genutzten Parkplatz. Überlege, ob es sich überhaupt lohnt, die Haustür jetzt noch abzuschließen, mache es dann aber doch.

Ein Kleinstadtfriedhof. Die Stadt heißt Plettenberg. Es nieselt, und wir beerdigen meine Schwester.

Bestatter und Pfarrer sind faktenorientiert vorgegangen. Der Vater? Geboren 1940, gestorben 2008, Bronchialkarzinom, auf Wunsch der Ehefrau erdbestattet. Die Mutter? Geboren 1946, gestorben 2019, multiples Krankheitsbild, eingeäschert. Die Schwester? geboren 1970, gestorben 2022, Herzversagen, eingeäschert. Die Preise? Haben sich mit den Jahren erhöht, die Grundkomponenten bleiben unverändert. Es braucht für eine gescheite Kleinstadtbeerdigung laut Kostenvoranschlag: 1 Kiefernvollholzsarg mit Innenausstattung, 1 x Einsargen mit 2 Mann, 1 Sterbegewand aus Baumwolle, 1 x Ausgestaltung und Betreuung der Trauerfeier, 1 Transport zum Krematorium, 1 Erledigung sämtlicher Formalitäten, 1 Auslage für Todesbescheinigungen, 1 Sterbeurkunde, 1 Organistin, 1 Blumengesteck, 1 Feuerbestattung und 1 Zeitungsanzeige.

Mein Bruder Kristof unterdrückt ein Lachen, als wir an der Spitze des Trauerzugs auf dem geschotterten Weg von der Kapelle zum offenen Grab laufen. Auch ich muss lächeln. Mein ewiges Stolpern ist Familienfolklore. Die billigen weißen Baumwollhandschuhe durchgeschwitzt, die Griffe der Urnentrage rutschig, die schwarzen Schuhe glatt: mit Würde straucheln. Nur keine falsche Bewegung. Natürlich ist ein Schauer aufgezogen, wie könnte es anders sein. Wir kämpfen mit dem Weg und mit der schwankenden Urne und gegen Regen und Lachanfälle an, Kristof und ich. Zum Glück ist der Friedhof überschaubar, zum Glück ist das Grab nicht weit entfernt. Ist dir die Schieflage nicht aufgefallen, fragt mich Kristof später beim Kaffeetrinken, Lisbeth wäre uns in ihrer Urne fast umgekippt. Hab mir schon vorgestellt, wie wir sie irgendwie wieder aufklauben müssen.

Es ist immer so schön hier. Selbst jetzt. Die Berge, die Täler, das Land. Das Meer ist weit weg, aber manchmal ist es hier so ruhig, nur der Wind geht sanft durch die Bäume. Wie das Wogen der Nordsee an einem nahezu windstillen Tag. Wir laufen weiter.

Kristof hatte mir jahrelang im Spaß gedroht, mich im Falle meines zu frühen Ablebens in das noch freie Urnengrab neben meinem Vater und meiner Mutter zu stecken. Jetzt brauchen wir es eher als gedacht. Wir haben das Reihenhaus eingetauscht gegen ein Gemeinschaftsgrab auf dem evangelischen Friedhof. Unsere Familie aus sogenannten kleinen Verhältnissen, die Malocher, die Arbeiter, die Outsider, die Kinderreichen, die Komischen, die Zugezogenen, die mit der Behinderten, die mit der kranken Mutter, die mit dem maulfaulen Vater, sie ist fort. Ausgeträumt. Die Terrasse mit Waschbetonplatten und Blick auf Wiese und Garten: nicht mehr die unsere. Das dazugehörige Häuschen mit rissiger Fassade: verkauft. Was noch übrig bleibt, Briefe, Fotoalben, Kontoauszüge, ein paar Tassen und Tinnef, liegt in zwanzig Umzugskartons.

Es ist immer so schön hier. Auch, wenn ich zu einer Beerdigung komme. Drei Mal ist mir das schon passiert. Drei Mal hat das Telefon geklingelt (nachts, morgens, tagsüber), wie es sonst nie klingelt. Drei Mal war ich jeweils woanders: Hustend, im Bett eines katzenhaarverseuchten Gästezimmers, während draußen ein Sturm aufzieht, auf genau diesen Anruf wartend. Vor einem Fischladen im Kölner Stadtteil Deutz an einem gleißend hellen Sommermorgen, nicht sonderlich überrascht. Auf einer Betontreppe unseres Zuhauses in Halle an der Saale, eiskalt erwischt. Eine Stufe, ein Schaufenster, ein Gästezimmer. Drei gleiche Botschaften, unterschiedlich überbracht: Wir sollen sofort ins Krankenhaus kommen wegen Papa. Mama ist letzte Nacht gestorben. Lisbeth ist einfach nicht wieder aufgewacht.

Mittlerweile sind wir am Grab angekommen: Einige der grünen Damen aus dem Pflegeheim, die ehrenamtlich für Abwechslung im Alltag der Bewohnerinnen und Bewohner sorgen, ihnen aus der Zeitung vorlesen und zuhören. Die engste Verwandtschaft. Eine ältere Dame, die den Kontakt gehalten hat, möglicherweise eine Freundin, wir wissen nichts Genaues. Bei meinem Vater war die Kapelle noch voll, die Verwandtschaft kam aus dem ganzen Land. Ex-Kollegen drückten mir stumm Geldscheine in die Hand. Bei meiner Mutter dünnte es sich schon aus, ihre Lieblingspflegerinnen kamen trotz Urlaubs und einige ehemalige Nachbarn und Freundinnen. Diesmal ist es ein sehr überschaubarer Kreis.

Überhaupt, diesmal ist alles gleich und alles anders. Diesmal gibt es Katja und meinen Jungen. Das macht einen Unterschied. Im Sommer vor drei Jahren habe ich meine Mutter beerdigt. Im Herbst vor drei Jahren wurde mein Sohn geboren. Das war das Ende. Das war der Anfang. Hier komme ich her, hier bin ich weggegangen. Hierher kehre ich für den Friedhof zurück. Arbeiterkind wird man nicht, Arbeiterkind ist man. Mein Sohn verschläft die komplette Beerdigung im Kinderwagen. Für ihn ist diese Reise ein großes Abenteuer. Er genießt sie. Die lange Reise mit dem Zug. Das Fernsehen spät am Abend. Das Frühstücksbüfett.

Wir schlafen im Hotel der Prominenten. Dort, wo die ehemaligen Stars aus der *Schwarzwaldklinik* übernachteten, wenn sie mit ihrem Tourneetheater nach Plettenberg kamen und nach der Vorstellung nicht direkt nach Dortmund oder Bochum weiterfuhren. Vom kleinen Balkon des Hotelzimmers aus schaut man in alle Richtungen auf Wälder. Die Luft am Morgen ist kälter und klarer als irgendwo sonst. Beim ersten Atemzug bin ich der kleine Plettenberger Junge, der von Kaninchenausstellungen und Feuerwehrfesten träumt.

Warum sind meine Eltern aus dem großen Ruhrgebiet in so eine kleine Industriestadt jenseits der Autobahn gezogen? Wie konnten sie diesem Kaff mit den vier Tälern und ein paar Talsperren und den Mittelgebirgshügeln mit Windrädern und den Menschen mit ihrer sturköpfigen sauerländischen Mentalität jemals etwas abgewinnen? Haben sie diesen Flecken Erde allen Ernstes mehr oder weniger freiwillig zu ihrer Heimat erkoren? Jahrzehntelang habe ich mir diese Fragen gestellt. Heute suche ich im Netz nach renovierungsbedürftigen Häusern und stelle mir vor, wie wir alle Urlaube dort verbringen. Unten wohnen wir, oben wird vermietet. Es ist so schön hier. Aber man will ja immer erst dann nach Hause, wenn es nicht mehr geht.

Ich glaube nicht, dass sie nächstes Jahr noch da ist, hatte ich zu meinem Bruder und seiner Frau gesagt, als wir Lisbeth an Weihnachten im Pflegeheim besuchten. Sie sieht schlecht aus und ist viel zu dick. Ich fürchte, sie hat endgültig aufgegeben. Alle hatten betreten auf den Boden gestarrt, und dann hatte meine Schwägerin Sarah gesagt: Komm, das sagst du mittlerweile auch schon seit fünf Jahren. Wir hatten gelacht. Nur diesmal sollte ich Recht behalten.

Nach dem Jahreswechsel fühlte meine Schwester sich unwohl und müde, irgendwas mit dem Magen. Sie schrieb mir täglich und versuchte ständig, mich anzurufen. Heute bereue ich, dass ich in ihren letzten Tagen so selten ans Telefon gegangen bin. Dass sie das Gefühl haben musste, auch ich hätte sie im Stich gelassen. Aber ich machte mir keine Sorgen. Sie suchte eben nach Aufmerksamkeit, wo es nur ging. Schließlich war sie vom Pflegeheim ins benachbarte Krankenhaus verlegt worden, auch da war ich noch nicht alarmiert, weil sie nichts Konkretes fanden. Es gibt schon wieder was Neues, bei mir kommt morgen die Galle raus, schrieb sie mir. Zuvor hatte sie versucht, mich telefonisch zu erreichen. Ihre letzte SMS an mich blieb für immer unbeantwortet. Ich weiß gar nicht mehr, warum ich sie nicht zurückgerufen hatte, die Arbeit, mein Sohn, reiner Trotz gegenüber ihrer rücksichtslosen Kontaktaufnahme zu jeder Tageszeit. Ich wollte mich nach der Operation in Ruhe bei ihr melden. Stattdessen rief mich mein Bruder an: Lisbeth ist einfach nicht wieder aufgewacht. Ich setzte mich auf die Betontreppe und machte meiner Frau gegenüber mit der freien Hand eine Vorbei-Geste, die sie gleich verstand. Ich brach nicht in Tränen aus, wurde nur stumm und bleich. So sehr, dass auch mein Sohn begriff, dass etwas nicht stimmte. Er setzte sich vorsichtig zu mir auf die Treppe, rückte dicht an mich heran und legte mir seinen Lieblingsbagger in den Schoß.

Meine Schwester ist nicht alt geworden. Sie war die letzten Jahre andauernd krank, sie fing an, wunderlich zu werden, glaubte an ein geheimes Bitcoinvermögen, das uns alle retten wird, verlor sich in privaten Verschwörungstheorien, ihre ehemaligen Pflegedienste betreffend, lebte das Leben einer sehr alten Frau mit den Altenpflegerinnen als engste Vertraute. Ich war mir sicher gewesen, dass Lisbeth eine Art Telefonliste pflegte, die sie alle paar Tage abarbeitete, um sich ein paar Minuten Zerstreuung zu holen. Wie geht es dir, fragte sie zu Beginn jedes Gesprächs, sie wartete meine Antwort kaum ab und hakte gleich ein, und dann kam ein minutenlanger Sermon über ihr eigenes vermeintliches Leid, den man nur konsequent und grob unterbrechen konnte. Deshalb war ich oft nicht ans Telefon gegangen, wenn sie anrief. Deshalb hatte ich auf ihre sich ewig wiederholenden Nachrichten selten oder gar nicht reagiert. Als Kristof und ich ihr Telefon nach ihrem Tod sichteten auf der Suche nach möglichen Bekannten, die wir zur Beerdigung einladen könnten, traf mich die Wahrheit: Sie hatte in den ganzen letzten Jahren nur eine einzige Nummer immer wieder angerufen. Es war meine.

Am Tag der Beerdigung kaufe ich mir morgens im Modepark der kleinen Stadt ein Jackett und eine dazu passende Hose. Die Sachen sind teuer.

Vor der Trauerfeier drehe ich eine Runde durch die Stadt. In der Fußgängerzone wischt sich Otto Maloche seit Jahrzehnten die Stirn, gestützt auf seine schwere Schmiedezange. Die Bronzefigur erinnert nicht von ungefähr an meinen Vater, der sich mit der Außenseite seiner rechten Hand den Schweiß aus dem Gesicht reibt. Die kräftigen Arme. Die verschlossene Mimik. Otto Maloche ist ihm wie aus dem Gesicht geschnitten. Kurz verschnaufen. Eine rauchen. Sich die Suppe aus den Augen wischen. Wieder malochen.

Zufällig treffe ich einen ehemaligen Klassenkameraden vor der Eisdiele, er ist mittlerweile Arzt in einer Großstadt im Westfälischen und besucht Verwandtschaft. Sein

Onkel hat einst meine Mutter operiert und mir später seinen maßgeschneiderten Anzug vermacht, aber das ist eine andere Geschichte. Wie geht's, was machst du hier, wo wohnst du jetzt, Glückwunsch zu deinem Sohn, hast du schon gehört, unseren Sportlehrer Erwin gibt es auch nicht mehr. Uns fällt auf, dass wir uns immer nur dann begegnen, wenn bei mir wieder jemand gestorben ist.

Dann ist die Urne in der Erde. Niemand ist gestolpert. Der alte Pfarrer ist die Vertretung der Vertretung, Geistliche sind gesuchte Leute auf dem Land. Er macht das Beste aus der Situation. Er spricht vom Sorgenkind der Familie, das jetzt wieder bei den Eltern ist. Dass man auch im Rollstuhl die Welt entdecken kann. Schweift ab nach Amerika, wo meine Schwester war, bevor die Türme einstürzten. Von guten Mächten wunderbar geborgen, erwarten wir getrost, was kommen mag. Am Schluss spielt der Sohn des Bestatters ein Lied der Kelly Family ab. *Oh I wish I were you.* Die mobile Box ist viel zu laut eingestellt, die Musik dröhnt über den Friedhof, ein Paketbote fährt langsam mit heruntergekurbeltem Fenster an der Friedhofsmauer vorbei und schaut irritiert auf die Trauergemeinde. Selbst die scheppernden Engel wecken meinen Sohn nicht auf.

Jetzt hat sie es gut. Jetzt tut ihm nichts mehr weh. Jetzt sind sie wieder zusammen. Auch mit dem Abstand vieler Jahre wundert mich, wie sehr wir auf Erlösung getrimmt waren. Wir hier unten, er da oben: der liebe, liebe Gott. Dafür, dass wir im Alltag nichts mit ihm am Hut hatten, war oft von ihm die Rede. Vielleicht müsste man auf unsere Familie bezogen sagen: Er war ein gnädiger Gott. Besser: der Gnadende, obwohl es das Wort nicht gibt.

Machen wir uns nichts vor, eigentlich war er in erster Linie zum Strafen da. Wenn es donnerte, dann sagte mein Vater: der liebe Gott schimpft. Und wenn es regnete: jetzt heult er auch noch. Diesen Protestantenkomplex wurden wir nicht los. Der steckte uns in den Knochen. Für immer werde ich daran erinnert, wenn ich in meine Geburtsurkunde schaue. Dass Dietmar, der Mann von Gabriele, mangels Alternativen mein Patenonkel wurde, wundert mich nicht weiter. Gabriele und ihre Familie waren meine ganze Kindheit und Jugend über die einzigen konstanten Freunde meiner Eltern. Zu ihnen gingen meine Mutter und ich fast jede Woche, dann gab es Kaffee und Kuchen. Weitere Freundinnen von Gabriele saßen mit am Tisch und lästerten über andere Kleinstadtmütter, während ich mit Gabrieles erwachsenem und schwer beeinträchtigtem Sohn Harald in alten Versandhauskatalogen blätterte, mit ihm Autostau spielte und Onkel Dietmar mir vor Rührung immer einen viel zu großen Schein zusteckte. Erstaunlicher war die Wahl meiner Patentante: Diese Funktion übernahm die Ehefrau des evangelischen Pfarrers, der mich taufte. Lange Zeit war das für mich selbstverständlich. Aber wie waren meine Eltern auf die aberwitzige Idee gekommen, sie zu fragen? Natürlich, meine Mutter hatte für Lisbeth immer und überall wie eine Missionarin um Unterstützung geworben, die Pfarrersfrau, ein direkter Draht zum Herrgott, das konnte ja nicht verkehrt sein – meine Mutter kannte die Würdenträger bei Kirche und Stadt und natürlich auch deren Partnerinnen. Aber weshalb hatte jene Ehefrau des Pfarrers zugestimmt, die ich meine gesamte Kindheit und Jugend hindurch siezte und zu der ich nach meiner Konfirmation den Kontakt nach und nach verlor? Ich fürchte, es war die Bedürftigkeit, die wir ausstrahlten: ein Malocher, eine Hausfrau, vier Kinder, eins davon im Rollstuhl: Wenn es hier keine Patenschaft aus Gnade brauchte, wo bitte dann?

Unsere Kirchenbesuche beschränkten sich neben Taufen, Konfirmationen und den damals noch seltenen Beerdigungen auf den jährlichen Weihnachtsgottesdienst. Und trotzdem: Selbst mein Vater, dem stets wenig heilig war, hatte einen Höllenrespekt vor der Kirche. So sehr, dass er sie, wie ich als Kind dachte, gar nicht mehr betreten wollte, sondern beim ersten Orgelton hinausstürmte, nachdem er einen Zwanzigmarkschein in die Kollektendose gestopft hatte. Den Gottesdienst über lief er vor der Tür auf und ab, rauchend.

Gott und die Arbeiter. Wer sollte sie bestrafen und zügeln, wer sollte auf sie aufpassen und sie beschützen, wenn nicht er? Wir lernten alle von klein auf das Gebet, das wir vor dem Schlafengehen als Kinder sprechen mussten. Ich bin klein, mein Herzchen mach rein, darf niemand drin wohnen als Jesus allein. Amen. Vergleiche ich heute unseren Text mit anderen kursierenden Versionen, dann fallen zwei Unterschiede auf: Oft ist das Herz schon rein und muss es nicht erst werden. Außerdem »soll« Jesus dort häufig wohnen, das »Dürfen« in unserer Fassung hingegen hat einen strengeren Unterton und verweist neben des artikulierten Wunsches zugleich auf die Exklusivität: Es darf nicht anders sein. Da ist einfach kein Platz.

Gott sieht alles. Also zeig ihm deinen Fleiß. Räsoniere nicht, sondern arbeite. Nimm hin, was hinzunehmen ist. Ein proletarischer Klassiker, generationsübergreifend gültig.

Schon im 18. Jahrhundert schrieb der frömmelnde Geistliche Johann Caspar Lavater sinngemäß, dass wir selbst im Himmel nicht gesegnet sein könnten ohne Maloche. Nun denn. Vielleicht sprengt mein Vater in seiner Bergmannskluft sich also in diesem Augenblick den Weg frei durch die Himmelsbergwerke und sucht nach Kohlen, damit die Sonne noch ewig beheizt werde und leuchte. Und meine Mutter sitzt an der Nähmaschine und ändert den himmlischen Gestalten ihre mit der Ewigkeit doch etwas zu eng gewordenen Gehröcke.

Das Mädchen versteckt sich. Baut sich eine Höhle in der dunklen und feuchten Behausung, in der es lebt. Legt Lumpen und stockfleckige Decken über den kaputten Tisch, an dem keiner mehr sitzt. Ein Jahr nach dem Krieg kommt es auf die Welt. Nur hat der Krieg in diesem lichtlosen Anbau niemals aufgehört. Es geht ihm jeden Tag hundeelend. Das Mädchen, das später meine Mutter sein wird, will hier raus. Aber dafür ist es zu früh. Also näht es. Oder was es darunter versteht. Es beruhigt. Nadel und Faden klaut es der Mutter. Der Stoff: das Kleid, das es für seine Puppe zu Weihnachten bekommen hat. Sie stickt ein Muster hinein. Ganz langsam, Stich für Stich. Jemand poltert durchs Zimmer, tritt es fast, geht weiter, beachtet es nicht. Was machen fremde Männer hier? Wo ist die Mama, wenn man sie braucht? Das Mädchen spricht nicht über das, was es erlebt. Sagt sich: All die schlimmen Sachen. Ich sticke den Kummer ein in das Kleid. Das Kleid will ich verbrennen, denn was verbrannt ist, ist vergessen. Feuer ist sein Freund. Es zündet manchmal Unrat in den Hinterhöfen an. Und auch, als neulich ein Schuppen in Flammen aufging, war es in der Nähe.

Würde es erwischt, dann schlüge man das Mädchen tot. Das versteht es. Während es stickt, kommen die Bilder zurück. Wie ihre Mutter die Schwestern des Mädchens zur Heirat anbietet. Wie sie ihren eigenen Mann demütigt und der zurückschlägt. Mit der flachen Hand. Wie sie das Mädchen im einen Augenblick mit Verachtung straft und im nächsten Moment in Liebe ersäuft. Ein Bild taucht auf, das Mädchen will es nicht sehen. Wie es in der Abenddämmerung allein über die leere Kirmes läuft, um nicht nach Hause zu müssen. Wie der Süßigkeitenmann fragt, ob es Schokolade will. So eine kostbare Tafel aus Amerika, die man sonst nicht kaufen kann. Wie er es mitnimmt zu seinem Lastwagen hinter dem Kirmesplatz. Warte, wir holen dir was Süßes. Wie der sehr klein gewachsene Schwager, der schon im Knast saß, weil er wen totgemacht hat, immer zu dicht heranrückt, wenn er Alkohol trinkt. Und noch ein bisschen näher. Das Mädchen stickt schneller und sticht sich die Finger blutig. Es muss hier weg. Der Faden im Puppenkleid zeichnet ein wirres Muster. Jemand wimmert. Der Vater? Atemlos und schnell ribbelt das Mädchen alles wieder auf. Jemand schreit. Die Schwestern, der Bruder, wer Fremdes. Das Zelt wird eingerissen. Das Mädchen schafft es so gerade noch, sich das Blut von den Fingern zu lecken und den Faden aufzuwickeln und einzustecken. Wenn das rauskäme. Es darf gar nichts rauskommen. Jetzt nicht und auch in Zukunft nicht. Willst du durchkommen, musst du lügen. Das schwört sich meine Mutter für immer. Sie wird die Wahrheit verbiegen, um zu überleben. Als Mädchen und als erwachsene Frau. Sie wird nähen und flicken und sticken, um zu vergessen. Aber ihre Angst vergisst sie nie.

Ich gehe mit meinem Sohn an der Hand über die Straße. Er zeigt in die Luft und ruft: Sieh mal, der Vogel! Warum fliegt der weg, warum kommt er nicht zu uns? Kaufen wir gleich Pommes und füttern die Tauben? Unser Weg ist nicht weit, aber er fragt unentwegt weiter: Wer hat die Pfütze da ausgetrunken? Warum sind die Dinosaurier ausgestorben? Welches Tier isst Schrauben? Warum wird man krank? Was sagt der Körper, wenn er krank wird? Warum ist der Himmel orange? Wie fliegt der Mond so schnell weg?

Unser Glück: kostbar und zerbrechlich. Und jeden Morgen frisch und pur. Wenn Katja uns am Zebrastreifen aus dem Auto lässt, ich Findus an die Hand nehme und wir auf den paar Metern zum Tor des Kindergartens ein Wettrennen machen. Wenn er mich nach den Comicfiguren auf seinem neuen T-Shirt fragt und sich vorstellt, man würde ihn nur wegen seiner Kleidung in der Kita zuerst gar nicht erkennen und für Spiderman persönlich halten. Die Geräusche seiner unbeholfenen Schritte auf dem Kiesweg. Seine aufgeregte Stimme, wenn er nach den Plänen für den Nachmittag fragt. Die Umarmung zum Abschied. Ich nehme sie mit in den Tag und zähle oft die Stunden.

Am Nachmittag sehen wir uns wieder. Besser, ich sehe ihn. Und er spielt. Mit einem Zootierepuzzle, ganz selbstvergessen. Ich beobachte ihn durch die Scheibe seines Gruppenraums, das geht immer nur kurz, denn dann sieht mich die Erzieherin oder er entdeckt mich.

Vor einiger Zeit ist er drei Jahre alt geworden und ich vierzig. Wir haben im Abstand weniger Tage Geburtstag. Er ist Skorpion, wie ich. Er ist mir wie aus dem Gesicht geschnitten, besonders, wenn er wütend wird. Das kann er gut, wie ich. Ich bin jetzt groß, verkündet er stolz an seinem dritten Geburtstag. Und das bin auch ich, mittlerweile. Denn ich mache lauter Dinge, die ein Erwachsener tut. Ich stelle die Mülltonnen am Abend raus, bevor sie geleert werden (und habe keine Panik mehr dabei im Dunkeln), ich schaue nach der Heizung, wenn sie nicht funktioniert, ich nehme Findus die Angst, wenn er ein unheimliches Geräusch hört irgendwo im Haus: Das ist doch nur der Regen, der auf die Fensterscheibe prasselt. Ich trinke nicht mehr, ich rauche nicht mehr, ich habe sogar eine Lebensversicherung abgeschlossen. Nicht die Arbeit allein taktet meine Tage durch, wie wir es in der Kirche gelernt haben. Das macht vor allem Findus. Am Anfang kam es mir komisch vor, dieses »Papa«. Mittlerweile ist es ganz normal, nennt Katja mich manchmal so, wenn wir alle zusammen sind. Ich hatte mich nach dieser Zukunft gesehnt, konnte sie mir aber nicht vorstellen. Mittlerweile weiß ich, wie es ist: an manchen Tagen vor Aufregung nicht einschlafen zu können, weil man sein Glück kaum fassen kann.

Er lässt alles fallen, als ich ihn abhole. Er wird von der Erzieherin zurückgepfiffen und soll aufräumen, er muss ihr die Hand geben und beim Abschied in die Augen sehen, dann kann er endlich zu mir. Er rennt mit Wucht in mich hinein und hält sich kurz an mir fest, ich rufe: Mein Schätzchen, viel zu laut, das passiert mir jedesmal, und immer wieder muss die Erzieherin darüber lachen.

Manchmal will er wissen, wie er als Baby war. Und auch, wie ich als Baby war.

Nun denn: Ich bin im Sauerland geboren, in Attendorn. Du bist in Leipzig geboren, in Connewitz. Als du zur Welt kamst, da war die Nacht mild und sternenklar. Du weißt schon, was ich meine, manchmal zögerst du so nämlich die Schlafenszeit hinaus, kletterst auf die Fensterbank, zählst die Sterne, kommst bis zehn und fängst von vorn an, wieder und wieder. So eine Nacht war das. Du lagst da wie ein siegreicher Boxer nach zwölf Runden, ganz abgekämpft, aber froh. Und wir, Mama und Papa, mussten weinen. Nein, wir waren nicht traurig, im Gegenteil, manchmal weint man auch vor Glück. In den Wochen vorher hatten alle immer wieder gefragt, ob wir das wirklich wollen: unser Kind wie einen Kater zu nennen. Sicherheitshalber sahen wir also nochmals nach. Der kleine Kater Findus aus dem Kinderbuch wird von Pettersson in einer Dose Erbsen entdeckt. Die Konserve wiederum hat eine schwedische Lebensmittelfirma produziert, die Findus heißt. Also nennt Pettersson den kleinen Kater so. Wollen wir unserem Sohn allen Ernstes den

Namen einer Kinderbuchkatze geben, deren Bezeichnung wiederum von einer Konservendosenfirma stammt, die mittlerweile zu allem Überfluss von einem Konzern geschluckt worden ist? Warten wir ab, wenn wir ihn sehen, sagten Katja und ich, dann wissen wir es.

Und dann warst du einfach da. Und sahst so klein und zart aus, dass wir überhaupt nicht überlegen mussten: ein Findus. Das ist eindeutig ein Findus. Als ich dich Stunden später das erste Mal wickelte, traute ich mich kaum, dich zu berühren. Nach zwei Tagen durftest du mit uns nach Hause. Bei mir war das anders. Ich kam zu früh auf die Welt und war zu dünn und schwach. Sie legten mich in den Brutkasten. Als meine Eltern mich dann mitnehmen durften, tobte ein Wintersturm über dem Sauerland, du kannst dir so viel Eis und Schnee kaum vorstellen, es sah aus wie in deinem Winterwimmelbuch. Das Auto schlingerte und rutschte hin und her, und ich schrie mich blau. Dann waren wir daheim. Reicht dir die Antwort? Er nickt, und ich sehe ihm an, dass er schon längst nicht mehr zugehört hat.

Irgendwann später fragt er mich nach Oma und Opa. Will wissen, ob sie ausgestorben sind wie die Dinosaurier. Und ob sie nicht mehr da sind, weil sie so viel geraucht haben. Er fragt auch nach Tante Lisbeth, die hat er schließlich noch kennengelernt, als wir sie im Seniorenheim nach Weihnachten besuchten, als ich leise zu meiner Schwägerin Sarah meinte, dass es das letzte Mal sein wird.

Er hüpft an meiner Hand durch die Pfützen, während wir in unsere Straße einbiegen. Hurra, ruft er, als unser Haus in Sichtweite kommt, hurra, hurra. Daheim wird er gleich weiterspielen wollen. Er liebt Bagger und Monstertrucks und Flugzeuge, je komplizierter die Technik, desto besser. Stets will er einen genauen Plan von mir haben, wenn wir was spielen: Welche Knete werden wir benutzen und wie werden die Plätzchen aussehen, die wir formen? Brauchen wir zwei oder drei hohe Türme aus Lego-Steinen, die wir mit einer wackeligen Brücke verbinden, bevor er im großen Finale alles einreißen darf?

Er weiß schon, dass zu jedem Spielzeug eine Anleitung gehört. Er lässt sie sich vorlesen, wenn etwas aufzubauen ist. Das ändert sich später nur unwesentlich: Selbst für Verkehrsflugzeuge gibt es ein Handbuch. In Zeitungsartikeln ist davon manchmal die Rede, wenn es zu Schwierigkeiten in der Luft kommt und die Piloten in der Bedienungsanleitung fieberhaft nach einer Lösung suchen.

Das hätte ich mir früher manchmal gewünscht: ein möglichst umfangreiches Handbuch für die eigene Familie. Mit historischen Hinweisen zur Konstruktion und einem genauen Bauplan. Mit Warnungen und ergänzenden Funktionen, die man nur selten benutzt. Mit Hilfestellungen für Notfälle, wenn die Familie mal wieder die Grenze des Bereichs überschreitet, innerhalb dessen ein sicherer Betrieb möglich ist. Wie beim Flugzeug eben.

Harte Arbeit den ganzen Tag. Frühe Verluste. Plackerei. Sauferei. Die Wut der Väter, die Melancholie der Mütter. Als Katja und ich einander begegnen, kennen wir uns noch nicht und treffen uns doch wieder. Entdecken so viel Ununterscheidbares. Die Klasse eilt uns voraus. Wir sind Arbeiterkinder. Das verbindet uns von Anfang an. Auch die Erfahrung mit familiären Abstürzen aller Art. Sie kommt aus einer kleinen Stadt wie ich. Ich bin im Land der Stahlarbeit aufgewachsen. Sie vorm Eisernen Vorhang. Ihre Eltern könnten längst in Rente sein, aber das kommt nicht infrage. Ihr Vater ist Friseur, ihre Mutter hat einen Laden für exklusive Haarprodukte, die es sonst nur im Salon gibt.

Wir erzählen uns all das an unserem ersten gemeinsamen Abend in der Kneipe. Ein Jahr später kommt Findus zur Welt. Haben wir die Familie, die wir uns immer gewünscht haben. Und wissen doch nicht genau, wie das geht. Stürzen zwischenzeitlich beinahe ab und verlieren fast alles. Sind beim Streiten wie unsere Eltern. Cholerisch, kalt, unerbittlich, stur, das volle Programm. Fangen uns im letzten Moment vor dem Aufschlag wieder. Schleppen trotzdem mit uns rum, was wir sind. Wollen alles anders machen als die Alten, egal wie, nur anders. Und sitzen doch mit Findus beim Abendbrot und schmieren uns viel zu viel Nutella aufs Toastbrot und essen zu oft Fastfood und sammeln Monopoly-Sticker bei McDonalds und kaufen Rubbellose und fühlen uns wie Königin und König, wenn wir mal zehn Euro gewinnen, die wir gleich wieder in neues Glück investieren.

Hinter dem hohen Zaun zieht die Hafenanlage mit den Ladekränen vorbei. Seit Brügge ist die Bahn fast leer. Es bleiben nur ein paar Männer übrig, alle älter als ich. Mit der flämischen Durchsage des Schaffners packen sie ihre Notizbücher und Laptops ein und holen die Schirme aus den Taschen. Vielleicht haben auch die Mitreisenden hier an der Küste Familiendinge zu regeln. Vielleicht haben wir eine gemeinsame Mission, vielleicht sind auch sie seit über acht Stunden unterwegs mit dem gleichen Ziel: der Herkunft entgegen. Jetzt fahren wir in den Kopfbahnhof ein. Oostende ist Endstation. Die Möwen lassen sich mit ausgebreiteten Flügeln von den Windböen treiben. Der Regen peitscht mir ins Gesicht. Beim Umsteigen in Brüssel hatte noch die Sonne geschienen. Natürlich habe ich keinen Schirm dabei. Niemand erwartet mich am Ende des Perrons.

Nach dem Tod von Lisbeth hatte ich Uta eine Textnachricht geschrieben. An die letzte Nummer, die ich von ihr hatte. Nachricht zugestellt. Keine Reaktion. Ich hatte keine Ahnung, wo sie steckt. Kristof meinte, sie sei in Amsterdam versackt, aber so genau wusste es niemand. Ihre ehemaligen Arbeitgeber hier oder in Köln konnten uns nicht helfen. Sauerländer Freunde: kannten wir nicht. Ihre Adresse: nicht ermittelbar, unbekannt ins Ausland verzogen. Meine verschwundene Schwester. Uta hatte getan, was ich mich nie getraut hätte. Sie hatte sich nichts gefallen lassen und war damals schon ein Sturkopf gewesen. Unserer Mutter und unserem Vater ähnlich. Noch ähnlicher als ich.

Ich nehme nicht die Küstentram, sondern gehe zu Fuß. Wir sind doch nicht aus Zucker, höre ich meine Mutter sagen, an der Nordsee regnet es eben. Vom Bahnhof aus sind es nur ein paar Minuten zur mit Hochhäusern zugebauten Strandpromenade. Meine Schuhsohlen sind löcherig und haben kein Profil mehr, ich rutsche die ganze Zeit aus. Bald sind Socken und Füße nass und mit dem immer dunkler werdenden Himmel verfinstert sich auch meine Stimmung. Was will ich eigentlich hier? Ich schaue auf mein Handy: keine Mitteilung von Uta, natürlich nicht.

Der Strand ist fast menschenleer. Ein Mann mit orangener Warnweste und Gummistiefeln stellt seinen mit Plastikplane bedeckten Einkaufstrolley auf dem befestigten Weg ab und stapft in den Sand, er sucht das Glück mit dem Metalldetektor. Ein vor einem Sandhaufen verlassener Bagger, wie in der Bewegung erstarrt. Ab und zu Hundegebell, auf den Dächern der kleinen Strandhäuschen mehrere Möwenkolonien, stumm und regungslos und so unglücklich über den Regen wie ich. Ein Pick-Up passiert die Straße vor dem Strand, er transportiert zwei eingetopfte Palmen und einen Plastikbuddha auf der Ladefläche. Ein großes Plakat wirbt schon für das Neujahrskonzert von Helmut Lotti im Kursaal. Nebensaison, der Sommer hier ist wirklich vorbei. Ich werfe meinen durchnässten Rucksack in den Sand, ziehe Schuhe und Socken aus, schließe die Augen und laufe los, der Brandung entgegen. Das Wasser wärmer als gedacht. Das Meer gehört mir. Auch hier. Ich laufe ein paar Meter und spüre, dass bald Hochwasser ist. Schwappten die Wellen vorher nur über meine Zehen, reicht es mir bald schon bis zum Knöchel. Wir wären nie auf die Idee gekommen, an die belgische Küste zu fahren. Viel zu weit, höre ich meinen Vater schimpfen, und dann versteht man das blöde Volk nicht mal. Als Kind hatte ich mir oft im Plettenberger Reisebüro Zugverbindungen ausdrucken und Angebote durchrechnen lassen. Ins EuroDisney nach Paris, an den Strand in der Toskana, zu den Grachten nach Amsterdam. Lass das sein, hatte mein Vater mich angepflaumt, so einen Scheiß machen wir nicht. Es hat schon seine Logik, denke ich, während ich komplett nass vom Regen durchs Wasser wate. Vom Meer haben wir alle geträumt, auch Uta.

Zuletzt hatte ich Uta auf der Beerdigung unserer Mutter gesehen. Sie tauchte während der Trauerfeier auf, setzte sich in der Kapelle in die letzte Reihe, nickte mir zu, als ich mich umdrehte – und war verschwunden, als wir die vorbereiteten Rosenblätter auf den Sarg streuten, bevor er zur Einäscherung gebracht wurde.

Mein Hotelzimmer ist klein und dunkel mit Fenster zum Hinterhof. Immerhin schaue ich auf eins der höchsten Gebäude der Stadt. Mindestens zwanzig Stockwerke mit wenig Einheimischen und vielen Feriengästen. Ob Uta dort lebt? Möglicherweise sitzt sie gerade schadenfroh in einem Brüsseler Café, schreibt mir spät in der Nacht ein simples »Pech gehabt!« von ihrer belgischen Nummer und meldet sich nie wieder bei mir. Während meine Sachen trocknen und ich meine rutschigen und kaputten Schuhe unter der Heizung festklemme, gehe ich nochmals unseren Nachrichtenverlauf durch.

– Frohe Weihnachten.

Absender 0032, belgische Vorwahl. Letztes Jahr an Heiligabend.

– Wer schreibt denn da?

– Deine Schwester, wer sonst?

– Das ist eine Überraschung. Wie geht es dir?

– Gut, hier ist es kalt und regnet den ganzen Tag.

– Wo steckst du denn überhaupt?

– Am Meer.

– Was machst du am Meer? Und wie feierst du Weihnachten? Es ist jedenfalls schön, von dir zu hören. Sollen wir demnächst mal telefonieren?

Keine Antwort. Die nächste Nachricht ist aus dem Frühjahr dieses Jahres:

– Wir haben doch noch nie telefoniert, wieso sollten wir jetzt damit anfangen?

Ich reagiere ein paar Tage nicht.

– Bist du sauer auf mich?

– Uta, was erwartest du? Du meldest dich jahrelang nicht und ich soll sofort springen?

– Tut mir leid. Willst du mich nicht einfach mal besuchen?

– Vielleicht irgendwann. Ich habe nicht so viel Zeit, ich habe einen Sohn.

– Das weiß ich, du Doofkopf.

– Woher denn?

– Ich weiß es halt.

– Wie ist es bei dir? Immer noch am Meer?

– Ja, hier ist es kalt und regnet den ganzen Tag.

Wieder antworte ich nicht weiter. Im Spätsommer dann meldet sich Uta erneut.

– Hier sind die letzten schönen Tage. Lass uns Nägel mit Köpfen machen. Ich würde mich freuen.

– Stellst du dir das nicht ein bisschen einfach vor?

– Wieso?

– Du bist abgehauen.

– Wenn du diesen Bullshit glaubst, dann komm gar nicht erst.

– Okay, ist vielleicht besser so.

Vor ein paar Wochen dann:

– Du machst es dir natürlich immer noch einfach du bist ja der Kleine wie früher den Kopf voller Wünsche und Vorwürfe und wenn dir was nicht passt dann bist du am Heulen Ich habe dir Karten geschrieben und auch mal Briefe aber wenn du dauernd umziehst dann ist das nicht mein Problem Du hast ja nicht mal versucht mir zu sagen dass Mama nicht mehr da ist und das mit Lisbeth habe ich auch viel zu spät erfahren Mamas Liebling das willst du für immer sein ich finde das total blöd dann halt eben nicht.

Ein paar Stunden später schreibt sie:

– Lösch das einfach, ich war betrunken.

Ich antworte ihr noch am gleichen Tag:

– Wo soll ich hinkommen?
– Oostende. Aber es ist kalt und regnet den ganzen Tag.

Wir waren vier Kinder. Lisbeth die Älteste, seit ihrer Geburt im Rollstuhl. Kristof der Zweitälteste, groß und vernünftig, seit ich denken kann. Dann Uta und ich, Altersabstand sechs Jahre: Wir sind zusammen aufgewachsen, haben sogar kurz mal ein Zimmer geteilt. Aber Uta hatte es ähnlich schwer wie mein Bruder Kristof: Die ganze Sorge meiner Eltern gehörte Lisbeth und mir. Dem Kurzen. Dem Jüngsten. Den ständigen Befindlichkeiten einer bis zu ihrem Tod kindlichen Tochter im Rollstuhl und den überzogenen Wünschen eines verhätschelten, rundlichen Prinzen.

Uta hatte sich nichts bieten lassen. Ich erinnere mich, wie meine Mutter sie mit dem Kochlöffel durchs Haus jagte, weil sie Widerworte gab, wie sie sich nicht anschreien ließ von meinem Vater und sie mit rotem Kopf Stirn an Stirn standen und sich beschimpften, bis mein Vater seine Hand hob und Uta einfach aus dem Haus ging und über Nacht wegblieb. Dann hau doch ab, hatte mein Vater oft auch zu mir gesagt, wenn man nicht nach seinen Regeln spielte. Ich hatte stets gespurt. Ich war geblieben. Uta nicht. Sie hatte im falschesten Moment die Entscheidung getroffen, für immer ihre Siebensachen zu packen. Eine Stelle in Süddeutschland, ein spontanes Angebot, erzählte sie meinem Vater am Telefon, der gar nicht mehr richtig zuhörte, sondern einfach auflegte. Genau zu der Zeit, als unsere Mutter pflegebedürftig geworden war, hatte sie meinen überforderten Vater und ihren ebenso hilflosen Bruder in dem immer hinfälligeren Reihenhaus einfach alleingelassen. Verdammte Verräterin. Dumme Nuss. Feiger Hund. Mir waren damals viele Beschimpfungen für sie eingefallen, angestachelt von meinem Vater und selbst von meiner dementen Mutter. Ich vermisste sie nicht. Ich hatte kein Verständnis dafür gehabt, wie sie uns einfach sitzen lassen konnte. Keiner war mehr gut auf sie zu sprechen. Kühl und kurz verliefen auch unsere Telefonate, weil mein Vater gleich an mich weiterreichte, irgendwann rief sie gar nicht mehr an. Wer nicht kommt, braucht nicht zu gehen, sagte mein Vater nur noch, wenn er in der Küche saß und seinen ersten Samstagsschnaps trank, und nach ein paar Gläschen mehr: Was bildet die blöde Kuh sich eigentlich ein? Was haben wir ihr getan?

Ich liege auf dem Bett meines Hotels und höre den Regen und die Möwen. Die haben schon wieder gut lachen. Als auch eine Stunde später nichts von Uta kommt, ziehe ich meine halbwegs getrockneten Sachen an und gehe in die Stadt. Wie Plettenberg am Meer, nur ein bisschen größer. Ich kaufe mir einen Schirm und neue Schuhe, und weil ich mich dem belgischen Verkäufer gegenüber nicht traue, das Unheil zu korrigieren, nehme ich Turnschuhe aus dem Sonderangebot, die mir eine Größe zu klein sind. Mittlerweile ist es dunkel geworden. Im Hochhaus hinter meinem Hotel gehen nach und nach die Lichter an. Vielleicht gehe ich einfach zur Mole bei Sturm und Regen, so was bringt doch manchmal Erkenntnisse und ich habe wenigstens trockene Füße. Als ich gerade wieder losgehen will, vibriert mein Handy.

– De Grote Post in einer halben Stunde. Ist mitten in der Stadt, findest du.

Fast lasse ich das Telefon fallen, jetzt bin ich doch aufgeregt. Wir haben seit über zwanzig Jahren kein Wort mehr miteinander gesprochen. Wir sind erwachsen geworden ohne einander. Ich dusche mich eilig und ziehe meine guten Sachen an wie für ein Vorstellungsgespräch. Mit Hemd unter dem Pullover. Es ist wenig los in dem Lokal. Die ehemalige Post, ein mächtiges brutalistisches Gebäude, das heute ein Kunst- und Kulturzentrum ist. Vielleicht wird es sogar schön.

Ich suche mir einen Platz am Fenster und warte. Uta kommt fünf Minuten zu spät. Sie hat auch schon graue Haare wie ich, sieht aber erstaunlich jung aus. Outdoorjacke, Turnschuhe, aber nicht nach kleinstädtischer Art, sie könnte auch in Berlin oder Leipzig so zur Tür hereinkommen. Bevor sie mich entdeckt, umarmt sie eine Kellnerin, spricht mit ihr. Dann sieht sie mich, nickt mir zu und setzt sich an meinen Tisch, ohne die Jacke auszuziehen. Du siehst so richtig aus wie Papa. Und du, frage ich, um irgendwas zu sagen, mir zittern die Hände vor Aufregung. Bist du gut durchgekommen, sagt sie und ignoriert meine Frage. Ja, sage ich, aber es regnet die ganze Zeit. Hab ich dir doch gesagt, du Blödmann, sagt sie und lacht. Trinkst du ein Bier? Haben sie auch Leffe ohne Alkohol? Uta zieht die Augenbrauen hoch, du siehst aus wie Papa, aber du bist nicht wie er. Als die Kellnerin an den Tisch kommt, zeigt Uta auf mich, redet schnell, aber auf Flämisch, ich verstehe kaum ein Wort. Ob unser Vater wenigstens dann mitgekommen wäre, wenn er gewusst hätte, dass eines seiner Kinder das *blöde Volk* versteht? Während sie mit der Kellnerin spricht, kommt mir die früheste Erinnerung an Uta in den Sinn, die ich habe: Uta geht schon längst zur Schule. Wir sitzen an Heiligabend im verqualmten Wohnzimmer. Ich packe einen großen Trecker aus, jubele und bin ungeduldig, als Uta mit ihren Geschenken dran ist. Ich beiße vor Langeweile in eins der Styroporteile der Verpackung und kaue, bis mir schlecht wird, bis ich Uta einfach vollkotze. Ich weine, sie weint, aber getröstet werde ich, und den Ärger bekommt nur sie.

Ich hoffe, du magst Fleisch, sagt sie, hab Essen für uns bestellt. *Stoofvlees met Frietjes.* Bei uns Gulasch mit Fritten. Mama hätte das geliebt, sage ich. Hm, sagt Uta.

Wir tasten uns ab. Bloß nicht zu viel von sich preisgeben, sich nicht in die Karten gucken lassen. Wenn ich von Findus erzähle, gibt Uta ihre Habachtstellung auf, stützt ihren Kopf auf die Hand und lächelt. Von sich erzählt sie nur das Notwendigste. Dass sie seit ein paar Jahren im Sommer hier im Café kocht, wenn die Touristen die Stadt fluten. Dass sie sich in der Nebensaison andere Jobs sucht. Gerade sitzt sie im Media-Markt am Rande von Oostende an der Kasse. Anständig bezahlt und nicht so stressig wie Küche. Dass sie manchmal nach Gent fährt und ins Kunstmuseum geht. Dass sie sich bald einbürgern lassen will. Dass sie eine kleine Zweizimmerwohnung hat, eine Viertelstunde zu Fuß vom Meer entfernt.

Wir essen das *Stoofvlees* und trinken jeder zwei Leffe. Ihr immer noch hörbarer Sauerländer Zungenschlag. Die Augenpartie, die mich eins zu eins an unsere Mutter erinnert: So nah fühlte ich mich Mama seit ihrem Tod nicht mehr. All das würde ich Uta gern sagen, aber sie stellt ihre leere Bierflasche auf den Tisch und steht auf. Ich zahle, sagt sie. Morgen wird wieder ein langer Tag. Okay, sage ich. Und muss dabei an die wenigen Restaurantbesuche mit der ganzen Familie denken, irgendeine Kneipe auf dem Land mit Schnitzel auf der Karte. Sonntags um 11, wenn noch nichts los ist. Fast nie abends, wenn es sich vermeiden ließ. Wir waren die ersten Gäste, wenn der Wirt die Tür gerade aufgeschlossen hatte, setzten uns in die hinterste Ecke des Lokals und verschwanden, sobald die Gaststätte sich füllte. Meinem Vater waren diese Ausflüge unangenehm, er sprach in der Kneipe kaum ein Wort und schlang das Essen hinunter wie wir alle, heilfroh, so schnell wie möglich wieder im Auto zu sein.

Wann sehen wir uns morgen, frage ich Uta. Ich muss bis nachmittags arbeiten, sagt sie, danach können wir einen Spaziergang machen. Hab einen schönen Abend, sage ich, und sie klopft mir auf die Schulter wie einem Kumpel, Tschüss, sie sieht mir nicht mehr nach. Umarmungen hatten bei uns einen Seltenheitswert, wenn es nicht um meine Mutter ging. Meinem Vater habe ich zur Begrüßung die Hand gegeben. Nur ein Mal kurz vor seinem Tod umarmten wir uns innig zum Abschied.

Am nächsten Morgen weckt mich der gegen die Scheibe prasselnde Regen. Dazu ein unerbittlicher Wind, ich gehe nur vor die Tür, um mir beim Bäcker einen Kaffee und ein Croissant zu holen. Dann liege ich auf dem Bett, schaue auf die Brandmauer des Hauses gegenüber und auf das Hochhaus dahinter. Zuhause. Mag sein, dass Uta ihr Glück hier gefunden hat. Ich hingegen vermisse gerade meinen Sohn.

Bis zu unserem Treffen am Nachmittag regnet es. Aber dann reißt die Wolkendecke auf, scheint die Sonne auf die vom stürmischen Tag nach wie vor wild wogende Nordsee. Uta sieht aus wie am Tag zuvor, sie steht auf der Promenade und wartet auf mich. Hast du gutes Wetter bestellt, fragt sie und lächelt. Ich jedenfalls nicht. Gehen wir los? Aus den Häusern und Gassen strömen die Menschen an den Strand, gestern war das hier noch ein toter Ort, jetzt ändert es sich innerhalb von Minuten. Selbst das ist wie im Sauerland, wo der Landregen die Täler im Zangengriff hat ohne Aussicht auf Veränderung, und dann schlägt das Wetter innerhalb von Minuten um. Hunde und Kinder spielen jetzt im Sand. Jungs und Mädchen in Neoprenanzügen mit Surfbrettern stürzen sich in die aufgebrachte See. Du kannst dir vorstellen, wie das hier im Sommer ist, sagt Uta und seufzt. Immer am Meckern, sage ich und grinse, wie früher. Uta verschränkt die Arme beim Laufen. Sie schweigt. Je weiter wir die Küstenpromenade entlang in Richtung Middelkerke laufen, desto weniger scheint sie mich zu beachten. Imitiert sie absichtlich unseren Vater, mit dem man auch Stunden durch den Wald laufen konnte ohne ein Wort von ihm? Manchmal erklärt mir Uta immerhin, was wir gerade sehen: Das ist das Denkmal für König Leopold den Zweiten, der war ein Schwein. Das ist die Kolonnade. Hier links ist das Fußballstadion, sie spielen erste belgische Liga, und manche Profis lassen ihre Karriere hier ausklingen, weil das Meer vor der Tür ist. Da vorn kommt gleich der Atlantikwall, musst du mal besichtigen, wenn du mehr Zeit hast. Können wir langsamer gehen, frage ich irgendwann, weil Uta ganz schön Tempo vorlegt und meine Füße schmerzen. Sport ist immer noch nicht so deins, oder, sagt Uta. Und ich erzähle die Geschichte meiner zu kleinen Schuhe und dass ich mich nicht getraut habe, vor dem Verkäufer zuzugeben, ihn nicht zu verstehen. Uta bleibt stehen und lacht. Sie lacht, bis ihr fast die Tränen kommen. Das

Lachen, das ich seit zwei Jahrzehnten nicht mehr gehört, das ich vermisst habe.

Wir laufen immer weiter und sehen, wie sich die Sonne langsam dem Meer nähert. Ich traue mich nicht, von Mama oder Papa oder Lisbeth anzufangen. Irgendwann biegen wir auf die Hauptstraße ab, und Uta sagt: Das war's, ich muss weiter, ich treffe noch wen. Ich bleibe verdutzt stehen und sehe sie mit fragendem Blick an. Wir haben uns doch gut unterhalten, meint sie, und ich habe keine Ahnung, ob das ihr Ernst ist. Aber dann kriegt sie mich doch noch. Komm her, Kurzer, sagt sie und drückt mich burschikos an sich, wie es nur eine große Schwester kann. Hier hast du eine Fahrkarte für die Küstentram. Vier Stationen, dann bist du beim Hotel. Komm bald mal wieder, ja!? Und grüß deinen Kleinen von mir.

II

Flut

Martinus, ruft meine Mutter, jetzt zieh dich an. Wenn nix mehr da ist, bin ich das nicht entschuld. Die Stimme meiner Mutter, ihre Worte, ihre Gesten. Ich bin drei Jahre alt. Ab jetzt entgeht mir nichts mehr.

Davor: Ich werde geboren, erstes Blinzeln, Brutkasten, Wärmelampen, Dunkelheit, lange nichts, nächstes Blinzeln. Verschwommene Bilder, durchfurchter Schlamm am Ufer der Talsperre, Lisbeths unbequemer Schoß, ihre ungelenke Umarmung, dieser Erstickungsanfall als Baby, mein Vater, der mich rettet, mir die Kotze aus der Nase saugt, Angsttiere, die nachts über die Bettdecke krabbeln wie Ameisen, hektisches Atmen, schneller Kleinkindpuls, Fragmente einer Sprache der Panik, das tieffrequente, tiefbedrohliche Brummen in der Dunkelheit, dabei nur ein warmlaufender LKW vor dem Haus, das gedehnte Rufen rolliger Katzen wie Babygebrüll, erste Schweißausbrüche, Scharlachfieber oder blanke Angst, ein Kleiderschrank aus falscher Buche, in den ich mich verirre, den ich verriegle, eingesperrt in einem dunklen Wald voller Hexen. Andererseits: die innere Sicherheit. Der erdige Geruch der Haare meiner Mutter (ich hasste es, wenn sie frisch gewaschen waren), die kratzige Wange meines Vaters beim Gutenachtkuss, der kalte Rauch von Zigaretten beim Aufstehen, heimeliger Duft, daran lässt sich festhalten.

Am ersten Tag, an den ich mich ganz und gar erinnere, gehen wir auf die Jagd. Aber das verstehe ich noch nicht, sonst würde ich aufspringen und zuerst an der Haustür sein. Ich bleibe im Bett. Auf der Seite meines Vaters, der seit Stunden in der Schmiede steht. Schmiege mich in sein Kissen, das nicht streng riecht, sondern nach Rasierwasser, Shampoo und Tabak. Ich ziehe mir seine Decke über den Kopf, nur ganz kurz noch. Martinus, wenn wir nichts mehr kriegen, bin ich das nicht entschuld. Meine Mutter nennt mich Martinus, wenn es ernst wird. Und sie sagt entschuld statt schuld. Sie sagt auch addressiv statt aggressiv. Sie hört schlecht und merkt sich alles falsch. Damals ist mir das noch egal.

Ich strahle, als sie ins Schlafzimmer kommt und mir beim Anziehen hilft, obwohl ich das schon selbst kann. Sie umarmt mich weich, wenn wir den einen Bus verpassen, dann nehmen wir den nächsten, zu Fuß gehen wir aber nicht, ist am Plästern draußen und wir wollen keinen nassen Arsch kriegen, sagt sie.

In der Küche esse ich das von meiner Mutter hektisch geschmierte und zusammengeklappte Graubrot mit Nutella. Sie hat schon aufgeräumt und geputzt und abgespült. Lisbeth wird morgens zuerst abgeholt. Es dauert ewig, bis sie in der Schule ankommt. Der Plan des Fahrdienstes lässt keine andere Route zu. Jeden Tag muss sie eine halbe Stunde nach meinem Vater aufstehen, sich anziehen lassen und in ihre orthopädischen Schuhe steigen, dann tingelt sie mit dem Fahrer im Spezialbus über die Sauerländer Dörfer, wo die anderen Kinder eingesammelt und zur Förderschule für Körperbehinderte in Olpe gebracht werden. Auch Uta und Kristof sind schon aus dem Haus, eine Nachbarin bringt ihren Jungen im Auto zur Schule und nimmt sie mit. Später wundere ich mich, dass meine Mutter das zulässt. Sie hat unermessliche Angst um uns. Wenn euch was passiert, dann gnade uns Gott.

Während ich kaue, dreht meine Mutter am Radio herum, mein Vater wird sie dafür nachmittags anpflaumen, weil sie ihm den Schlagersender verstellt. Sie sucht nach der Welle mit den Nachrichten. Wegen der Strahlung aus dem Reaktor im Osten, die sie fürchtet. Wegen der Bombe, mit der sie rechnet. Die Meldungen im Einzelnen. Volkskammerwahlen der DDR bestätigen gesamte Staatsführung. Kurt Waldheim trotz NS-Vergangenheit zum neuen österreichischen Präsidenten gewählt. Challenger-Katastrophe mit sieben toten Astronauten war laut US-Untersuchung vermeidbar. Die Wettervorhersage: leicht bewölkt, örtlich Regenschauer bei 19 Grad.

In diesem Juni 1986 brennt es überall. Wenn der Ami zuschlägt. Wenn der Russe sich wehrt. Hätten wir doch nur einen richtigen Keller. Ich bin drei Jahre alt. Ich bin der, mit dem keiner mehr gerechnet hat. Der Nachzügler. Der Kurze. Das Mamakind. Mein Nesthäkchen. Mein Ein und Alles. Wenn du nicht mehr bist, will ich auch nicht mehr sein.

Wir gehen aus dem Haus. Auf die Jagd. Laufen eilig durch den Regen. Meine Mutter steckt mich an mit ihrer Aufregung. In einer Stunde macht der Aldi auf. Es gibt funktionale Allwetterkleidung im Angebot. Wir brauchen sie, weil wir in ein paar Wochen an die Ostsee fahren. Wir brauchen sie, weil sie billig ist und im Prospekt schön genug aussieht für uns. Wir brauchen sie nicht, weil wir sie wirklich brauchen, aber weil wir sie uns leisten können.

Warum müssen wir uns so früh anstellen, frage ich meine Mutter auf dem Weg zur Bushaltestelle. Weil sonst nur noch die kleinen Größen da sind, sagt sie. Weil die uns alles wegkaufen. Wer kauft uns alles weg, frage ich. Die anderen Weiber, sagt sie, die krallen sich, was nicht niet- und nagelfest ist.

In der Kleinstadt fährt der Bus zwei Mal in der Stunde. Sonst haben hier alle ein Auto, aber meine Mutter hat keinen Führerschein. Im Bus sitzen um diese Zeit die Wunderlichen, die Arbeitslosen, die Trinker, die Rentner. Eine alte Dame mit weißem Schaum in den Mundwinkeln steigt an der nächsten Haltestelle zu, visiert mich an, rückt mir auf die Pelle, drückt mir feist und fest ein Kaubonbon in die Hand. Bedank dich schön, raunt meine Mutter und dreht meinen Kopf in Richtung der Dame, ich murmele einen ängstlichen Dank, die alte Frau kneift mir in die Wange, und als sie endlich durch den Bus trottet, flüstert meine Mutter: Wehe, du isst das, wir schmeißen es weg.

Mir ist kalt, als wir vor dem noch dunklen Aldi stehen. Keine anderen Weiber weit und breit. Die sind nicht auf Zack, sagt meine Mutter. Immer wieder schaut sie sich um, nimmt mich zwischendurch an die Hand, falls sie die Tür auch nur eine Minute früher aufschließen, aber niemand außer uns ist auf der Jagd. Als es endlich so weit ist, drückt meine Mutter sich und mich an der Verkäuferin vorbei, bringt nur ein geschäftiges »Morgen« hervor, als wäre auch die Aldi-Verkäuferin erbitterte Konkurrenz. Sie schiebt mich durch die Gänge zur Abteilung mit den Sonderposten. Sie durchwühlt die eingeschweißten Pakete in blassen Neonfarben, bis sie vier Stück in der Hand hat. Kindergrößen für Kristof, Uta und mich, Jacken in L, XL und XXL für Lisbeth, sie und meinen Vater. Dann entspannt meine Mutter sich, such dir was Süßes aus. Ich renne zum Regal und hole daumendicke Schokoladentafeln und Schaumküsse, bist du denn dulle, bin ich denn Krösus? Bring das wieder weg, sagt sie und sieht mich böse an, aber dann wirft sie alles in den Einkaufswagen, weißt du was, heute drehen wir nicht jeden Pfennig zwei Mal um. Sie kauft noch eine Flasche Korn als Überraschung für meinen Vater, außerdem Stopftabak und ein Paket Hülsen, und dann haben wir es geschafft. Sie reißt draußen unsere Allwetterkleidung aus der Plastikverpackung, rupft die Schilder ab, zieht mir meine neue Jacke an. Kerl, ist die schön, sagt sie, und nimmt mich an die Hand. Wir gehen zum Wochenmarkt und essen zur Feier des Tages jeder eine Bockwurst. Der Regen hat aufgehört, das Geld für den Bus sparen wir uns und gehen zu Fuß zurück in die Reihenhaussiedlung. Sie summt leise vor sich hin. Meine Mutter wird auf den Tag genau 33 Jahre später im Sterben liegen. Gerade aber sind wir das blühende Leben in Outdoorjacken aus dem Sonderangebot.

Ende des 19. Jahrhunderts, im Zeitalter der Hochindustrialisierung, beschäftigte sich die britische Wissenschaftlerin Caroline Miles mit den Erinnerungen von Kleinkindern. Sie wollte für ihre Arbeit von insgesamt rund hundert Frauen wissen, welche Ereignisse ihrer frühen Kindheit sie sich gemerkt hatten. Im Durchschnitt erinnerten sich die Probandinnen an Erlebnisse rund um den dritten Geburtstag. Da bewege ich mich also im Durchschnitt. Etwas später aber stellte die Wissenschaft etwas kolossal Seltsames fest, indem sie auch Kinder in ihre Forschungen einbezog: Die Erlebnisse, die wir als, sagen wir, Vorschulkinder so gerade noch präsent haben, verblassen mit der Zeit. Infantile Amnesie. Die Ursache hierfür könnte im noch fehlenden Zusammenspiel zwischen Hippocampus und Großhirnrinde liegen. Während der Hippocampus eigentlich nur eine kurzfristige Zwischenstation ist, bevor Erlebtes und Erlittenes in das nachhaltigere Archiv der Großhirnrinde wandert, hapert es im Heranwachsen noch an dieser Übertragungsleistung. Wir erinnern uns also nicht an jede Sekunde unseres Lebens als Dreijährige. Ich hingegen schon. Das Archiv ist komplett. Die Aufzeichnung läuft unentwegt. Alles wandert in den kalten, kahlen Raum des Langzeitgedächtnisses. Es stapelt sich. Mehr noch: Allem ist schon eingeschrieben, wie es enden wird. Seit diesem Sommer nach Tschernobyl gibt es keine frühkindliche Amnesie mehr. Vielleicht war ich ein Phänomen, das von der Neurowissenschaft hätte entdeckt und gewürdigt werden können, vielleicht hätte die Familienhistorie so noch ganz andere Wendungen genommen.

Mein Vater kommt von der Arbeit. Legt sich hin. Geht einkaufen. Sitzt stumm vor dem Fernseher. Lässt sich von Frau und Kindern den Tag erzählen. Schweigt dabei. Trinkt Bier. Verteilt Gutenachtküsse. Legt sich früh ins Bett und schnarcht und stöhnt, weil er wegen seiner bösen Träume schlecht Luft bekommt oder umgekehrt. So richtig zum Leben erwacht er erst am Samstag. Mit dem knackenden Geräusch des Verschlusses seiner Schnapsflasche beim ersten Öffnen. Ich sitze stumm bei ihm in der Küche und sehe zu. Draußen wird es allmählich dunkel, im Radio sprechen sie zwischen den Schlagern, die gespielt werden, von der kürzesten Nacht des Jahres. Nach einem Schnäpschen fängt mein Vater an. Mit abgehackten Bewegungen hämmert er auf den Tisch ein. Er bearbeitet die Fleischlappen so mechanisch wie seine Schmiedestücke bei der Arbeit. Wie einem Erwachsenen erklärt er mir, was zu tun ist. Nicht übertreiben, sonst zerdepperst du das schöne Fleisch. Es soll zart werden, nicht kaputtgehen. Er schneidet Zwiebeln, Speck und Gurken. Streicht Senf auf das geklopfte Fleisch. Geht in den Keller, holt eine Rolle Garn von der Nähmaschine meiner Mutter, umwickelt die Rouladen fest. Nimmt einen zweiten Schnaps, das Garn fällt ihm runter, er will es auffangen, fegt aber nur sein Schnapspinnchen zu Boden und flucht. Diese ganze verdammte Scheiße. Aber das Garn ist entsponnen, er nimmt den Faden auf und erzählt, während er das Fleisch scharf anbrät. Von der Zeit, als er so alt war wie ich. Vom Hitler und seinem Dreck. Von seinem Bruder, der totgegangen ist, als die Bomben schon nicht mehr fielen. Von seinem Vater, der an der Ostfront war, kein junger Kerl mehr, aber alle mussten ja. Dem Granatsplitter ins Auge geflogen sind, den sie dann rausgeholt haben aus dem Lazarett, weil er Bergmann war und für die Maloche gebraucht wurde, während alle seine Kollegen nicht wieder nach Hause gekommen sind. Das alles erzählt er an den Samstagen in kleinen Varianten, schneidet Möhren und Porree, kocht das Suppenhuhn, formt Klöße, nimmt Maggi, wo es nur geht. Ich bin jeden Samstag wie elektrisiert, wenn ich meinem Vater dabei zusehe, wie er das Essen für den Sonntag vorkocht, wie er dabei eine Zigarette an der anderen ansteckt und eine halbe Pulle Schnaps und unzählige Biere vertilgt und nicht mal ansatzweise betrunken wird. Das kommt erst später. Wo sind Kristof und Uta an diesen Samstagen? Wahrscheinlich in ihren kleinen Schuhkartonzimmern unseres Reihenhauses, Musik hörend, Modellflugzeuge oder Plastikpanzer bastelnd, während Lisbeth und meine Mutter im Wohnzimmer sitzen und *Wetten, dass..?* schauen. Ich hingegen bin nur bei meinem Vater, weil die Samstage und Sonntage uns gehören, weil man nicht so früh ins Bett muss, schon mit drei Jahren nicht mehr. Wenn alles vor sich hin schmort und köchelt, dann setzt sich mein Vater an den Tisch, den Kopf auf die linke Hand gestützt, mit der rechten Hand rauchend. Und was willst du mal werden? Und war es schön mit der Mama die Woche? Willst du morgen mit mir zur Karnickelausstellung? Im Laufe der Jahre erzählt mir mein Vater sein Leben, die Bruchstücke davon. Am Wochenende ist er wie ausgewechselt. Er braucht keine Abwechslung, er braucht keine Gesellschaft, er braucht keine Kneipe, die er sein Leben lang nur *Wirtschaft* nennt, da sind nur die Arschlöcher, das ganze Leben ist für ihn voller Arschlöcher. Am Anfang einer Woche habe ich Angst, ihn überhaupt anzusprechen, weil er übellaunig oder schweigsam ist und meine Fragen mit irgendeinem Gebrummel wegwischt, aber die Wochenenden sind anders. Ich bin berauscht von diesen Samstagen, wie er. Irgendwann sind die anderen Kinder im Bett, und mein Vater ist betrunken. Ich darf auf dem Sofa schlafen, er sitzt im Sessel, trinkt noch ein Bierchen und schaut zusammen mit meiner Mutter *Stirb langsam*, während mit jeder Zigarette alles langsam stirbt. Ich schlafe mit Rauchschwaden in der Nase ein und wache verkatert vom Qualm auf.

Im endlos langen Sommer meiner ersten Erinnerungen fahren wir ans Meer. Ein ganzes Stück entfernt vom Wasser. Wir haben eine Ferienwohnung in Hansühn, einem Dorf in der Holsteinischen Schweiz, rund zwanzig Autominuten zum Meer. Meine Eltern durchforsten die überregionalen Anzeigen in der Lokalzeitung. Kurz ist der Schwarzwald im Spiel, auch die Orte im Umland von Sankt Peter-Ording an der Nordsee haben noch gute Karten, klar, Nordsee wäre schöner. Aber letztlich entscheidet der Preis. Hansühn, Ferien wie auf dem Bauernhof, ein paar Hühner, ein Spielplatz, eine Bäckerei im Ort. Wer will überhaupt die erste Reihe am Meer, wo die ganzen Schnösel hocken und es windig ist von morgens bis abends?

Wir haben einen braunen Opel Rekord, der es so gerade noch durch den TÜV geschafft hat, wir brauchen sechs oder sieben Stunden mit Pausen. Uta, Kristof und ich sitzen hinten. Vorn steckt meine Mutter meinem Vater im Fünfminutentakt die Zigaretten an und reicht ihm Filterkaffee aus der Thermoskanne. Wir haben eine Kassette dabei, und Mike Krüger und Jürgen von der Lippe singen im Wechsel ihre Lieder. Ich erinnere mich noch, dass auch Klaus und Klaus zum Repertoire gehören und sie von der Nordseeküste singen, obwohl wir an die Ostsee unterwegs sind. Die Nacht vorher schlafe ich nicht. Es ist mein allererster Urlaub. Und der erste Urlaub meiner Eltern seit vielen Jahren. Was mich erleichtert und glücklich macht: Lisbeth ist nicht dabei. Meine Eltern haben über die Kirchengemeinde eine CVJM-Reise ins Zeltlager nach Schweden gefunden. Man traut sich dort den Umgang mit einem Mädchen im Rollstuhl zu, und deshalb haben wir genug Platz im Auto. Lisbeth ist mir damals im Weg. Ich kann mit ihr nichts anfangen. Sie ist meine schärfste Konkurrentin. Mit ihren Bedürfnissen und ihrer Heulerei, gegen die ich chancenlos bin. Mit Uta und Kristof ist das anders, diesen Kampf habe ich qua Geburt gewonnen.

Noch Jahre später denke ich, dass sich so ein Traumurlaub nicht wiederholen lässt. Ostsee ist sonst teurer, sagen meine Eltern, die ist sonst was für reiche Leute, aber jetzt sind wir mal dran. Der gleißend weiße Sand vom Weißenhäuser Strand. Viel später lese ich, dass an den paradiesischen Strand ein stark frequentierter Truppenübungsplatz grenzt. Eine Urlauberin schreibt im Internet, sie halte diesen Ostseeabschnitt gar für einen sozialen Brennpunkt. Davon merken wir damals nichts. Wir haben unseren Strandkorb. Wir haben das Meer. Mein Vater lässt sich einen Schnauzbart wachsen, das erste und einzige Mal. Und meine Mutter muss nur ein einziges Mal zum Kurarzt und bekommt ein frisches Kortisonspray gegen ihr Asthma. Die Vermieter unserer Ferienwohnung in Hansühn haben Hühner und Gänse und eine Nacktschneckenplage. Ich sehe dem älteren Herrn zu, wie er die

Schnecken einsammelt und wegbringt. Eines Tages will ich dem Vermieter helfen. Ihm imponieren und mir später das Lob abholen. Er ist gerade nicht da, also nehme ich einen Stock und versuche, eine Nacktschnecke vom Hof und in den Graben zu stochern. Ich probiere es eine Weile, dann steche ich ungelenk hinein, und der Schleim quillt aus ihr heraus. Sie windet sich, während sie verendet. Ich verstecke mich hinter den Bäumen im Hof und hoffe, dass mir der Vorfall nicht zugerechnet wird. Sonst gnade mir Gott. Es würde ein Donnerwetter geben und vielleicht sogar eine Backpfeife von meiner Mutter. Irgendwann höre ich den Vermieter kommen und schaue um die Ecke: Kopfschüttelnd und stumm steht er vor dem getöteten Tier. Die Hände in die Hüften gestemmt, gefühlt minutenlang. Ich bete, dass er nicht bei uns klingelt, dass es niemals rauskommt. Ich zittere, weil ich den Zorn meiner Eltern fürchte. Weil ich jetzt lerne, wie Schuld schmeckt in dieser Familie von Protestanten wie uns, die zwar nur an Weihnachten in die Kirche geht, aber an den lieben Gott glaubt und sich vor dem bösen Gott fürchtet. Damals, in diesem ersten Sommer der Erinnerung, wird der Grundstein gelegt für etwas, das bleiben wird. Beichten nutzt nichts. Erlösung gibt es nicht. Und wenn du sowieso schuldig bist, dann wirst du auch bestraft, irgendwann auf jeden Fall. Ich vergesse die Schnecke an den Vormittagen am Strand, während der Abende am Küchentisch mit der Wachstuchtischdecke und den Plastikstühlen und der Gulaschsuppe aus der Dose, ich denke nicht an sie, als wir mit der Wildwasserbahn im nahe gelegenen Freizeitpark fahren und ich sogar das Erinnerungsfoto bekomme, das ich mir so sehr wünsche, für ein Heidengeld, sagt meine Mutter, ich verdränge die tote Schnecke, während wir in einem holsteinischen Einkaufszentrum in der Nähe sind, wo wir bei einer Sonderaktion eine Portion kostenloses Haifischfleisch probieren – erst fast am Ende des Urlaubs kehrt die Schuld zu mir zurück. Auf dem Spielplatz in Hansühn gibt es ein kleines Motorboot, jemand aus dem Dorf hat es ausgemustert und den übrigen Bootskorpus für die Kinder in den Sand geschafft. Dort verbringe ich viele Stunden allein, stehe am Steuerrad, überquere die Weltmeere. An einem scharfen und rostigen Stück Blech, das vom Boot absteht, schneide ich mir kurz vor dem Ende des Urlaubs tief in die Hand. Mir wird schlecht, ich schaffe es gerade noch über die Straße zur Ferienwohnung. Da ist sie, die verdiente Strafe. Meine Mutter schreit, mein Vater flucht. Meine Geschwister schütteln den Kopf, weil ich wieder im Mittelpunkt stehe. Der hinzugerufene Vermieter schaut mich besorgt an und verstärkt trotzdem nur meine Übelkeit. Aber er hält dicht, wenigstens das. Wir fahren in die Ambulanz des örtlichen Krankenhauses, man überlegt, die Wunde zu nähen, aber ich weine und wehre mich dagegen, also wird die offene Stelle nur desinfiziert und verbunden. Natürlich spielen wir auch am letzten Tag vor der Abreise am Weißenhäuser Strand, gerate ich beim Baden mit der Hand ins Salzwasser – und als wir nach Plettenberg zurückkommen, eitert die Wunde vor sich hin. Meine Mutter hantiert mit Jod, fürchtet eine Blutvergiftung. Sie droht. Wenn wir jetzt zum Arzt müssen. Wenn deine Hand ganz weg ist. Wenn der ganze Arm dran ist. Wenn das nicht wieder gut wird. Wenn du erst ins Krankenhaus kommst. Dann gnade uns Gott. Dabei, denke ich, ist das doch keiner entschuld. Und das mit der Nacktschnecke war keine Absicht.

Es gibt keinen steilen Aufstieg nach oben, es gibt keine unermessliche Erbschaft der Großtante aus dem hohen Norden, es gibt keine Doppelhaushälften mit Carports, von denen wir gar nicht so genau wissen, was wir auch damit noch anfangen sollen.

Weit zurückgehen können wir nicht. Schon eine Generation früher wird es dünn. Halten wir uns an die wenigen überlieferten und dennoch halbgaren Fakten, folgen wir dem Faden, den eine nähende Mutter hinterlässt, versuchen wir es mit den beiden klassischen Stellvertretern der Vorfahren: der Großvater väterlicherseits, die Großmutter mütterlicherseits. Mein Opa war Bergmann und, so sagt man, ein feiner Kerl. Im Rahmen seiner Möglichkeiten. Knurrig, aber lustig. Eigenbrötlerisch und stur. An Silvester immer weit vor Mitternacht im Bett. Ansonsten dem Alkohol zugetan, schluckte Pillen wie Süßigkeiten und bekam seinen Nasenspraykonsum seit der Ostfront nicht mehr in den Griff. Die Familie der Oma mütterlicherseits hieß Geldmacher und war stets mittellos. Das vererbte sich so. Aber wer nichts hat, dem kann man auch nichts wegnehmen. Es gibt noch einen exotischen Zweig aufseiten meines Vaters, der reicht in den Schwarzwald und fällt aus dem Rahmen. Da war allen Ernstes vor dem Krieg mal Geld da, da wurden Kuckucksuhren gebaut, und sogar Goldschmiede soll es gegeben haben, ein Großonkel war später noch Uhrmacher und für die Bahnhofsuhren im Süddeutschen zuständig. Das war es aber mit der Pracht.

Bleiben wir bei den Geldmachers mit ihrer berüchtigten Armut. Die Mutter meiner Mutter war sehr korpulent. Sie war rastlos und herrisch. Sie verfügte über alles um sich herum wie eine Diktatorin. In ihrem Leben brachte sie es auf mehr als hundert Umzüge. Die hatte einen Knacks weg, sagte meine Mutter, aber sie war doch meine Mama. Ihre Mama. Eine Mama wie Mutter Courage. Ständig auf ihren Vorteil bedacht. Die Zügel krampfhaft in der Hand haltend. Die Strippen ziehend. Was auch immer sie zu dem Ungeheuer machte, das sie den Erzählungen nach war: Es muss gewaltig gewesen sein. Bekannt ist, dass sie sich in der Kriegszeit als Straßenbahnschaffnerin verdingte. Da ist ihr Mann schon bei der Wehrmacht. Es ist auch bekannt, dass jener Mann zum Ende des Kriegs in Gefangenschaft gerät und länger dort bleibt. Fest steht: Meine Mutter wird im September 1946 in Essen-Kupferdreh geboren. Fest steht somit nicht, ob der Mann, den sie Papa nennt, kurz vor oder kurz nach ihrer Geburt aus der Kriegsgefangenschaft zurück in den Ruhrpott kommt. Ebenfalls nicht gesichert ist – im Laufe der Jahre erzählte mir meine Mutter mal die eine, mal die andere Variante –, wer ihr wahrer Erzeuger war. Möglicherweise ein amerikanischer Besatzungssoldat, zeitlich würde das hinkommen. Eventuell aber auch ein lokal bedeutendes Mitglied der SS, das sich nach Kriegsende bei der Oma im dunklen

Anbau versteckt wie im Bunker. Es wird für immer unklar bleiben, ob dieser oder jener. Ebenso, ob einvernehmlich oder gewaltsam. Meine Mutter hat das Geheimnis ihrer Herkunft mit ins Grab genommen. Eins hingegen steht relativ sicher fest: Die Oma war Männern auf exzessive Art zugeneigt. Sie nahm sich, was sie wollte. Sie holte sich, was zu kriegen war. Ein Mal, da war meine Mutter noch viel zu jung, ging plötzlich der alleinstehende Blumenhändler aus der Parallelstraße ein und aus bei ihnen. Der ist doch eine gute Partie, der hat Geld, der hat einen Laden. Meine Mutter war für ihn vorgesehen. Aber sie wollte nicht. Also fing die Oma was mit ihm an. Ob es stimmt, dass sie es sogar auf ihre Schwiegersöhne abgesehen hatte und sich mit ihrer Gier rücksichtslos durchsetzte? Meine Mutter kann ich nicht mehr fragen. Sicher ist nur, dass sie das Stigma der Armut nie loswurde. In der Nachkriegszeit gab es im Ruhrgebiet viele arme Leute. Aber der Platz darunter, noch unter der Arbeiterklasse, der war für die Geldmacherin und ihre Kinder reserviert. Sie hausten in einem düsteren und engen Anbau. Alle mussten ackern, von Kindesbeinen an. Das Geld ging an die Geldmacherin, und zwar zügig. Das Umfeld meiner Mutter als Heranwachsende war gewalttätig, gleichgültig und rücksichtslos. Es gab einen Bruder, über den sagte meine Mutter, er sei zartbesaitet gewesen. Ob er wirklich auf Männer stand oder unglücklich in ein Mädchen verliebt war? Auf jeden Fall sprang er verzweifelt vor den Zug, und meiner Mutter blieb fortan nur noch eine ganze Schar von Schwestern.

Ein Foto zeigt meine Mutter als kleines Mädchen hockend mit zwei kleinen Mischlingshunden links und rechts von sich. Sie lächelt und hat damals schon ihren wachen Blick aus diesen großen und schönen Augen, den sie bis zum Schluss behält und der mir heute so fehlt. Erwartungsfroh, so schlimm die Dinge auch sind. Und schlimm sind sie wirklich. Folgerichtig mündet auch die einzig erhaltene Schwarzweißfotografie meiner Mutter als Mädchen in einem Unglück. Die Hunde sollen bei einem Bauern der Nachbarschaft ein paar Hühner gerissen haben. Vielleicht war es auch der Fuchs, aber der ist nicht greifbar und wen interessiert das schon. Meine Mutter muss die Tiere zu einem Jäger bringen, es knallt zwei Mal, und ihre Tölen machen keine Schwierigkeiten mehr.

Ich erlebe die Großmutter nur wenige Male in ihren letzten Jahren. Da wohnt sie in der Peripherie des Ruhrgebiets im oberen Stockwerk eines schmuddeligen Hochhauses. Mein Vater will nie hinfahren, und auf dem Weg streiten sich meine Eltern pausenlos. In der Wohnung stapeln sich die Kartons aus dem Quelle-Versand. Ich erinnere mich noch an die Reibeisenstimme der Oma, dass alle Erwachsenen rauchen wie die Schlote, dass ich auf einen Fünfmarkschein spekuliere, den ich immerhin bekomme, dass sie bei einem der frühen Besuche noch einen blinden und tauben Pudel hat und am Schluss einen gelben Wellensittich namens Posti, den sie versehentlich verhungern lässt, als sie sich nicht mal mehr um sich selbst kümmern kann. Der Anruf kommt an einem frühen Morgen in den späten Achtzigern, und meine Mutter ist entsetzt, als ihre Schwester ihr die Nachricht überbringt. Eine Mutter bleibt eine Mutter. Der eine Schrecken wird vom nächsten abgelöst. Die Oma hat Schuldenberge bei mehreren Versandhäusern hinterlassen, und man beratschlagt sich, wie dieses unerfreuliche Erbe auszuschlagen sei. Ein Ende so düster wie der Anbau, in dem die ganze Familie nach dem Krieg ihr Dasein fristete.

Etwas besser sieht es bei meinem Vater aus: Seine Leute sind zwar auch nicht reich, aber sie tun, was sie können. Alles Bochumer Bergleute, alle unter Tage. Den Opa väterlicherseits lerne ich nicht mehr kennen. Von ihm habe ich nur die Anekdoten, die mein Vater erzählt hat: Wie er bei Stromausfall der ganzen Familie im Dunkeln das Fleisch wegfrisst und sich kaputtlacht. Wie er sein Leben lang die Kommunisten wählt. Wie er beim Hamstern in der Zwischenkriegszeit auf einen Hund trifft, der sich mit ihm unterhält und ihn zu Tode erschreckt. Wie er meinem Vater im Krankenhaus seine goldene Uhr schenkt, sich den Himmelskomiker bestellt (also den Klinikpfarrer) und sagt, er würde jetzt gern sterben – und nur Stunden später tatsächlich stirbt. Mein Vater wird im Februar 1940 geboren und wächst in einem Zechenhaus in Bochum-Werne auf. Von seinem Vater hat er nicht viel, der muss in den Krieg, obwohl er den Hitler hasst. Die ersten Erinnerungen meines Vaters spielen alle im Hochbunker. Die Bomben machen ganze Straßenzüge platt, auch die Gebäude links und rechts von seinem Haus. Bei meinem Vater daheim gehen nur Teller und Tassen zu Bruch. Der Knall, als eine Fliegerbombe eine Ecke des Hochbunkers wegsprengt, sitzt ihm sein Leben lang in den Knochen, und er träumt regelmäßig davon. Sein Vater, mein Opa, kommt früh von der Front zurück, weil die Kriegsmaschinerie Kohle und Stahl braucht. Unmittelbar nach dem Krieg stirbt ein Bruder meines Vaters, als sie in den Trümmern spielen, er durstig wird und bleiverseuchtes Wasser aus einem Bombenkrater trinkt. Die Milch, die ihm von den hilflosen Eltern eingeflößt wird, ist kein wirksames Gegenmittel. Die Familie muss zusehen, wie das Kind stirbt. Mein Vater ist ein hochgewachsener junger Mann, der schon Anfang der Fünfziger von der Volksschule auf die Bergmannsschule kommt. Keine Frage, dass auch er unter Tage arbeitet, das kommt ihm entgegen: Er ist damals schon schüchtern bis zur Unsichtbarkeit und maulfaul bis zum Stummsein.

Von der Begegnung meiner Eltern existieren mehrere Versionen. Es ist wohl so, dass es die Familie meiner Oma bei den mehr als hundert Umzügen nach Bochum verschlägt. Und, dass meine Mutter arbeitet. Erst in den Stunden nach der Volksschule, dann in Vollzeit. Sie macht eine Lehre als Schneiderin, unbekannt, ob abgeschlossen oder nicht. Vormittags jedenfalls steht sie in der Näherei, nachmittags am Fließband, nachts hilft sie beim Austragen der Zeitung. Vielleicht sieht sie ihn nach der Schicht vor der Kneipe stehen und spricht ihn an und er wird knallrot, weil er das nicht gewohnt ist. Vielleicht öffnet er ihr die Tür, als sie das monatliche Zeitungsgeld bei seiner Familie abkassiert und sie nutzt die Gelegenheit und verwickelt ihn in ein Gespräch, mein Gott, was war dein Vater ein schmucker Mann. Vielleicht sehen sie sich auch einfach auf der Straße, nicken sich stumm zu, und die Dinge sind klar. Auf jeden Fall geht es schnell, das muss es auch: Meine Mutter will raus aus dem Elend. Um jeden Preis. Mein Vater will eine eigene Familie haben. Und ein Haus bauen. Und Kinder. Er ist 21. Sie ist 15. Ihre Mutter ist wenig erfreut. Ein Maul weniger zu stopfen, einerseits. Aber auch eine versiegende Geldquelle, andererseits. Zähneknirschend stimmt sie der Hochzeit zu. Auf dem bis zuletzt in unserem Reihenhaus hängenden Foto sieht man das erleichterte Lächeln eines älter aussehenden Mädchens und das strenge und stolze Gesicht eines jungen Arbeiters mit zurückgekämmtem Haar.

Über meinem Schreibtisch hängt ein Holzschnitt von Hans Schmitz. Der Künstler gehörte zu den sogenannten Kölner Progressiven, die sich mit den Lebensumständen der Proletarier beschäftigten. Seine Darstellungen des Arbeitermilieus sind in letzter Zeit wieder gefragt. Das Blatt stammt aus dem Jahr 1924 und hat den Titel »Feierabend«. Es zeigt rauchende Fabrikschlote und einen bärtigen Arbeiter mit Schiebermütze. Er steht vor der Firma, die Hände in die Taschen seiner Jacke gesteckt, sein Mund ein Strich ohne Lächeln. Ich habe den Holzschnitt gekauft, gerahmt und über dem Schreibtisch platziert. Das Bild ist unerträglich sachlich. Nichts verrät etwas über die Lebensumstände des Mannes, der seine Schicht gerade hinter sich gebracht hat. Und trotzdem sehe ich alles. Feierabend. Mein geschaffter Vater, der wortlos Kartoffeln und Kassler in sich hineinschaufelt und dessen weiches Haar nach Duschgel riecht.

Von all den Menschen, mit denen ich als Kind zu tun hatte, dürften – über den Daumen – mehr als die Hälfte schon nicht mehr am Leben sein. Mama, Papa, Lisbeth. Der übers Land fahrende Bäcker mit seinem tuckernden VW-Bus und der markanten Klingel. Die Mitarbeiterin der Stadtbücherei. Die beste Freundin meiner Mutter. Mein Philosophielehrer, dem die prachtvolle Villa beim

Bahnhof gehörte, die heute zum Verkauf steht. Die Kleinstadt, aus der ich komme, gibt es nicht mehr. Verschwunden ist auch das Milieu meiner Eltern. Der überquellende Aschenbecher mit gedrehten, gestopften, ohne Steuermarke gekauften Zigaretten. Das fettige Essen in allen Varianten. Die leeren Kästen Bier und die ungezählten Flaschen Korn, von denen mein Vater seine allerletzte Pulle nur noch bis zur Hälfte austrank. Die Adipositasprobleme, von denen so ziemlich alle Familienmitglieder irgendwann eingeholt wurden, das Dauerprekariat, das es notwendig machte, bei jeder Klassenfahrt und jedem Ausflug zu rechnen. Mein Vater, der nie genug arbeiten konnte, um am Ende des Monats nicht im Minus zu landen. Meine Mutter, die ständig in Sorge war, irgendwo zu kurz zu kommen: So waren wir.

Gehörten 1970 in Westdeutschland noch 47,3 Prozent der Erwerbstätigen zur Arbeiterklasse, so gab es im Jahr 2021 nur noch 12,3 Prozent malochende Lohnempfänger. Ich will das alles nicht zurückhaben. Nicht die Scham, nicht die Wut, nicht die endlos verqualmten Abende im Wohnzimmer mit Privatfernsehsendungen. Auch nicht die Freiheit, die ich irgendwann hatte, als bei uns daheim niemand mehr verstand, was mich umtreibt – und sie mich trotzdem machen ließen.

Es wäre schrecklich, wenn die Zeitmaschine im, sagen wir, Jahr 1996 landen und mich als erwachsenen Menschen im Körper und Leben des dicklichen, unmodisch angezogenen und mit furchtbarem Topfschnitt entstellten Jungen ausspucken würde, der auf dem Konfirmationsfoto mit seiner bunten Kleinstadtkrawatte grinst. Das will ich ums Verrecken nicht, um es mit den Worten meiner Eltern zu sagen. Wer die Zeit ernsthaft zurückdrehen will, ist nostalgisch.

Aber Nostalgie und Sehnsucht sind zwei verschiedene Paar Schuhe. Denn Sehnsucht funktioniert in Wahrheit so: Man möchte nicht mehr Teil dessen sein. Nicht zurück in dieses Leben. Aber in der eigenen Sehnsuchtsfantasie gehen die Dinge daheim immer so weiter. Als sei die ganze niemals heile Welt gefangen in einer Art Zeitstagnation ohne die Option des Alterns. Der Vater fährt zur Frühschicht. Die Mutter nimmt den Bus und kauft ein. Die gelähmte Schwester kommt von der Schule, von der Ausbildung, von der Arbeit, sitzt im Eckchen des Reihenhauses und hört ihre ABBA-CDs mit Kopfhörern auf der Stereoanlage. Und die Zeitung wird nachts noch im alten Verlagshaus gedruckt, und das Kollegium im Lehrerzimmer bleibt unveränderlich und hockt größtenteils im Raucherbereich, den es natürlich in der Sehnsuchtsidee noch gibt. Es ist die Sehnsucht nach dieser unkaputtbaren Welt des Aufwachsens, die vielleicht nicht gut war, aber geordnet. Die Vorstellung, dass es kein Siechtum gibt, keinen erdrutschartigen Niedergang, kein Austilgen der Dinge, an die wir glaubten. Wir, die kleinen Leute aus der kleinen Stadt.

Um Missverständnisse zu vermeiden: Es soll wirklich nicht wieder so sein wie damals. Jedenfalls nicht für immer. Aber, darüber könnte man doch verhandeln, wenigstens für kurz, ganz kurz. Für eine halbe Minute, eine halbe Stunde, von mir aus auch einen halben Tag lang. Mit dem Wissen von heute. Würde ich meinen Eltern Dinge sagen, zu denen wir nicht mehr gekommen sind? Wäre ich liebevoller, versöhnlicher, nachsichtiger im Umgang mit Lisbeth? Könnte ich zur Talsperre fahren und da den wahren Grund finden für dieses ewige Sehnen ans Meer? Manchmal würde ich es gern probieren, möglicherweise verstummen dann die Weißtdunochs im Kopf. Weißt du noch, als der Papa eingeschlafen ist und die Zigarettenglut ihm fast den Sessel unterm Arsch angesteckt hat? Weißt du noch, als die Mama wirklich mal beim Streit mit einem Weib um den letzten Pullover in Übergröße handgreiflich geworden ist und wegen Beleidigung zum Schiedsmann musste? Weißt du noch, wie albern die Eltern manchmal waren beim Würfeln oder Kartenspielen, wie sie sich zum Lachen brachten, bis sie sich nicht mehr einkriegten und ihnen die Tränen kamen? Weißt du noch, wie warm der Strandsand zwischen den Zehen kitzelte, als du ihn das erste Mal fühltest?

Als Kind sah ich einen Film auf VHS-Kassette, den ich mir in der Videothek ausgesucht hatte. *Der Flug des Navigators.* Eine amerikanische Produktion aus dem Jahr 1986. Ein Junge spaziert durch den Wald und sieht einen Lichtblitz und will nachsehen, was passiert ist. Dabei fällt er einen Abhang hinunter und bleibt bewusstlos liegen. Als er wieder zu sich kommt und nach Hause zurückkehrt, wohnt dort eine andere Familie. Man findet seine Eltern, man bringt ihn hin – doch während der Junge immer noch derselbe ist wie vor dem Sturz in den Abgrund, sind wie mit einem Fingerschnips acht Jahre vergangen. Nachts hört er eine Stimme, die ihn »Navigator« ruft. Der Film ist eine trashige Science Fiction-Komödie mit klassischer Handlung, UFOs, Außerirdische und natürlich die NASA, die der Sache auf den Grund gehen will. Die Auflösung des Zeitsprungs ist eigentlich gar nicht so wichtig (ein außerirdischer Computer erforscht Lebewesen im Weltall und bringt sie zu diesem Zweck auf seinen Heimatplaneten, um sie danach wieder in ihrem alten Leben abzusetzen – beim Jungen in »Der Flug des Navigators« misslingt jedoch das Manöver –, aber natürlich wird am Schluss alles gut, der Aliencomputer korrigiert den Zeitsprung, und die Erinnerungen seines Umfelds an die Ereignisse werden kollektiv gelöscht, während nur der Junge das Abenteuer im Gedächtnis behält). Wahrscheinlich will der Film gar nicht so viel, wie ich in ihn hineininterpretiere. Aber es geht doch um Zerbrechlichkeit. Um die geringe Halbwertszeit von so etwas wie Familie. Um das beschissene Gefühl, wenn jemand kommt und sagt: Die Zeit ist abgelaufen, tut mir leid. So wie gestern wird es heute nicht mehr sein. Und morgen nicht. Und übermorgen sowieso nicht.

Es beschäftigte mich damals: Aufzuwachen in einer an sich vertrauten Umgebung und zu merken, dass nicht mehr gilt, was war. Falsch zu sein im richtigen Leben. Es machte mir Angst, es hatte seinen Reiz. Ich sah den Film in einem Sommer und betrachtete danach an mehreren

Abenden hintereinander vom Balkon aus den Funkturm, der aus den Wäldern auf der anderen Seite vom Tal in den Himmel ragte. Ich wartete auf ein Zeichen. Darauf, dass jemand nach mir ruft, um mich zu holen. Schon damals war ich sehnsüchtig. Aber wonach? Es sollte so bleiben. Es sollte anders sein und trotzdem so bleiben. Aber ich bin doch nur ein Kind, ruft der Junge im Film dem außerirdischen Computer irgendwann zu, Du bist der Navigator.

In einem Sommer zwei Jahrzehnte später dachte ich wieder an den Film und an diesen Satz. Mein Vater war im Winter zuvor gestorben, und ich musste für drei Wochen auf meine Mutter aufpassen. Aufpassen. Kann man das so drastisch sagen? Meine Mutter war doch eine erwachsene Frau. Ja, man muss es sogar so formulieren. Denn sie trug noch die Funktionsbezeichnung Mutter, während ich mich nach wie vor mit den gleichen Ängsten quälte wie als kleiner Junge und trotzdem der Chef sein musste. Ich bin doch nur ein Kind, Mama. Du bist der Navigator. Damals vergingen die Tage zäh und meine Finger waren eiskalt. Wie vor einer Prüfung, für die man nicht gelernt hat. Wie im Kindergarten, in den man nicht will. Was hätte ich dafür gegeben, wenn mich jemand nachts zum Raumschiff im Wald gerufen und mich zurück in die gefühlt richtige Lebenszeit geschickt hätte? Ich rief die Seelsorge an. Und stammelte und konnte dem Mann am anderen Ende der Leitung nicht mal genau erklären, worin die Überforderung lag. Die Umkehr des Mutter-Kind-Prinzips bei gleichbleibendem Kleinsein. Ich erzählte, dass mir der früher beruhigende Rhythmus des Schmiedehammers im Tal Kontinuität vermittelt hätte und heute ein schmerzhafter Schlag im Sekundentakt sei. Ich sagte, dass ich mir morgens nach dem Aufwachen nicht vorstellen kann, wie ich den Tag schaffen soll. Distanzieren Sie sich, riet mir der Mann. Treten Sie einige Schritte zurück. Gehen Sie zum Grab Ihres Vaters in der Rolle eines Fremden, der über den Friedhof flaniert. Fragen Sie sich: Ist das alles auch tragisch, wenn ich es aus der Ferne betrachte? Gelänge es mir, den jungen Mann zu beruhigen, der mir seine Geschichte erzählt? Relativieren, distanzieren, objektivieren: Die Ratschläge halfen ein wenig. Sie kurierten die Symptome. Deine Wunde ist so übel nicht, dachte ich. Meine Mutter bekam von alledem nichts mit. Sie freute sich über die vielen Eisbecher in der Fußgängerzone und die Bockwurst im Brötchen auf dem Wochenmarkt, über den ganzen Ramsch und Plunder, den wir in Sonderpostenläden und an Billigkleiderständen kauften.

So viel Angst. So viel Zorn. So viel Panik. So wenig Luft, das alles rauszulassen. Seit ich selbst eine Familie habe und wir uns redlich bemühen, manche Dinge anders zu machen, verstehe ich das Problem von damals: Bei uns Arbeitern war kein Platz für Gefühle. Erst recht nicht fürs Gespräch darüber. Das setzt sich fort, seit Generationen und in die Zukunft hinein. Habe ich mit meinem Bruder Kristof jemals wirklich über unsere Traurigkeit geredet, ohne dass wir nach ein paar Sätzen mit einem makabren Friedhofswitz die Kurve raus aus dem Eigentlichen bekommen hätten? Wäre mein Vater jemals auf die Idee gekommen, über seinen bevorstehenden Tod zu sprechen? Warum hat nie jemand in der ganzen Familie verstanden, dass ich das Kind war und nicht der Navigator, dass man mit Mitte zwanzig nicht in der Lage ist, den eigenen Vater (zumindest einen solchen Vater) beim Sterben zu begleiten, ohne auf der Strecke zu bleiben, ohne halbwegs den Verstand zu verlieren? Um nochmals die Sprache meiner Eltern zu bemühen: Für diesen ganzen Scheiß hatten wir keine Zeit. Und so ließ mein Vater beim Saufen den Dampf ab und meine Mutter hatte ihre Armada an Asthmasprays, um zu Atem zu kommen.

Und Verluste trafen uns unvorbereitet, weil niemand sehen konnte oder wollte, dass wir seit Jahrzehnten schon am Limit waren, nicht mehr weitermachen können, am Krepieren sind, dass das alles nicht gut gehen kann und nicht gut gehen wird, dass diese Folge der proletarischen Privatfernsehsoap definitiv mit dem tristen Reihengrab endet und am nächsten Tag nicht der knallbunte Vorspann kommt und alles auf Anfang steht.

Abschiede hätten die Sache einfacher gemacht, aber die waren stets von Anfang an verbaut. Ja, tatsächlich, es gab kein einziges Mal einen Abschied, der diesen Namen verdient hätte. Schnapp ihn dir einfach, riet mir ein kulturwissenschaftlich gebildeter Bekannter damals, als schon klar war, dass mein Vater nur noch wenige Wochen am Leben sein würde, pack ihn in den Rollstuhl, schieb ihn um die Talsperre und rede mit ihm. Das wäre die perfekte Filmszene gewesen: Vater und Sohn, sich Zigaretten teilend, endlich plaudernd im Angesicht des Endes, und dann zoomt die Kamera nach oben und wir weinen vor Rührung über das tolle Gespann, seht ihr, das Leben ist auch dann noch schön, wenn es sich auf der Zielgeraden befindet. Was hätte ich dem Bekannten sagen sollen, der es nur gut meinte? Dass er keine Ahnung hat, wie wir waren? Dass mein Vater, obwohl ihm die Ärzte die Aussichtslosigkeit mitgeteilt hatten und er kaum noch stehen konnte, trotzdem im barschen Ton befahl, seine gebügelten Poloshirts gefälligst in den Schrank zu räumen, damit er sie im nächsten Frühjahr wieder tragen könne? Dass ich schon damals die Nase voll hatte von den Klischees über die proletarische Herkunft, über die sogenannten einfachen Verhältnisse, wo die Menschen aus grobem Holz geschnitzt sind, ihr Umgang miteinander dafür wenigstens auch einfach ist?

Die Unmöglichkeit der Abschiede. Das ist der wahre Motor für die Sehnsucht zurück. Weil nichts wirklich abgeschlossen sein kann, weil diese Arbeiterfamilie irrational in meinen Gedanken immer weiter existiert, weil mein Papa für immer von der Schicht kommen und meine Mama im geblümten Küchenkittel ihm für immer das fettige Kassler mit Bohnen hinschiebt, weil es keine versöhnte Vergangenheit gibt, sondern nur schlecht heilende und mit billigem Verbandszeug provisorisch versorgte Wunden.

Der Flug des Navigators. Bevor ich Katja traf und nicht mal ein Jahr später Findus auf die Welt kam, hatte ich in einem fremden Raumschiff die Welt bereist. Es dauerte eine Weile nach Findus' Geburt, bis sich der Wachstumsschmerz legte. Bis wir ankamen. Im Hier und Jetzt. Nicht mehr fremd. Zur richtigen Zeit am richtigen Ort. Der immer da ist, wo die Familie ist. Mach dir keine Sorgen, werde ich Findus sagen, was auch immer passiert: Wir sind die Navigatoren, und du bist das Kind.

Ich schaue gerade wieder auf den Feierabend über meinem Schreibtisch, den wir nicht so richtig kennen. Wie unsere Eltern. Der Arbeiter auf dem Bild von Hans Schmitz hat nicht nur einen Strichmund, sondern starrt mich unentwegt mit ausdruckslosen Augen an. Vielleicht hat er ein Eigenleben, von dem ich nie erfahren werde. Vielleicht, so stelle ich mir vor, wartet er jeden Tag nur auf den Moment, bis ich meinen Schreibtisch verlasse, damit er endlich seine Ruhe hat, die Hände aus den Jackentaschen nimmt und erleichtert aus dem Bild schreitet.

Meine Mutter näht. Kürzt die Hosen meines Vaters. Ändert das sommerliche Kleid, das sie von ihrer älteren Schwester bekommen hat. Es beruhigt sie. In den Nächten ist mein Vater oft nicht da. Die Zeche läuft im Dreischichtbetrieb auf Hochtouren. Nachts gibt es Zuschläge. Ich bin Bergmann, wer ist mehr? Beim Nähen in den Nächten ist sie bei der Sache. Hält sich Angst und Bange so gut es geht vom Leib. Die Wohnungstür gibt nach, wenn wer sich dagegen stemmt. Gleich klingelt einer von der Zeche und knetet seinen Hut zwischen den Händen und murmelt, es sei etwas Schlimmes passiert. Es stinkt nach den Kohlenöfen der Straße, aber verbrannter als sonst. Eine Feuersbrunst kann alle Freude verschlingen. Nicht zu tief einschlafen, sonst erstickt man. Eigentlich ist doch alles gut, fast alles: Sie sind nach Westerholt gezogen in eine eigene Wohnung. Eine Bergarbeitersiedlung in einer kleinen Stadt im nördlichen Ruhrgebiet. Keine Stunde mit dem Moped von Bochum entfernt. Hochparterre, zwei Zimmer, Küche, Bad. Das muss man sich mal vorstellen. Ein großer Kühlschrank mit Gefrierfach? Kein Problem. Ein riesiges Ehebett, wie sie es sich nicht hätten träumen lassen? Gekauft. Die Couchgarnitur, die niemals aufhören soll, nach Fabrik zu riechen? Nehmen wir auch noch. Die Wirtschaftswunderjahre sind auch für meine Eltern die Zeit des Wohlstands. Sie macht aus kleinen Läden große Versandhäuser.

Und aus armen Schluckern betuchte Leute. Man braucht keinen Pfennig Geld dafür. Meine Eltern kaufen restlos alles auf Raten.

Es muss für beide wie im Märchen sein. Der Teil der Geschichte, auf den alle warten. Wo man die bösen Mütter mit ihren Verwünschungen hinter sich lässt. Die unberechenbaren und brutalen Räuber aus dem Wald nach langer Odyssee in den Ofen stößt wie Hexen. Die aschegrauen Gemäuer des verfluchten Schlosses eintauscht gegen bonbonfarbene Tapeten und ein abschließbares Bad mit eigener Badewanne. Es gibt die Ausflüge auf die Kirmes, wo mein Vater meiner Mutter Rosen und Teddybären schießt und sie kandierte Äpfel essen. Es gibt die Reisen mit dem Moped und dem Zelt im Anhänger nach Bayern und nach Österreich, wo sie bei Sonnenuntergang Gulaschsuppe aus der Dose löffeln. Es gibt die albernen Abende mit Skatkarten und Knobelbecher, wo er ihre Mutter nachäfft, die hysterische Alte, und sie nicht mehr aufhören kann zu lachen. Es gibt die Träumereien. Wir brauchen doch sonst nicht viel. Da spielt die Bank schon mit. So ein eigenes Häuschen mit eigenem Gärtchen, und die Kinder teilen sich die Zimmer. Wenn sie uns schon ein Sofa und einen Kühlschrank auf Pump geben, dann sind wir doch schon wer. Dann machen sie das auch mit der eigenen Bude. Da haben doch nicht nur wir was davon. Sie wissen schon damals, dass die Bank immer gewinnt, weil man sie gewinnen lassen muss.

Manche Fotos von ihnen aus den ersten Jahren der Ehe sind so schön. Man kann das Glück auch Jahrzehnte später noch erahnen. Wie stolz sie sind auf das, was sie geschafft haben. Wie froh sie sind, dass sie einander haben. Eigentlich ist doch alles gut.

Aber es gibt auch ein anderes Bild aus der Zeit. Auf einem alten Führerscheinfoto aus den späten Fünfzigern schaut mein Vater in die Kamera, als würde er den Fotografen gleich schlagen. Vielleicht hat er sich über das Arschloch, über irgendein Arschloch geärgert, vielleicht ist er verkatert, vielleicht hat er Schmerzen von der Knochenarbeit vor Kohlen. Man will sich mit diesem Kerl auf dem Foto nicht anlegen. Unter Tage wird nicht gesoffen. Dafür wartet man aufs Licht. Nach der Nachtschicht in der aufgehenden Sonne. Nach der Spätschicht im Mondschein. Seine Kollegen und er trinken. Irgendwem zittern immer die Hände. Den Älteren, weil sie ständig was hören, das wie Sibirien klingt. Den Jüngeren, weil sie nach den Stunden unter Tage ihren Stoff brauchen. Offiziell gibt es unter Tage keinen Alkohol. Der Freibrief für den Feierabend. Mein Vater ist trainiert wie ein Kampfsportler. Er hat kräftige Oberarme, die Arbeit ist anstrengend. Damit er sie aushält, braucht er Bier und Boxhandschuhe. Eine Zeitlang ist er gut, trainiert regelmäßig, gewinnt Kampf um Kampf, man prophezeit ihm Erfolge im Amateurboxen, wenn er bei der Sache bleibt. Der Blick auf dem Führerscheinfoto. Gleich schlägt er wieder zu. Boxen kannst du da draußen, aber nicht hier drin, sagt meine Mutter irgendwann, und dabei lächelt sie gequält. Das große Schweigen. Wag es nicht, wag es einfach nicht. Er beißt sich vor Wut fast die Zunge ab. Mit Konflikten kann er nicht umgehen. Ein falsches Wort, und er fühlt sich in die Enge getrieben. Und meint, sich wehren zu müssen, wie er es gelernt hat. Mach das noch ein einziges Mal, und. Und was, und was dann? Was willst du eigentlich von mir? Lass mich in Ruhe mit deiner ganzen Scheiße. Es ist nicht nur die Unfähigkeit meines Vaters, Widerspruch zu erdulden oder sich zu streiten. Er ist auch noch krankhaft eifersüchtig. Auf alle Männer in der Nachbarschaft. Auf seine eigenen Kollegen, die doch mit ihm unter Tage sind. Auf den Lebensmittelhändler, bei dem sie anschreiben lassen können, wenn die Lohntüte mal wieder leer ist. Da fragt er sich schon, warum der Kerl so großzügig ist. Auf den Zeitungsjungen mit den blauen Augen, das dumme Blag, wieso ist der nicht schon am Malochen? Irgendwann erträgt meine Mutter meinen cholerischen Vater nicht mehr. Als er mal wieder zupackt, packt sie ihre Sachen. Sie will weg von ihm. Dann eben die andere Hölle. Die ist wenigstens berechenbar. Die Großmutter reibt sich schon die Hände. Mein Vater hilft meiner Mutter stumm und mit vor Scham hochrotem Kopf dabei, den abgewetzten Koffer im Mopedanhänger zu verstauen. Dann wollen sie losfahren. Sie sitzt eng hinter ihm. Und legt ihren Kopf auf seine Schulter. Und er entschuldigt sich. Zum ersten Mal. Trinkt weniger. Geht nicht mehr in den Boxverein. Hat ihr gegenüber nie wieder diesen Blick. Sie bleiben zusammen. Rauchen sich gegenseitig die Zigaretten weg. Spielen wieder Karten und knobeln. Kaufen sich ihren ersten Fernseher. Damit die Nächte ohne ihn erträglicher sind, damit sie was zu tun hat, wenn es nichts mehr zu nähen gibt.

Ist doch egal, ob Mädchen oder Junge, Hauptsache zwei Arme, zwei Beine, ein Kopf. Sie wünschen sich so sehr ein Kind. Aber es funktioniert nicht. Jahrelang nicht. Sie gehen sogar zu Ärzten. Mädchen, du musst das einfach weniger wollen. Und du, Junge musst erwachsen werden. Lass die Sauferei bleiben, das schadet keinem, erst recht nicht dir. Irgendwann im Frühjahr Ende der Sechziger sieht es gut aus. Das haben sie so im Gefühl. Die Tage vergehen. Die Zeit spielt ihnen in die Karten.

In einer Nacht im Frühsommer ist sich meine Mutter schon sehr sicher. So etwas fühlt man doch. Sie liegt im großen Ehebett und schläft tief und fest wie selten, wenn sie allein ist. Im Morgengrauen wacht sie auf mit diesem euphorischen Gefühl. Bald wird ihr Mann nach Hause kommen. Er fährt mittlerweile direkt nach der Schicht heim und spart sich das Bier vor dem Zechentor. Er wird auf dem Rücken liegend einschlafen mit der flachen Hand auf der Stirn. Sie wird sich noch ein bisschen an ihn schmiegen. Bald werden sie Gewissheit haben. Draußen wird es ein warmer Tag. Fast übermütig steht sie auf und kippt das Fenster im Schlafzimmer an, das macht sie sonst nie aus Panik vor Einbrechern. Sie hört die Vögel zwitschern und döst wieder ein. Die Dinge ändern sich, das liegt in der Luft. Die Klingel reißt sie aus dem glücklichen

Halbschlaf. Hat er seinen Schlüssel vergessen? Das ist ihm doch noch nie passiert, aber was soll's. Dann trinken sie noch einen Kaffee zusammen, bevor sie sich hinlegen. Es klingelt Sturm. Sie geht zum Fenster, schiebt die Gardinen zur Seite, öffnet es und lehnt sich hinaus. Da steht ein Mann, aber nicht mein Vater. Er knetet keinen Hut zwischen den Händen, lässt die Arme einfach an der Seite runterhängen. Und meine Mutter schreit sofort los: Was ist mit meinem Mann, was ist mit ihm? Nicht so laut, lass mich rein, Mädchen. Sie kriegt den Schlüssel kaum umgedreht, so sehr zittern ihr die Hände, als sie die Wohnungstür öffnet. Sie jammert und schreit, und der Mann von der Zeche weiß sich nicht anders zu helfen und nimmt sie fest in die Arme. Ruhig, Mädchen, ganz ruhig. Er ist am Leben. Den kriegen sie wieder hin. Immer wieder hatte es im Streckenvortrieb schlimme Unfälle gegeben. So auch in der Nacht. Ein anderer Bergmann ist verschüttet worden, ungewiss, ob er es schafft. Ihr Mann hingegen, erfährt sie, ist mit einer Platzwunde am Kopf davongekommen, schlimmer steht es um sein Bein. Er ist im Knappschaftskrankenhaus, sagt der Mann, nachdem sich meine Mutter beruhigt hat, sie operieren ihn gerade. Meine Mutter nickt, dann packe ich mal das Täschchen für ihn, ein Täschchen muss ich packen, lässt den Mann von der Zeche stehen und schließt die Tür. Alles passiert wie mechanisch, sie setzt den Kaffee auf, den sie eigentlich gemeinsam trinken sollten, steckt sich eine Zigarette an und holt den abgewetzten Koffer aus der Schlafzimmerecke, mit dem sie von ihm abhauen wollte. Sie packt ihn aus Reflex bis obenhin voll, viel zu viele Unterhemden und Unterhosen, als würde er gar nicht mehr nach Hause kommen. Und dann krümmt sie sich und hat Krämpfe. Nicht auch das noch. Sie ist etliche Tage zu spät dran und war sich doch so sicher. Aber an diesem Morgen gibt es nur schlechte Gewissheiten. Sie ist wieder nicht schwanger.

Im Krankenhaus drückt ihr der Arzt die Hand und lächelt aufmunternd. Alles nur halb so wild, Mädchen, dein Mann ist schon am Kotzen. Wir mussten ihm den gebrochenen Knochen richten und den Meniskus rausnehmen, aber jetzt wird er wieder. Es dauert, aber er wird wieder. Sie sieht ihn aschfahl im Aufwachraum. Ihm ist übel von der Narkose, und er ist benebelt von Schmerzmitteln. Mein Schatz, sagt er, als er sie sieht, und dann kommen ihr schon wieder die Tränen. Das sind die Arschlöcher aus der Spätschicht entschuld, die haben Scheiße gebaut, murmelt er noch, bevor er einschläft und sie ihm die mächtige Hand streichelt. Er kommt schnell wieder auf die Beine. Die Krankenschwestern nennen ihn hinter vorgehaltener Hand einen dummen Hund, weil ihm egal ist, was sie ihm sagen. Er humpelt schon wieder über die Gänge, obwohl er sein Bein nicht belasten soll.

Er ist rastlos und kann es nicht erwarten, nach Hause zu kommen. Meine Mutter will nicht mehr, dass er unter Tage arbeitet. Und er will es eigentlich auch nicht, aber er denkt ans Geld: Ich bin Bergmann, wer hat mehr?

Ausgerechnet die unsägliche Schwiegermutter zieht mal wieder die Strippen im Hintergrund. Die Geldmacherin, wie sie mein Vater immer noch boshaft nennt, weil gerade Geld immer ihr Problem ist, zieht mit all ihrem Hab und Gut fort aus dem Ruhrgebiet. In eine ländliche Gegend. Mit Talsperren und Wäldern und Mittelgebirge und, vor allem, großen Wohnungen für wenig Geld. Zieht doch auch ins Sauerland, schlägt die Geldmacherin vor, dann können wir am Wochenende schön zusammen Kaffee trinken. Mein Vater hat keine Lust. Auf die Schwiegermutter nicht und auf den neuen Ort erst recht nicht. Er kommt ja kaum mit den eigenen Leuten hier zurecht, wie soll das in der Fremde erst werden? Andererseits, vielleicht passen diese komischen Sauerländer ja besser zu ihm, als ihm lieb ist. Er kann kaum wieder laufen, da setzt er alle Hebel in Bewegung. Er steht am Werkstor der Firma Brockhaus und Söhne in Plettenberg und fragt den Pförtner, ob sie Leute brauchen. Der ruft den Vorarbeiter, der ein paar Minuten später zur Schranke des Werksgeländes kommt. Das Bewerbungsgespräch wird an Ort und Stelle erledigt. Was willst du hier? Arbeiten. Von wo bist du? Ruhrgebiet. Was warst du? Bergmann. Was ist mit dem Bein da? Wird wieder ganz. Wann kannst du anfangen? Nächsten Monat.

Bergleute sind damals gefragt. Sie haben Erfahrung in vielen Bereichen, und keiner ist sich für harte Arbeit zu schade. Mein Vater wird in der Schmiede arbeiten. Pleuelstangen für neue Autos. Die Nachfrage ist groß. Sie kommen kaum hinterher, die Leute kaufen wie bescheuert. Sauheiß da drin, aber wenigstens kommt nichts vom First runter. Ansonsten ist es wie unter Tage. Viel zu laut für dummes Gerede. Genau der richtige Ort für meinen Vater.

Meine Eltern finden schnell eine Wohnung. Erdgeschoss, etwas dunkel und zugig, aber mit viel Platz und eigener Terrasse. Zwei Kinderzimmer, man weiß ja nie. Der Umzug von Westerholt ins Sauerland ist schnell erledigt. Sie haben nicht besonders viel: Couchgarnitur, Schrankwand, Ehebett, Fernseher, Kühlschrank, ein paar Kisten und Tüten. Ein Arbeitskollege meines Vaters besorgt den LKW. Sie schleppen und schwitzen stumm wie unter Tage. Danach gibt es ein Bier und einen Abschied ohne viel Theater: Viel Glück im neuen Leben. Der Kollege nickt meinem Vater zu, steigt in den LKW und fährt zurück ins Ruhrgebiet. Meine Mutter ist viel zu aufgeregt, um Heimweh zu haben. Und mein Vater freut sich über den Wald vor dem Haus. Und darüber, dass es kaum direkte Nachbarn gibt. In Westerholt, obwohl auch nur eine Kleinstadt, laufen ihm zu viele Menschen herum. Ich war die Leute leid, erzählt er später sogar, wenn man ihn fragt, warum sie nicht im Ruhrgebiet geblieben sind.

Nach dem Umzug wollen meine Eltern nicht mehr auf ein Kind warten. Also schreiben sie an den Abenden in der neuen Bleibe Briefe. An Ämter und Behörden. An Kinderheime und Waisenhäuser. Einen kleinen Stapel davon gibt es noch. Dünnes Papier, ungelenke Handschrift. Wir sind ein junges und ordentliches Ehepaar, das gerade ins Sauerland gezogen ist. Meine Frau ist Schneiderin. Ich bin gelernter Bergmann. Wir können keine eigenen Kinder bekommen. Daher wollen wir wissen, ob und wie. Manchen der mit Schreibmaschine getippten Antworten ist ihr Originalbrief beigefügt. Wochenlang kommen nur Absagen. Es wird auf andere Einrichtungen verwiesen, um Geduld gebeten, viel Glück für die Zukunft gewünscht. Sie dehnen ihr Briefeschreiben aus auf den Rest der Republik. Es ist eine Odyssee. Fast täglich kommen entmutigende Antworten. Vielleicht ist der liebe Gott böse auf uns, sagt meine Mutter irgendwann, und mein Vater schnauzt sie an: Red nicht so einen Scheiß, wieso sollte der sich für uns interessieren?

Im Spätsommer 1970 hoffen sie auf nichts mehr, aber dann meldet sich das Amt: Es gibt ein wunderschönes Mädchen, gerade ein paar Wochen alt. Sie ist in Lüdenscheid, also nicht weit weg. Die Sache hat aber große Eile. Geht es sofort? Selbstverständlich geht das. Meine Eltern kommen kaum dazu, das Kinderzimmer einzurichten. Nach Feierabend streicht mein Vater es in freundlichen Farben. Schafft ein Kinderbettchen ran, während meine Mutter damit beschäftigt ist, Babynahrung zu besorgen und in der Attendorner Bibliothek Bücher über Säuglinge auszuleihen. In seiner Fabrik haben sie Verständnis. Er hat den Ruf als Malocher schnell weg und kommt auch verrotzt und mit Fieber in die Schmiede. Also kriegt er von jetzt auf gleich ein paar Wochen Urlaub. Dann kommt der große Tag. Und meine Eltern sind entzückt. Ihr Name sei Lisbeth. Da sind sie sich einig, das haben sie schon vor Jahren beschlossen. Wenn es ein Mädchen wird, dann eine Lisbeth. Natürlich fällt ihnen was auf, als sie das Kind zum ersten Mal sehen. Als sie die Kleine abholen dürfen. Aber vor lauter Glück sagen sie nichts. Das ist nun mal so. Das kommt schon mal vor. Das wächst sich raus. So nehmen sie dieses kleine Bündel mit nach Hause. Eine wunderschöne Tochter. Die stark schielt und krumme Beine hat. Das Märchen nimmt die Wendung, von der sie geträumt haben. Da ist sie endlich. Lisbeth, unsere kleine Königin.

Mir wird erst klar, wie meine Eltern wirklich waren, als mein Vater schon nicht mehr am Leben und meine Mutter längst dement ist.

Anhand der Geschichte ihrer ersten Tochter. Ihr Schmerz- und Angelpunkt. Ihre ganze Zärtlichkeit, ihre ganze Liebe, ihre ganze Fürsorge. Es gibt Lebensgeschichten, die von Anfang an aufs Tragische hinauslaufen. Man kann die Fäden der Erzählung weben, wie man will: Das Ende ist immer tieftraurig. Aber so weit sind wir noch lange nicht. Gerade sind meine Eltern gerührt über das, was sie haben. Über dieses Kind im Bettchen, das nun ihres ist. Ach, Lisbeth. Ausgerechnet das für mich Alltäglichste und Selbstverständlichste ist es, was sie so abhebt, was sie so besonders macht, worauf ich erst heute stolz bin: ihre bedingungslose Liebe zu Lisbeth.

Damals im Jahr 1970 sind meine Eltern sich nach ein paar Tagen mit dem Kind sicher, dass etwas nicht in Ordnung ist. Die Kleine schreit unentwegt und lässt sich nicht beruhigen. Nicht auf dem Arm, nicht mit dem Fläschchen, nicht im Kinderwagen. Krumme Beine und schiefe Augen, egal. Aber was fehlt ihr denn bloß noch? Sie gehen zu Kinderärzten und in Kliniken. Sie verbringen Tage mit dem schreienden Baby in Wartezimmern, finden schließlich heraus, was man ihnen verschwiegen hat: Lisbeth ist sehr krank. Sauerstoffmangel bei der Geburt, spastische Lähmung, Fehlbildungen in den Beinen, irreparabler Hirnschaden. Sie bekommen einen Termin bei der für die Adoption zuständigen Beamtin und sitzen mit Lisbeth auf dem Schoß in ihrem Büro. Die Beamtin macht sich Notizen, telefoniert, dann atmet sie durch: Wir müssen uns bei Ihnen entschuldigen, in aller Form. Das hätte so niemals laufen dürfen. Wenn Sie wollen, dann nehmen wir das Kind zurück. Das Heim weiß schon Bescheid.

Meine Mutter verliert die Fassung. Sie nehmen mir meine Lisbeth nicht wieder weg, Sie nicht. Die Beamtin will beschwichtigen, verstehen Sie mich doch bitte nicht falsch, was Ihnen da zugemutet wird, ist eine außerordentliche Belastung, aber da ist meine Mutter schon aufgestanden, Lisbeth krampfhaft im Arm. Selbst mein Vater lässt sich von der Stimmung anstecken und schlägt die Zimmertür hinter sich zu. Wir lassen uns Lisbeth nicht mehr wegnehmen, du blöde Kuh.

Lisbeths leibliche Eltern, erfahren sie viel später, haben sie ums Verrecken nicht gewollt. Der Vater wohl ein Alkoholiker, der sich vor ihrer Geburt davonmacht. Die Mutter überfordert, weil sie schon etliche Kinder hat und ein behindertes nicht auch noch versorgt kriegt. Meine Eltern tun, was sie können. Und Lisbeth leidet, zwangsläufig. In mehreren Operationen richtet man ihr die Beine, korrigiert ihre Augenstellung. Meine Eltern verbringen die ersten Lebensjahre mit Lisbeth mehr in Kinderkliniken als daheim. Dazu Krankengymnastik und Therapien. Als sie größer wird, bezahlt die Krankenkasse bunte Krücken und einen ersten Kinderrollstuhl.

Und meine Eltern sind froh über Lisbeth. Einmal meint ein Kollege aus der Schicht meines Vaters in der Raucherpause: Da habt Ihr euch aber schön verarschen lassen. Was wollt Ihr denn mit der? Mein Vater drückt den Kollegen an die Wand, greift ihm an den Hals, ballt mit der anderen Hand die Faust, holt aus. Seine Lippen zittern. Der zufällig vorbeikommende Schichtleiter geht dazwischen und zieht meinen Vater weg. Seid Ihr bekloppt, was macht Ihr da? Sie kommen mit einer Verwarnung davon. Sein Kollege entschuldigt sich kleinlaut und geht nicht mehr mit meinem Vater rauchen. Ich hätte ihm einfach den Dez mit der Zange einhauen sollen, sagt mein Vater noch Jahre später.

Lisbeth ist ihr großes Glück. Schon Wochen vor Heiligabend suchen sie sich einen Weihnachtsbaum aus. In ihrer Zechenwohnung war er noch klein und passte auf einen Beistelltisch. Jetzt kann er nicht wuchtig genug sein. Sie schmücken ihn mit silbernen Christbaumkugeln und viel zu viel Lametta. Sie haben jetzt die Familie, die sie sich immer gewünscht haben.

Sie haben jetzt ein gebrauchtes Auto, aber sie fahren selten weg, und noch seltener bekommen sie Besuch. Es gibt Alois, der mit meinem Vater auf der Bergmannsschule war, mit seiner Frau Anna kommt er aus Gelsenkirchen zwei, drei Mal im Jahr vorbei, und meine Mutter backt

Kuchen. Und Sepp, der beste Freund meines Vaters aus der Jugendzeit, taucht ab und zu auf, und mein Vater traut sich nicht, ihn wegzuschicken: Er hat wegen der Trinkerei seine Stelle als Bergmann verloren und macht nichts, außer: Autos aufbrechen und in verwaiste Häuser einsteigen. Bei seinen Besuchen säuft sich mein Vater mit ihm auf der Terrasse die Hucke voll, bis er sich endlich verabschiedet. Als die Polizei nach einem seiner Überraschungsbesuche in der Nachbarschaft von Haus zu Haus geht und auch bei bei meinen Eltern klingelt und fragt, ob sie etwas mitbekommen hätten, verneint mein Vater und wird puterrot vor Scham. Als sein Freund Sepp im nächsten Jahr wieder auf der Matte steht, meine Mutter sich mit Lisbeth im Schlafzimmer versteckt und sein Kumpel mit ihm diskutieren will, hat mein Vater genug Kraft, seinen Fuß aus dem Türspalt zu schieben und ihn wegzuschubsen. Verpiss dich und komm nicht wieder, wir haben jetzt ein richtiges Leben.

Und das sieht so aus: Mein Vater schiebt Doppelschichten. Meine Mutter sitzt mit Lisbeth auf dem Arm in Wartezimmern. Sie ist beharrlich. Sie wird schnippisch und kämpft. Sie legt sich mit allen an, egal, wie gut sie es meinen. Warum drängelt die blöde Alte sich vor? Weshalb guckt die so dämlich? Was weiß die davon, wie es bei uns ist?

Knapp drei Jahre nach Lisbeths Ankunft ist meiner Mutter dauernd schlecht und schwindelig. Bis sie bei ihrem Doktor sitzt, ein erfahrener Kleinstadtmediziner. Mir reicht es, in deine Augen zu gucken, Mädchen. Du bist nicht krank, du bist schwanger. Im Herbst 1973 wird Kristof geboren. Ein schöner Junge. Wenn mein Vater Nachtschicht hat, dann schließt sich meine Mutter mit ihren zwei Kindern im Schlafzimmer ein und verzurrt einen dicken Faden fest an der Türklinke und bindet sich das andere Ende um den Fußknöchel, bevor sie mit Lisbeth und Kristof einschläft. Kristof ist ein zarter und wacher Junge, von Anfang an. Er ist seinem Vater nicht nur wie aus dem Gesicht geschnitten, er wird von klein auf auch nach ihm kommen: schüchtern und eigen bis zum Gehtnichtmehr.

Meine Mutter verwaltet das Geld und verschweigt meinem Vater stets, wie öde es auf dem Konto aussieht. Kocht jeden Mittag. Sitzt immer noch auf Ämtern und bei Ärzten, nur jetzt eben mit zwei Kindern. In der Gegend kennen sie niemanden. Das ändert sich, als meine Mutter beim Einkaufen, dem kleinen Höhepunkt ihres Alltags, eine andere Frau mit Kind im Rollstuhl kennenlernt. Es ist Gabriele. Ihr Sohn Harald ist schwerst beeinträchtigt. Sie haben gleich ein gemeinsames Thema. Meine Mutter hat da schon ihre Asthmaanfälle, Gabriele alle möglichen Allergien mit Hautausschlägen und Atemnot. Sie rauchen auf dem Parkplatz vor dem Einkaufsmarkt eine Zigarette zusammen und duzen sich direkt, was sonst nie vorkommt: Gabriele wird eine Freundin. Und: Gabriele hat ein Auto. Die beiden Frauen erledigen fortan ihre wöchentlichen Einkäufe gemeinsam. Meine Mutter sitzt hinten mit zwei Kindern auf dem Schoß, irgendwie geht es immer. Meinem Vater passt das alles nicht. Wer weiß, was die Weiber zusammen aushecken. Noch dazu näht meine Mutter wieder mehr. Sie wird Änderungsschneiderin für den Quelle-Versand. Das bringt nicht nur Geld, sie bekommt auch bessere Konditionen beim Ratenkauf und Rabatte auf viele Katalogartikel. Meinem Vater gefällt zwar nicht, dass jetzt fremde Frauen und, vor allem, fremde Männer in die Wohnung kommen, um mit dem Maßband vermessen zu werden, damit Anzüge und Kostüme passen. Aber er traut sich nicht, es meiner Mutter zu verbieten.

Sobald Kristof einigermaßen laufen kann, schnappt sich mein Vater die Kinder sonntags und setzt sie ins Auto. Er fährt mit den Kindern zu Kaninchenschauen und Geflügelausstellungen und Feuerwehrfesten. Er parkt das Auto am Waldrand, nimmt Lisbeth Huckepack und Kristof an die Hand, und sie halten nach Rehen Ausschau und sammeln Blaubeeren, die es abends im Pfannkuchen gibt. Ein stolzer Vater. Meine Eltern verwerfen die Idee einer Reise ans Meer: der Rollstuhl und der Sand, mit Lisbeth unmöglich. Das heben wir uns auf, bis die Kinder größer sind.

Etwa drei Jahre später hat meine Mutter beim Einkaufen mit Gabriele einen Schwächeanfall. Man muss ihr im Lebensmittelladen einen Stuhl bringen und ein Glas Wasser reichen. Vielleicht ist es im Kopf, vermutet Gabriele damals, deswegen hat sie eine Freundin aus dem Teutoburger Wald verloren. Der war auch schwindelig, und dann war sie tot. Geplatzte Ader im Gehirn. Frauen sind anfälliger als Männer, weiß Gabriele, und fährt mit meiner Mutter und den Kindern zum Doktor. Der alte Arzt schüttelt den Kopf: Dein Gehirn ist in Ordnung, Mädchen, du bist nur wieder schwanger.

Bald werden sie drei Kinder haben. Es wird eng in der Wohnung. Also lassen sie im Sommer 1976 bei der Sparkasse durchrechnen, ob es für ein eigenes Häuschen reicht. Aber das tut es nicht. Keine Ersparnisse, kein Polster. Nur noch ein paar Mark in der Nähkasse. Wo ist das Geld eigentlich die ganze Zeit hin? Die Zinsen sind zu hoch, und mein Vater müsste selbst für die baufälligen Buden, die im Rahmen ihrer Möglichkeiten liegen, ständig Doppelschichten machen.

Also bleiben sie, wo sie sind. Im zugigen und dunklen Erdgeschoss mit zwei Kinderzimmern. Als meine Mutter schon sichtlich schwanger ist, überrascht mein Vater die Familie: Lisbeth bekommt einen Wellensittich namens Billy und meine Mutter einen Hund, ein Dackelmischling namens Dixi, den ein Arbeitskollege übrig hat.

Meine Mutter hat jetzt mehr Zeit an den Vormittagen. Sie hat lange gekämpft für einen Platz in der gerade eröffneten Schule für behinderte Kinder und an der Übernahme der Fahrtkosten, und trotzdem schluchzt sie, wenn der Transporter mit Lisbeth morgens zur Schule fährt. Der Wellensittich zwitschert die Nächte durch, und der Dackel wird nicht stubenrein: Es muss sich was ändern, denkt meine Mutter. Aber erst, wenn das neue Baby da ist.

Schon bei Kristofs Geburt war mein Vater nicht dabei, stattdessen lief er nervös rauchend mit Lisbeth vor dem Krankenhaus auf und ab. Auch diesmal fährt er meine Mutter morgens nur in die Klinik, als es losgeht. Einer muss sich um Kristof und den Hund kümmern. Und was soll er schon groß tun? Die Hebamme auf der Station ist fröhlich und gelassen: Fahren Sie ruhig wieder, wir rufen dann durch. Bei der Rückkehr nach Hause hat der Hund sich in der gesamten Wohnung erleichtert. Mein Vater tritt nach dem Köter, macht sich ein Bier auf und Kristof den Fernseher an und wartet. Auf die Rückkehr von Lisbeth, die mit dem Behindertenbus gebracht wird. Auf die Mitteilung vom Krankenhaus, dass alles in Ordnung ist. Dabei könnte er jetzt malochen, freie Zeit ist verschenkte Zeit. Er will verdammt viel arbeiten, damit er ihnen verflucht noch mal endlich ein Haus bauen kann.

Der Anruf kommt später als gedacht. Keine Hebamme, sondern der Stationsarzt. Mein Vater soll aufbrechen. Ja, auf der Stelle. Und lassen Sie die Kinder bloß daheim. Zum Glück gibt es Gabriele, die einspringen kann. Es würde ihm sonst niemand einfallen. Mit tränenden Augen kommt sie zur Tür herein und umarmt ihn, was ihm zuwider ist, weil er außer von seiner Frau oder von seinen Kindern von niemandem umarmt werden will. Er ekelt sich vor den Tränen der Fremden auf der Schulter. Ob es Gabrieles Hundehaarallergie ist, die sie weinen lässt? Ob sie ahnt, dass nicht gut sein kann, was passiert? Er weiß es nicht, es interessiert ihn nicht.

Er sitzt im Auto, hört Schlager und trommelt unrhythmisch und hektisch auf das Lenkrad ein. Fährt viel zu schnell, was sonst nicht seine Art ist. Als er auf die Station kommt, drückt ihm der Oberarzt verbindlich die Hand und starrt auf den Boden. Mein Vater versteht kaum, was der Kerl da redet: vorgelagerte Plazenta, ein falscher Stich des Kollegen, starke Blutungen. Ihre Frau wird überleben. Ihre Tochter kämpft. Er wird zu dem Kind gelassen und sieht sie da liegen. Ein kleines und zartes Mädchen. Zum ersten und einzigen Mal, seit er ein erwachsener Mann ist, weint er. Stumm steht er da und das Wasser läuft ihm aus den Augen. Der Pfarrer drängt von hinten ins Zimmer, klopft ihm fest auf die Schulter. Warum umarmt er mich nicht? Wie soll sie heißen, fragt der Pfarrer. Das weiß ich doch nicht, sagt mein Vater, da muss ich mit meiner Frau reden, warum brauchen Sie überhaupt den Namen? Auch eine Nottaufe ist eine Taufe. Mein Vater stammelt: Uta. Das ist unsere Uta. Der Pfarrer tauft das Kind. Und dann wird es furchtbar ruhig. Die Zeit bleibt um fünfzehn Uhr zwei stehen. So wird es später in den offiziellen Urkunden vermerkt sein. Mein Vater bekommt gar nicht mit, wie sie umringt werden von Ärzten und Krankenschwestern. Er schürzt nur die Lippen und nickt dem Geistlichen zu. Und der Pfarrer legt ihm wieder die Hand auf die Schulter und lässt sie liegen, während sie beide auf die Uhr starren, deren Sekundenzeiger sich nicht mehr bewegt. Langsam drehen sie sich zur Tür um und mein Vater vertut sich und sagt zum Pfarrer: Draußen ist ja schon dunkel, ich muss doch nach Hause, ich muss die Kinder ins Bett bringen.

Mein Vater nimmt mich mit auf den Friedhof. Der erste November. Trüb und regnerisch. Er befreit die steinerne Einfassung des Kindergrabs von Unkraut und Gestrüpp, wühlt mit der Harke die Erde auf, entfernt die verwelkten Blümchen und pflanzt winterhartes Heidekraut ein. Dann zündet er das rote Grablicht an. Ich trage das Unkraut in den Container und hole am Friedhofsbrunnen Wasser. Besonders eifrig und gewissenhaft. Für mich bedeutet die jährliche Erinnerung an den Verlust stets Fröhlichkeit und Aufregung. Am ersten November ist Allerheiligen. Und am zweiten November mein Geburtstag.

Der medizinische Vorfall bei der Entbindung, so wird man ihnen erzählen, sei nicht mit dem Leben des Säuglings zu vereinbaren gewesen, die Rettung der Mutter allein Glück im Unglück. Den Verlust werden meine Eltern nicht verwinden. Wieso darf der Arzt überhaupt weiter praktizieren nach so einem Fehler, fragen sich meine Eltern. Hat er jemals noch daran gedacht in den Jahren danach? Dass nur mein Vater das Kind sieht, dass im Kleinstadtkrankenhaus schlichtweg vergessen wird, das Baby zur Mutter zu legen, dass auch danach kein Platz ist für den Schmerz meiner Eltern, nicht in ihrer Zeit, nicht in ihrer Welt: Die Versäumnisse von damals sind nicht gutzumachen.

Meine Eltern haben nie über die Wochen und Monate nach Utas Tod gesprochen. Wie schafften sie die Beerdigung? Wie haben meine Geschwister reagiert? Wie haben sie nur wenige Wochen nach der Tragödie Weihnachten gefeiert mit den zwei Kindern, die ihnen blieben? Ich habe mich nie getraut, danach zu fragen.

Nur eins haben meine Eltern mal wie beiläufig erwähnt: Falls Uta es geschafft hätte, wir hätten dich vielleicht gar nicht mehr gekriegt. Erst als Erwachsener wird mir klar, dass sie mich damit in ihr nie bewältigtes Trauma integrierten: Wenn Uta, dann nicht ich. Und umgekehrt: Ich kam auf die Welt, weil Uta nicht da war.

Wie wäre meine Schwester gewesen? Ich stelle sie mir stark und rebellisch vor. Sich auflehnend gegen die Ungerechtigkeit eines diktatorischen Vaters und einer erpresserischen Mutter. Und trotzdem lieb zu mir. Die Ältere, zu der ich insgeheim immer aufgeblickt hätte, auch wenn sie irgendwann einfach weggegangen wäre.

Wir wissen nicht, wie alles gekommen wäre ohne diese Leerstelle. Aber wir können es uns vorstellen. Wenn sowieso alles vor die Hunde geht, wenn verschwindet, was wir waren, dann will ich die Geschichte hier und jetzt anders fortsetzen. Deshalb entscheide ich: Die Zeit, die damals im Krankenhaus stillsteht, soll gefälligst weiterlaufen. In meiner Version unserer Familiengeschichte kommt Uta auf die Welt und überlebt. Wie zum Trotz.

Die Hand des Pfarrers liegt also auf der Schulter meines Vaters und es ist furchtbar still, während beide auf den Sekundenzeiger der Krankenhausuhr starren. Fünfzehn Uhr zwei. Und nein, es ist nicht vorbei. Nach einer kurzen Pause tickt der Zeiger weiter. Und die Kleine bäumt sich auf, schnappt nach Luft, schreit sich zurück in die Welt. Mein Vater dreht sich um und lacht. Ärzte und Krankenschwestern drängen ans Bettchen, selbst ungläubig über das, was sie erleben. Da hast du es, wird meine Mutter später sagen, der liebe Gott interessiert sich doch für uns. Du und dein lieber Gott, sagt mein Vater und schüttelt sachte den Kopf. Uta schreit in den ersten Wochen viel und kräftig. Ein trotziges, starkes Mädchen. Herbst 1976. Drei Kinder und eine zugige und dunkle Wohnung, die einfach zu klein ist.

Und mein Vater ist auf meine Mutter eifersüchtig, obwohl sie ihm keinen Grund dafür gibt. Und Lisbeth ist auf ihre Geschwister eifersüchtig, weil sie auf geteilte Aufmerksamkeit mit Tränen und Wehwehchen reagiert. Und Kristof wiederum ist auf Uta eifersüchtig und sagt es nicht. Und der Dackelmischling Dixi kann alle zu gleichen Teilen nicht leiden, weshalb er die Kinder zwickt und ins Tierheim kommt, worüber niemand so richtig traurig ist.

Der erste Heiligabend als große Familie wird prächtig wie nie. Noch Jahrzehnte später erzählen meine Eltern davon. Am Tag davor, sagt meine Mutter, war das Schlafzimmer voller Geschenke aus dem Versandhaus. Gezahlt wurde, sagt meine Mutter nicht, ein überschaubarer Betrag, fällig am Fünften jeden Monats für die nächsten zwei Jahre. Ein an Ratenvereinbarungen geknüpfter Wohlstand. Aber wen interessiert das schon in dieser mit Gaben aus dem Hochglanzkatalog vollgestopften Wohnung?

Zwischen den Jahren wird der Wellensittich krank. Er ist Lisbeths Liebling und das einzige Wesen, auf dessen natürliche Wünsche sie nicht mit eigener Bedürftigkeit reagiert. Er fliegt im Zimmer umher und landet auf ihrer Schulter. Er frisst ihr aus der Hand. Er imitiert krächzend Laute, die entfernt Ähnlichkeit mit ihrer Stimme haben. Aber dann, an einem kalten Wintertag, will er nicht mehr essen und nicht mehr trinken. Vielleicht hat er einen Schnupfen, vermutet Lisbeth, vielleicht ist er satt, weil er an Weihnachten auch zu viel gegessen hat. Bevor Lisbeth an diesem Abend ins Bett geht, spricht sie nicht nur das übliche Nachtgebet, das meine Eltern den Kindern beibringen. Ich bin klein, mein Herzchen mach rein, darf niemand drin wohnen als Jesus allein. Und mach den Billy nachts gesund, lieber Gott. Amen.

Der wird nicht mehr, sagt mein Vater zu meiner Mutter, nachdem Lisbeth eingeschlafen ist und sie vor dem Fernseher sitzen. Nur eine Zigarettenlänge später sehen sie, dass der Wellensittich von der Stange gefallen ist. Tu die Decke drüber, sagt meine Mutter. Wenn sie jetzt wach wird und rauskommt, sagen wir ihr, dass der Wellensittich am Schlafen ist. Der Kerl war doch gar nicht alt, sagt mein Vater, was machen wir denn jetzt? Meine Mutter ruft Gabriele an, weil Gabriele immer was einfällt. So auch diesmal. Wieviel hast du getrunken, fragt sie meinen Vater. Drei Bier. Kannst du noch fahren? Ein paar Minuten später ist er unterwegs. Zu einem Hobbyzüchter, den Gabriele aus dem Kegelclub kennt. Als er vor der Voliere des Züchters steht, muss mein Vater nicht lange suchen. Ein junges Tier sieht Charly zum Verwechseln ähnlich. Vierzig Mark, wahrscheinlich mit Nachtzuschlag, stolzer Preis, aber scheiß drauf. Der alte Charly wird in den Hausmüll entsorgt, was sollen wir denn machen, der Boden ist knochenhart und vereist. Der neue Charly flattert bis Mitternacht noch nervös im Käfig umher, bis er erschöpft einschläft.

Am nächsten Morgen wird Lisbeth vom Geschrei des Wellensittichs geweckt, lässt sich zum Käfig tragen und hat glänzende Augen: Mein Charly ist wieder gesund! Aber warum versteckt er sich, warum kommt er nicht auf meine Schulter, warum frisst er mir nicht mehr aus der Hand? Der liebe Gott, sagt mein Vater, war heute Nacht hier und hat den Burschen gesund gemacht. Aber, ergänzt meine Mutter, dabei hat der Charly sich so erschrocken, als er den lieben Gott gesehen hat, dass er jetzt ein bisschen braucht, bis er wieder zutraulich ist. Lisbeth nickt ganz selig und denkt: ein Wunder!

Ich atme tief ein und atme tief aus. Das war nicht immer so. Früher blieb mir die Luft weg. Jetzt sind es noch wenige Meter zu Fuß, dachte ich, wenn ich in die Straße meiner Kindheit einbog, ich könnte trödeln, sagte ich mir, aber es hilft ja nichts. Ruhig Blut, diesmal wird es nicht so schlimm, das war mein Mantra, wenn ich aus der Regionalbahn stieg und zurückkam. Zu meiner dementen Mutter, meinem hilflosen und wütenden Vater, meiner der Welt abhanden kommenden Schwester Lisbeth.

Diesmal komme ich mit meiner eigenen Familie nach Plettenberg. Mein Neffe bekommt sein Abiturzeugnis und wir werden dabei sein. Findus steht am Zugfenster und staunt über die Landschaft. Über den Tunnel. Über das mittlerweile stillgelegte Kraftwerk bei Altena. Über die wüsten Schneisen, die Orkane und Borkenkäfer in die Mittelgebirgswälder geschlagen haben. Findus kennt den Landstrich und kennt ihn nicht. Er war dabei, als meine Mutter starb (noch im Bauch seiner Mama), er stapfte in seinem Schneeanzug über vereiste Wiesen, als er gerade sprechen konnte, er verschlief Lisbeths Beerdigung. Bald wird er vier Jahre alt und diesmal wird er sich an die Reise erinnern. Meine Vorfreude überträgt sich auf ihn. Er zieht seine Schuhe aus und hüpft auf den stoffbezogenen Sitzpolstern der Regionalbahn auf und ab. Wir kommen zurück. Ohne Begräbnis diesmal. Unmittelbar nach dem Aussteigen sagt Katja: Meine Güte, ist das hier eine gute Luft. Plettenberg. Umsteigemöglichkeit zum Bus.

Mein Bruder Kristof holt uns ab, er trägt ein Basecap der *Denver Nuggets.* Ich kann mich nicht erinnern, dass er sich für Basketball interessiert, aber jetzt ist es anders. Seit einem Jahr arbeitet er am amerikanischen Standort seiner Firma für Sanitärtechnik. Ich weiß noch, wie er mit sechzehn Jahren im Blaumann früh am Morgen in den kleinen Klempnerbetrieb fuhr, als er mit seiner Ausbildung anfing. Heute hat er eine Frau und zwei erwachsene Kinder, ein großzügiges Haus mit kleinem Pool und akkurat geschnittenem Rasen. Obwohl es bei unserer Ankunft schon spät ist, besteht Findus darauf, mit meinem Bruder und seiner Frau durch den Garten zu toben. Sie sehen sich nicht oft, aber er liebt sie sehr.

Kristof hat uns den kleinen Opel geliehen, den Zweitwagen der Familie. Ich sitze am Steuer. Das ist eine Sensation. Denn ich fahre sonst nicht auf der Autobahn und nicht auf der Landstraße und erst recht nicht im dichten Stadtverkehr. Ich mag es nicht, ich will es nicht, ich kann es nicht. Katja muss fahren. Nur in Plettenberg bin ich groß genug fürs Auto.

In den nächsten Tagen donnern Kanonenschläge durch die Kleinstadt. Die Plettenberger Schützengesellschaft feiert ihr jährliches Fest. Die Schüsse mit der Kanone markieren zentrale Ereignisse bei dem Spektakel. Beginn, Antreten, der Vogel ist unten. Treffe ich alte Bekannte auf der Straße, dann nicken sie mir aufmunternd zu, sagen: Toll, extra deswegen wieder hier? Es fällt mir schwer, ihnen zu sagen, dass wir nie dazugehörten, dass mein Vater nicht auf Schützenfeste ging, dass wir Kinder auch nichts mit dem Brauchtum anfangen konnten. Ich erzähle von der Abschlussfeier meines Neffen, reiner Zufall mit dem Schützenfest, und dann gehe ich weiter. Dabei hätte die ehrlichste Antwort weder mit Schützenvögeln noch mit Abiturzeugnissen zu tun: Heimweh. Wir sind auch hier, weil ich Heimweh habe. Obwohl dies Heim nicht mehr ist. Oder deshalb.

Morgens frühstücken wir mit Kristofs Familie. Seine Frau Sarah, sie leitet eine Kindertagesstätte, teilt sich mit Findus die Gesichtswurst. Mein Sohn verschlingt vier Scheiben hintereinander. Es ist das verbindende Element unserer Kindheiten: Gesichtswurst als kleinster gemeinsamer Nenner. Der Moment, wo die Fleischerin sich über die Theke hinunterbeugt und die Gabel mit der aufgerollten und aufgespießten Scheibe hinhält. Katja ekelt sich, sie ist Vegetarierin, seit sie denken kann. Kristof zeigt uns Fotos von seinen Wanderungen zu den Ausläufern der Rocky Mountains, die er an den Wochenenden unternimmt. Schimpft über die Deutschen, ihre Patzigkeit, ihre Unfähigkeit, die Kundschaft in der Bäckerei vernünftig zu bedienen. So weit wie er ist keiner gekommen. Vom Dingeringhauser Weg mit den schmucklosen Reihenhäusern bis nach Boulder, Colorado und Fensterblick auf die Flatirons. Dabei ist sein Haus nur eine Straße von der Siedlung entfernt, in der wir groß geworden sind. Irgendwann in den letzten zwanzig Jahren muss es für ihn aussichtslos gewesen sein. Jeden Tag verlangten sie nach ihm. Und er kam. Brachte meiner Mutter Zigaretten ins Seniorenheim, fuhr sie zu Arztterminen, organisierte Stützstrümpfe und Fußpflegetermine für Lisbeth. Ab einem gewissen Punkt der Familiengeschichte kam er nicht mehr weg. Und ich nur noch selten hin. Jahrelang hat er mir das unterschwellig vorgeworfen. Als ich nach Leipzig oder Berlin zog, als ich fürs Radio in Kanada und Amerika war. Du treibst dich in der Weltgeschichte rum, während hier die Kacke am Dampfen ist. Kristofs Vorwürfe sind verschwunden, seit Mama und Lisbeth nicht mehr da sind. Er hat sich um sie gekümmert bis zuletzt, jeden einzelnen Tag.

Auf dem Weg zur Zeugnisübergabe meines Neffen fahren wir einen Umweg an unserem verkauften Reihenhaus vorbei. Die Kunststoffhaustür ist noch dieselbe. Die Pflastersteine auf dem Parkplatz, die Lichtschächte zum Keller hin, das Küchenfenster, durch das meine Mutter immer unbeobachtet beobachten konnte: Hätte ich noch einen Schlüssel und würde reingehen und alles wäre wie vor Jahrzehnten, die kühlen grünen Fliesen im Flur, die nikotingelbe Tapete, die kleine Bergmannslampe, die über dem Türbogen zum Wohnzimmer hängt, ich wäre nicht verwundert.

Mein Neffe trägt ein weißes Hemd und Hosenträger, als er sein Abiturzeugnis überreicht bekommt. Bei meiner Zeugnisübergabe trug ich kein weißes Hemd mit Hosenträgern. Meine festliche Kleidung war ein maßgeschneiderter Anzug aus schwarzglänzendem Stoff mit filigranen Fransen an Jackett und Hose. Eine Mischung aus Zirkusdirektor und Löwendompteur. Die ausrangierte Garnitur des nicht besonders großen und kräftigen Neurochirurgen, der meine Mutter vor meinem Abitur operiert hatte. Der Arzt hatte mir den Anzug überlassen. Eine Kleiderspende.

Am Nachmittag gehen wir mit Findus auf den Wasserspielplatz an der Lenne. Katja kommt ins Gespräch mit einer anderen Mutter, während ich mit Findus aus Sand und Wasser eine Art Beton für ein Reihenhaus herstelle, das er bauen will. Er würde gern wieder herkommen, höre ich Katja sagen. Und das stimmt. Jedenfalls immer dann, wenn ich hier bin. Die Sehnsucht ist echt. Und sie ist paradox. Von Beerdigung zu Beerdigung ist es schlimmer geworden. Hier, genau hier könnte der Platz sein. Also, dieser eine Platz. Musst du erst alles verlieren, bevor du das weißt? Es war einmal eine Familie, denke ich, während ich Sand und Wasser mische und Findus zusehe, wie er matschige Häuser aufbaut und mit schallendem Lachen wieder zertritt, die war arm. Und die eine Tochter konnte gar nicht auf eigenen Beinen stehen. Und die andere Tochter zog aus, um ans Meer zu gehen. Und ein Sohn blieb und kümmerte sich und war in der Hölle. Und der letzte Sohn, der dachte, dass es das Paradies war. Aber erst, als es das nicht mehr gab. Er würde gern wieder herkommen, sagt Katja. Aber es ist schon gut so, wie es ist.

Bevor wir gehen, mache ich ein Foto von der katholischen Kirche St. Johann Baptist auf der anderen Seite vom Flüsschen. Dort war, erzähle ich Katja, damals der Weihnachtsgottesdienst meines Gymnasiums. Wir sind mit der Big Band aufgetreten. Ich hatte ein Posaunensolo und spielte falsch. *When I fall in love* von Nat King Cole in einer vereinfachten Version fürs Schulensemble. Während meiner schiefen Töne operierte jener Dortmunder Neurochirurg, dessen Anzug ich später zum Abitur tragen würde, weil sein Neffe mit mir in eine Schulklasse ging, meine Mutter am Gehirn. Es war eine lange Operation mit schlechten Erfolgsaussichten. *When I fall in love.* Ich dachte unentwegt an meine Mutter. Note um Note verrutschte mir.

Am nächsten Morgen trinken wir mit Kristof, seiner Frau und den Kindern einen Kaffee vor unserer Abreise. Ich erzähle, dass ich Uta in Oostende getroffen habe. Kristof ist ruhig wie mein Vater, während ich die Beredsamkeit meiner Mutter vererbt bekommen habe. Bei diesem Thema wird er ganz einsilbig. Was ich denn da gewollt habe. Ob es ihr gut gehe. Und nein, dass er nichts von ihr gehört habe, ihm das aber auch egal sei. Ich weiß, dass er Uta die Flucht immer noch übel nimmt. Dass es bei mir dadurch abgefedert wurde, dass ich wenigstens ab und zu da war. Dass er mich anrufen konnte, wenn mal wieder eine der im Grunde wöchentlichen Krisenfälle mit unserer Mutter oder Lisbeth eingetreten war, dass ich nicht anwesend war, aber doch da – während Uta einfach nur schwieg, uns allen gegenüber.

Wir steigen am Bahnhof aus und winken zum Abschied. Ein letztes Mal tief einatmen und ausatmen. Plettenberg, Umsteigemöglichkeit zum Bus. Nach dem ersten Tunnel ist das Heimweh abgeschüttelt, sind wir wieder unterwegs zurück in unser Leben. Und es bleibt wie immer das Gefühl, das Wesentliche verpasst, das Eigentliche nicht gesehen, das Wichtige nicht besprochen zu haben. Wieder war ich nicht auf dem Friedhof bei Mama, Papa und Lisbeth.

Wir hatten nicht viel, und davon zu wenig. Wir waren stets am Rande des materiellen Nervenzusammenbruchs.

Herr Walter, Herr Zorn und Herr Schöller waren unsere Erlöser, zugleich aber auch auf geradezu alttestamentarische Weise strafende Gestalten. Wer bauen kann, der kann auch arbeiten. Diesen Satz mussten sie gar nicht erst aussprechen, wenn wir mal wieder zu Kreuze krochen. Schaffe selig zu werden mit Furcht und Zittern. Du blöder Hund.

Wir nennen selten Namen, die richtigen sowieso nicht, deshalb ist es legitim, die intimen Details des kleinstädtischen Finanzwesens auszuplaudern. Denn die wahren wie geheimen Helden dieser Familiengeschichte heißen nun mal Walter, Zorn und Schöller. Und jetzt kommt ihr ganz großer Auftritt. Für mich werden sie für immer so aussehen, wie sie damals in den Achtzigern aussahen: Gekleidet nach der Kleinstadtmode der vergangenen Saison (meine Mutter konnte auch Jackettärmel kürzen und Hosen weiten!), die sie sich aus der gediegeneren Abteilung des Versandhauses bestellten. Hier und da ein kariertes Flanelljackett, zu besonderen Anlässen ein Einstecktuch, zumeist blütenweiße Hemden, manchmal Krawatten. Und die blank polierten schwarzen Schuhe, mit denen ich als kleines Kind auf Augenhöhe war.

Wir sind auf sie angewiesen, denn die Wohnsituation ist brenzlig: Lisbeth, die Älteste, hat ein eigenes Zimmer. Besser so, sie fängt nämlich gerade an, ihr nächtliches Einsamgespräch mit sich selbst zu etablieren. Kristof und Uta teilen sich ein Zimmer. Mein Vater verdient ein paar tausend Mark im Monat. Am Ersten reicht das frische Geld, um das Minus auf dem Konto auszugleichen. Der Blick auf den Bauzins: wenig erbaulich. Im Juni 1980 liegt er bei sagenhaften 9,5 Prozent. Heißt also: Bei einer Zinsbindung von zehn Jahren verschlingt ein noch so kleines Häuschen in etwa abermals die Baukosten. Anders gesagt: Zinsen und Tilgung halten sich die Waage. Noch anders gesagt: Die Bank gewinnt. Historisch betrachtet also der schlechtestmögliche Zeitpunkt für ein Eigenheim. Aus Perspektive meiner Eltern hingegen ist die Sache alternativlos: Bald schon, fürchtet mein Vater, geben sie uns gar nichts mehr. Weil sie damit rechnen, dass er sowieso nicht alt wird (diese Furcht wird sich bestätigen, im Jahr 1980 hat er schon weit über die Hälfte seines Lebens verbraucht). Immerhin, mein Vater ist nicht ungeschickt und kann improvisieren, gebt mir einen Rohbau, gebt mir irgendwas, und ich zimmere uns die Scheiße zusammen.

An dieser Stelle kommen sie also ins Spiel. Unsere Retter, die sich angesichts der immensen Zinsen die Hände reiben und uns mit offenen Armen begrüßen. Natürlich ist es ungerecht, die Herren Walter, Zorn und Schöller nachträglich zu diffamieren. Sie meinten es ja nicht böse, sie haben das Zinshoch ja nicht erfunden. Und meine Eltern nicht gezwungen, sich für den Rest ihres Lebens ein Dickicht an Vertragswerken und Verpflichtungen ans Bein zu binden.

Die Herren im Kleinstadtzwirn arbeiteten in jeweils unterschiedlichen Positionen in der Kreditabteilung der Sparkasse, deren immenser Bau das asbestverdächtige Zentrum der Träume symbolisierte. Sie residierten nicht in der unteren Etage im Kassenbereich, nein, man musste sich anmelden wie die feinen Leute und wurde eine Etage nach oben geführt, wo der Teppichboden flüsterleise war und sogar Kunst an den Wänden hing. Am Anfang, nach dem ersten Kundengespräch, ist da die Euphorie. Endlich sind sie auch dabei. Beim kollektiven Traum der *Working Class.* Ein Mittelreihenhaus mit Flachdach und dreistelliger Quadratmeterzahl. Später hörte ich oft: So arm könnt Ihr ja gar nicht gewesen sein, Ihr hattet doch ein Haus. Aber was für eins, zu welchem Preis?

Unser Leben spielte sich nach dem Kauf des Hauses zwischen überstrapazierten Dispositionskrediten, zu Wucherzinsen neu aufgelegten Immobiliendarlehen und in der Regel leeren Sparbüchern ab. Die Bank hielt uns freundlich und fest an der kurzen Leine. Wie ein strenger Vater eben. Peitsche und Zuckerbonbons, aber nur zum Weltspartag. Dabei hatten wir noch Glück, verdammtes Glück. Denn die Herren hätten ja auch jederzeit die Köpfe schütteln können. Denn, Fußnote Nummer soundso im Glücksvertrag: Es gelten stets die Rahmenbedingungen der geduldeten Überziehung.

Das Haus wird also gebaut, und die Familie zieht ein. Das gewagte Finanzkonstrukt wackelt Monat für Monat bedenklich, aber es stürzt nicht ein. Da kann einem durchaus schon mal schwindlig werden. Das passiert meiner Mutter etwas später verdächtig häufig, während sie am Kontoauszugsdrucker steht und sich alles dreht, wenn sie darüber nachdenkt, wie sie die neuerlichen Hiobsbotschaften zwischen Soll und Haben für meinen Vater erträglich verpackt. Irgendwann kommt ihr das komisch vor mit dem Schwindel, wir können uns denken, wie es weitergeht: Mädchen, das ist nicht der Stress wegen dem Haus, du bist einfach wieder schwanger. November 1982, das erste und letzte Reihenhauskind der Familie wird geboren. Es ist klein und schmächtig und schreit sich blau, wo es nur kann. Aber immerhin gesund, ein riesiger Kopf, zwei Arme, zwei Beine, mehr können wir uns nicht wünschen. Das Kind erhält postalisch ein Glückwunschschreiben und ein winziges paar Strickschuhe aus dem Sekretariat von Herrn Walter, Herrn Zorn und Herrn Schöller. Außerdem eine Broschüre mit Belehrungen. Man kann nicht früh genug anfangen damit. Sparen ist keine Frage des Alters. Früh übt sich, wer ein Reicher werden will. Lieber jetzt schon an den Führerschein denken, kleiner Mann. Was für eine Pointe: Die erste Briefpost meines Lebens kommt von der Sparkasse. Und erinnert mich daran, wie wichtig ich ihnen bin.

Geld als Lebensthema. Es zieht sich wie ein roter Faden durch die folgenden Jahrzehnte, Hochgefühle und Krisenlagen. Es genügt hinten und vorne nicht. Es reicht nicht am Anfang des Monats. Es reicht sowieso nicht am Ende des Monats, wo man manchmal nicht weiß, ob der Geldautomat im Foyer der Sparkasse überhaupt noch was ausspucken wird. Es fehlt an allen Ecken und Enden, und es geht doch irgendwie.

Wir hatten wenig und doch genug. Die letzte Kiste mit Fotos: Bilder von Familienfesten im kleinen Rahmen, von Urlauben am Meer, in denen die Unterkunft selten direkt hinterm Deich lag. Fotografiegewordene Existenzbeweise für eine verschuldet verschwundene Familie. Aber auf den Fotos ist noch kein Ende sichtbar, zum Glück, da gibt es nur den tatsächlich schönen Augenblick, der nicht verweilen wird.

Wir hatten es doch gut, irgendwie. Zumindest hatten wir es nicht schlecht, irgendwie. Denn die Eltern haben aus dem wenigen, was zur Verfügung stand, das größtmögliche Glück herausgeholt. Dass Unbeschwertheit grundsätzlich nicht vorgesehen ist, dass das Alleinsein qua Herkunft retrospektiv alle Erinnerungen sepiafarben schimmern lässt, dass sich diese ganze Familiensaga schon so früh vom Friedhof her erzählen lassen muss, gehört allerdings ebenso zur proletarischen Wahrheit.

Wenn es ein Gefühl gibt, das uns so nachhaltig geprägt hat wie nichts sonst, dann ist es diese fast urprotestantische Erfahrung, was Glück, Geld und Geltung angeht: Es steht uns eigentlich gar nichts zu, also nehmen wir, was wir kriegen können. Ein Haus mit schuhkartongroßen Zimmern für die Kinder. Eine Waschküche für meine Mutter. Ein Keller mit Platz für die Werkbank meines Vaters. Ein exponiertes Plätzchen in der Schrankwand für die Aktenordner mit den Bankunterlagen. Was dabei immer klar war, denn die Sparkasse bestimmte Monat für Monat das Spiel: Unser Eigenheim wird niemals ganz unser Eigen sein. Weil die immensen Schulden sich mit einem Arbeitereinkommen auch nach Jahrzehnten nicht tilgen lassen würden. Nicht mehr in diesem Leben jedenfalls. Wir wussten also, wie es kommen würde. Wir nahmen es stillschweigend hin, als unausgesprochenen Teil der Abmachung: Am Ende gewinnt immer die Bank.

An einem Tag gibt es kostenlose kleine Torten für alle Geburtstagskinder im Kaufhaus. Ich gehe hin und hole mir meine Torte ab. Und sehe, dass die Frau am Informationsschalter gerade Feierabend macht. Also schickt meine Mutter mich nochmals los. Und wir sahnen eine zweite Torte ab bei der neuen Kollegin. Jedesmal kauft meine Mutter zwei Rubbellose, wenn wir sowieso im Lottoladen sind. Und dann zittern ihr die Hände vor Aufregung, 1.000 Mark, 1.000 Mark, 1.000 Mark. Drei gleiche Felder, ein Gewinn. Ich will jubeln und schreien, aber sie faucht mich an, sei bloß ruhig, wenn das einer mitbekommt und uns das Ding wegnimmt. Meine Eltern bestellen eine neue Couchgarnitur, lassen das Auto reparieren und gleichen das Minus auf dem Konto ein bisschen aus. Sie hantieren also in etwa mit der dreifachen Gewinnsumme und beim nächsten Kassensturz fällt es ihnen auf die Füße, aber wir wollen mal nicht so streng sein.

Irgendwann im Frühling hört meine Mutter, dass ein Landwirt in der Nachbarschaft helfende Hände für die Schweineschlachtung sucht. Man muss kräftig sein, sagt meine Mutter, aber das bin ich ja wohl. Sie ruft an. Und steht am Wochenende darauf in der Brühküche des Bauernhofs. Ihre Aufgabe: die Fleischmasse würzen, mit Unterstützung einer Maschine in die Wurstpelle füllen und die Würstchen rhythmisch abtrennen. Als sie nach vielen Stunden nach Hause kommt, riecht sie nach Blut und Essig. Ihr Lohn für die Schufterei: eine große und schwere Kiste. Fleischwurst und Kotelett und Schinken und Schnitzel. Mein Vater ist sprachlos und beeindruckt. Tagelang essen wir davon. Ewig schwärmen meine Eltern noch vom Schlachtpaket, das sie sich sonst nicht geleistet hätten.

In jedem Sommer stapeln sich auch die in Plastik eingeschweißten Pakete mit Rostbratwürstchen, die in Kräutermarinade eingelegten Schweinesteaks aus dem Supermarkt. Meine Mutter ist für die Beilagen zuständig, Weißbrot, Fladenbrot, in Remoulade ertränkte Thunfischstücke mit sauer eingelegten Silberzwiebeln und Dosenmais, ein Schichtsalat mit Mayonnaise, Käse und Kochschinken. Mein Vater grillt stoisch die immensen Fleischberge weg, taucht die Reihenhausnachbarschaft in beißenden Qualm.

An einem Samstag im Sommer würde das Essen mindestens für eine zehnköpfige Partygesellschaft reichen. Ein richtiges Grillfest. Aber es ist nur das Wochenendpensum unserer Familie. Es gibt keine Reste, kein Sattsein, kein Maß. Mein Vater feuert mich an: Die eine Wurst schaffst du auch noch, wegschmeißen tun wir nichts. So mästen wir einander von Woche zu Woche. Meine Mutter kocht dicke Bohnen mit Speck, Leberkäse mit Spiegeleiern, Kotelett mit Bratkartoffeln, an den Winterwochenenden füllt mein Vater die Auflaufform mit Schnitzeln und Käsesoße von Maggi aus der Tüte. Kommt der Landbäcker mit seinem Wagen durch die Kleinstadt und hält vor unserer Tür, dann kaufen wir grundsätzlich mehr, als wir brauchen. Vier Berliner, weil das fünfte Gebäckstück gratis ist, einen ganzen Schokoladenkuchen, zwei Rosinenzöpfe. Egal, wie knapp das Geld ist: an Essen mangelt es uns nie.

Das große Fressen lässt sich historisch begründen: Ludwig Erhard wird zum Vorbild der Generation meiner Eltern. Der feiste Körper als Rollenmodell. Das Übergewicht: ein Ausdruck des Wohlstands, den sie sich leisten. In den Nachkriegsjahren werden mein Vater und meine Mutter Teil der sogenannten bundesrepublikanischen Fresswelle. Die Speisekammern füllen sich. Die Bedürfnisse wachsen. Und auch der Magen lässt sich ins Unermessliche dehnen.

Das quantitative Anspruchsdenken geht nicht mit einem qualitativen einher, jedenfalls nicht bei uns: Hauptsache

Fleisch. Hauptsache viel. Dass ich meine Mutter bis zu ihrem Lebensende ausschließlich mit einem Colaglas in der Hand kenne, dass sie grundsätzlich kein anderes Getränk zu sich nimmt: unsere kleine Freiheit.

An einem noch warmen Tag im Herbst arbeite auch ich auf dem Bauernhof. Ich helfe bei der Kartoffelernte. Stück für Stück fährt der Bauer die Reihen des Feldes mit der Erntemaschine ab. Die Helferinnen und Helfer laufen hinterher und lesen die nach oben beförderten Kartoffeln auf. Gegen Mittag sind wir fertig. Die Frau des Bauern stellt mich vor die Wahl: zwanzig Mark auf die Hand oder ein ganzer Sack der gerade geernteten Kartoffeln. Ich entscheide mich für das Geld. Du hast dich veräppeln lassen, sagt mein Vater, als ich nach Hause komme, weißt du eigentlich, was so ein ganzer Sack Kartoffeln wert ist?

Es ist der Abend vor der Reise. Wir können so nicht fahren. Unser Sohn hat Fieber und ich bin maßlos enttäuscht. Fünf Nächte an der Nordsee sind nicht viel. Wir brauchen diese Ferien so sehr. Einen anderen Urlaub wird es diesen Sommer nicht geben. Warum ist Findus überhaupt schon wieder krank? Ich gebe Katja die Schuld. Zu dünn angezogen, zu wenig Schlaf, zu schlechtes Essen. Als läge all das nicht auch in meiner Verantwortung. Sie bleibt ruhig und meint, auf die eine Nacht käme es jetzt auch nicht an. Fünfeinhalb Stunden mit dem Auto, wie soll das gehen, wüte ich weiter. Sie ignoriert es, anstatt einfach alles abzublasen und mich zu bestrafen für meinen Zorn. Warten wir die Nacht ab, sagt sie, und ich lege mich zu Katja und Findus, der sich mit glühender Stirn in den Schlaf wimmert. Am nächsten Morgen um halb fünf geht der Wecker, Katja fühlt sich jetzt auch fiebrig, und ich habe Halsschmerzen. Und Findus, als hätte er nur darauf gewartet, springt auf, setzt sich mit heißen Wangen und glänzenden Augen zwischen uns im Bett auf und ruft: Können wir bitte trotzdem in den Urlaub fahren?

Später schütteln wir den Kopf über diesen Morgen. Denn wir fahren tatsächlich los. In der Dunkelheit. Wie meine Eltern. Zu einer Uhrzeit, als der Schmiedehammer im Tal noch schwieg. Irgendwo hinter Hamburg machen wir

Pause und essen unsere gekochten Eier und geschmierten Brote, trinken zu starken Filterkaffee aus der Thermoskanne. Wenigstens zünden wir uns nicht gegenseitig die Zigaretten an. Katja fährt die ganze Strecke allein, und Findus verschläft die lange Fahrt. Als wir gegen Mittag ankommen, ist unsere Ferienwohnung noch nicht fertig. Wir essen ein Fischbrötchen im Kurpark vor dem Deich, während Katja und ich krank und geschafft sind und auch Findus immer noch Temperatur hat.

Unser erster richtiger Familienurlaub am Meer. Wir sind in Büsum an der Nordsee. Eine frisch renovierte Zweizimmerwohnung in einem schmucklosen Siebziger-Bau. Mit Balkon in einer kleinen Seitenstraße. Kein Meerblick, sondern freie Sicht auf andere Ferienhäuser. So unspektakulär wie die Aussicht werden auch die nächsten Tage. Es geschieht nichts. Trotz Hochsaison. Immer scheint die Sonne, wenn das Wasser nachmittags weg ist. Der dramatische Höhepunkt unserer Reise ist ein Einsatz der Seenotrettung, den wir beobachten. Ein Boot fährt raus, und es wird ein Krankenwagen zum Deich bestellt. Schwimmer in hilfloser Lage. Nach ein paar Minuten klärt sich alles auf. Der Vermisste ist sicher an Land und war nie in Not. Nur eine Verkettung von Missverständnissen. Wir sind es nicht gewohnt, nicht zu arbeiten. Die Tage dehnen sich in ihrer schier unendlichen Ereignislosigkeit. Sie gehören zu den schönsten, die wir jemals zusammen hatten.

Vielleicht entsteht in diesem Urlaub, was uns seither beschäftigt: Wäre es denn nicht möglich, rein theoretisch?

Wenn wir uns streckten und die Bank mitmachte, aktuelle Hochzinsphase hin oder her? Eine kleine Bude, die wir die meiste Zeit an andere Gäste vermieten und in der wir im Frühling, Sommer, Herbst und Winter jeweils selbst ein paar Tage verbringen? Leben am Meer. Diesen Traum gab es schon mal.

Im Herbst des Jahres 1987 bin ich so krank wie Findus. Wieder eine Bronchitis. Ich fange sie mir ein im Rhythmus der Jahreszeiten. Ich bin ein angeschlagenes Kind. Hänge an meiner Mutter. Lasse sie kaum gehen, wenn ich in den Kindergarten soll. Wehre mich mit heftigen Angstzuständen und täglichem Erbrechen. Bevorzugt am Kindergartentisch, weil die Vorstellung eines von den Erzieherinnen falsch eingeschenkten Getränks zu panischem Würgereiz führt. Dazu Neurodermitis und ein vom Arzt nie diagnostiziertes Asthma. Später werde ich auf Drängen meiner Mutter hin auch ein Spray verschrieben bekommen, so wie sie. Nicht ganz so stark wie ihres. Besser, wenn der Junge das immer bei sich hat, für den Notfall. Obwohl ich an diesem Morgen so angeschlagen bin wie mein Sohn über dreißig Jahre später, wache ich mit der gleichen Frage auf: Fahren wir trotzdem in den Urlaub?

Meine Mutter hatte lange mit sich gerungen, bevor sie den Antrag für die Mutter-Kind-Kur stellte. Natürlich fraß sie die Sorge um Lisbeth, gerade 17 geworden, eine junge Frau, schon Monate vorher auf. Über Kristof und Uta machte sie sich nicht viele Gedanken. Die kommen schon zurecht. Aber Lisbeth, ach, meine Lisbeth. Mein Vater hat

Frühschicht und kann uns nicht bringen. Unsere Reise beginnt mit einer Taxifahrt zum Bahnhof und ohne Gepäck. Die Koffer sind schon abgeholt und werden direkt in die Kurklinik gebracht. Wir fühlen uns wie Weltreisende, als wir in den Regionalzug steigen und uns ins Raucherabteil setzen. Die ganze Fahrt ist eine Zigarettenschachtel lang, und wir müssen oft umsteigen. Mit dem ersten Atemzug am Meer ist meine Bronchitis verschwunden. Ich werde meine Mutter in den nächsten Wochen für mich allein haben. Ganz und gar. Ausnahmslos.

Beim Abendessen im Speisesaal analysiert meine Mutter die Gruppendynamik. Sortiert die anderen Mütter mit ihren Kindern auf den ersten Blick durch, lässt durch knappes Grüßen und Ignoranz erkennen, wen sie nicht leiden kann. Freund und Feind. Sei für mich, sonst bist du gegen mich. Keine halbe Stunde, und die Seilschaften sind gebildet. Eine Mutter mit einem Jungen namens Filip wird ausgesucht, sie schafft es, den Ansprüchen meiner Mutter zu genügen. Danach legt sie sich direkt mit dem Personal an, weil sie die Abläufe anzweifelt. Normalerweise sind die Kinder bei den Behandlungen am Morgen nicht dabei. Dafür gibt es die hauseigene Betreuung. Vehement schüttelt meine Mutter den Kopf, das ist mein Junge, und das entscheide immer noch ich. Der kotzt euch den Tisch voll, wenn ihr ihn nicht lasst. Die Erpressung funktioniert. Im Gegensatz zu den anderen Kindern gehe ich erst zum Mittagessen in die Betreuung und sitze vorher als einziges Kind mit meiner Mutter in Schlammbädern und Dampfkabinen mit heilendem Meersalz. Damals ist das für mich selbstverständlich, wie soll ich es besser wissen? Auch bei sämtlichen Freizeitaktivitäten für Mütter, bei denen alle anderen Kinder schon im Bett sind, ein Filmabend, ein Gitarrenkreis, eine Gesprächsrunde zum Ausklang des Tages, sitze ich auf dem Schoß meiner Mutter. Wenn ihr mir da reinredet, dann sind wir ruckzuck wieder weg und die Krankenkasse macht Theater, da könnt Ihr Euch drauf verlassen.

Ein Foto aus der Zeit gibt es noch: Ich komme an einem Nachmittag im Nordseekindergarten auf die Idee, ein Clown sein zu wollen. Von irgendwo wird Schminke besorgt und eine Perücke, und ich bin auch in Abwesenheit meiner Mutter der Mittelpunkt der Gruppe. Das selige und aufgeregte Lachen auf dem Foto. Es ist frappierend.

Die einzige Freundin meiner Mutter in der ganzen Zeit wird Ella. Sie ist gerade dabei, sich von ihrem Mann zu trennen, und das in einem oberbayerischen Dorf. Ihr Sohn Filip und ich rennen durch die Büsumer Fußgängerzone um die Wette und stapfen bei Sprühregen in Gummistiefeln durchs Watt. Ich will damals zum Zirkus. Und auch Filip hat Vorstellungen: Er will Tuba spielen in einer zünftigen Blaskapelle und trägt deshalb unentwegt (er behauptet, sogar nachts) seinen speckigen Lodenhut. Ich bin nämlich Filip, der kleine Musikant. Irgendwann bricht Filips Mutter plötzlich in Tränen aus und lässt sich von meiner Mama trösten, ich weiß doch auch, wie die Scheißkerle sind. Und jeden Tag wettern sie zusammen gegen andere Mütter in der Kur: Guck doch mal, wie die

Alte schon aussieht, die ist eine Hexe, beschließen sie angesichts einer Mutter mit getönten Brillengläsern und rustikalem Auftreten, die ihre Vorstellungen so entschieden vorträgt wie meine Mutter, die bei Konflikten nicht klein beigibt. Auf dem Höhepunkt der rasch erblühenden und auf Zeit geschlossenen Freundschaft beider Frauen überzeugt meine Mutter Ella sogar davon, wieder mit dem Rauchen anzufangen. Das geht doch keinen was an, was du machst. Und wenn du nach Hause fährst, kannst du ja wieder aufhören. Willst du eine von mir?

Das Essen in der Kurklinik ist zu wenig, zu scharf, zu versalzen, die Erzieherinnen müssen die Gemüsesuppen mit Apfelsaft strecken. Meist essen wir fast nichts, meine Mutter und ich, und das will was heißen. Häufig ist das Wetter zu schlecht für einen Spaziergang am Meer, also laufen wir eng an eng unter dem Regenschirm in den Ortskern und speisen nach dem Ende von Kindergarten und Kurbehandlung im Büsumer Wienerwald. Eine Kette von Restaurants, die es früher vielfach gab, bevorzugt an Autobahnraststätten und Zubringerstraßen. Einfache Speisen, perfekt konfektioniert für den Reisehunger. Unser Gourmetlokal. Fast jeden Nachmittag. Das mit dem Wienerwald, raunt meine Mutter mir vor jedem Telefonat mit meinem Vater zu, das sagen wir dem Papa nicht. Keine Ahnung, was sie noch alles dem Papa nicht sagt.

Den Wienerwald gibt es schon lange nicht mehr. An seine Stelle ist ein Büsumer Bekleidungsgeschäft für Touristen getreten. Überhaupt ist der Ort heute mehr auf Feriengäste mit mittleren bis gehobenen Ansprüchen eingestellt. Für meine Eltern, denke ich, wäre es der falsche Ort gewesen. Mein Vater hätte sie nicht leiden können, die Leute, die sich um die poshen Lokale des frisch renovierten Leuchtturms scharen, die Schlangen vor den Bäckern und Imbissbuden und Tinneläden mit ihrer nordischen Moin-Folklore auf Kissen oder Pullovern oder Tassen. Die haben doch ihren Lebtag nicht richtig gearbeitet, hätte er gesagt, die haben doch keine Ahnung. Was er über Katja, Findus und mich gedacht hätte, wie wir mit unserer hart erarbeiteten großstädtischen Lässigkeit auch alle Gassen verstopfen? Vor unserer Reise hatte ich die Vorstellung des großen Wiedererkennens und erwartete mystische Momente: An dieser Ecke da haben wir auf die Nordsee geblickt, die drohende Sturmflut trieb uns zurück in unser Kurklinikzimmer mit den jeden Abend unter unserer Last zusammenbrechenden Betten. Und da vorn beschlossen meine Mutter und ich, dass die Nordsee der Ort sei, an dem wir für immer leben wollen.

Ich erkenne keine einzige Straße wieder. Nicht mal unsere Kurklinik kann ich finden. Allein die Gefühle ähneln einander, obwohl in der Zwischenzeit fast ein halbes Leben vergangen ist: Wenn Findus zum zehnten, zum zwanzigsten Mal ein bisschen Schlick in seinen Eimer schaufelt und die schlammige Masse vom Meer wegspülen lässt und dabei vor Freude quietscht, dann ist er wie ich. Sogar die Abreisen ähneln einander. Ich will nicht wieder fort. Damals nach den Wochen in der Kurklinik gehe ich extra langsam zum Bahnhof in der geheimen Hoffnung, dass wir den

Zug verpassen, dass die sofortige Rückfahrt zu teuer ist und die Klinik sich so kulant zeigt, uns noch ein paar Tage mehr zu geben. Diesmal hoffe ich, dass Katja eine Spur zu erschöpft ist für die lange Fahrt und von sich aus vorschlägt, die Reise bis zu unserem letzten arbeitsfreien Tag auszudehnen. Wir könnten doch mal in der kleinen Pension ein Stück entfernt fragen, die sieht doch nett aus, und das Wetter soll gut werden.

Die Nordseeluft macht uns zu anderen Leuten. Das Kindheitsgefühl kommt mit jeder Reise zurück. Wir wollen immerzu hin und nicht mehr fort. Selbst mein Vater hat sich davon anstecken lassen. Ob es nicht auch Schmieden an der See gäbe. Wie es wäre, für ein paar Jahre auf einer Bohrinsel anzuheuern und hier oben zu leben. Der Abschied fällt mir schwer, auch heute noch.

Wir sitzen im Zug, wir sitzen im Auto, ich als kleiner Junge und ich als erwachsener Mann, die Zeit in Büsum hat uns gesund gemacht. Im Zug betrachte ich die noch während des Urlaubs entwickelten Fotos aus der Einwegkamera und sehe mich selbst als Clown. Im Auto schaue ich auf meinem Smartphone Fotos von Findus an, wie er in seiner winzigen Badehose zögert und dann zum ersten Mal mit den Füßen ins Wasser geht, Nase und Mund verzieht, weil die Nordsee selbst im Sommer nicht richtig warm wird.

Ich könnte alles zusammenkratzen, was ich habe, sage ich zu Katja, als ich nach dem Urlaub eine zum Verkauf stehende Einzimmerwohnung am Rande eines Nordseeheilbads entdecke, niedrige Decken, augenscheinlich stark renovierungsbedürftig. Die zehn Prozent der Summe kriege ich zusammen, sage ich, das Finanzamt schuldet mir doch eh noch was. Wenn die Bank mitmacht, dann hätten wir was Eigenes. Und Katja, die sich mit solchen Dingen besser auskennt als ich, schüttelt sanft den Kopf, das ist eine hässliche Bude, und du hättest Schulden bis zum Ende deines Lebens. Ich weiß ja, dass es stimmt. Aber es gibt diesen Faden, der lässt sich weiterspinnen, die Verbindung zwischen meinen Eltern und mir, die bleiben wird, wenn es schon keine Arbeiter und selbst unser Reihenhaus nicht mehr gibt: dass es niemals etwas Schöneres geben wird, als kurz hinter Hamburg auf einem zugigen Rastplatz Pause zu machen. Mit Thermoskanne, belegten Broten, gekochten Eiern und einer geteilten geheimen Zigarette, weil in der freien Zeit, die wir haben, immer alle Wege an die Nordsee führen.

Meine Mutter näht. Ich sitze auf der Treppe und beobachte sie. Wie sie den kaputten Reißverschluss meiner Kinderhose auftrennt und entfernt. Wie sie sich die Nadeln zum Abstecken in den Mundwinkel schiebt. Wie sie das Garn mit ihren Lippen anfeuchtet, um es einzufädeln. Es gibt zwei Geräte nebeneinander, eine Nähmaschine und eine Overlockmaschine. Sie schüttelt niemals den Kopf. Egal, was wir oder die Kundschaft vom Versandhaus verlangen. Mit ihrer ewigen Dauerwelle und ihrer riesigen Brille sitzt sie an einem Tisch unter der Kellertreppe und ist ganz bei sich. So verbringe ich meine Kindheit: meiner Mutter zusehend, wie sie näht und wäscht und bügelt. Wie sie extra nochmal mit dem Bus in die Stadt fährt, wenn wir in der Schule oder im Kindergarten sind, um uns Donald Duck-Flicken für unsere Pullover und Hosen zu besorgen. Es gibt nichts, davon bin ich damals überzeugt, was diese Mama nicht kann.

Mein Papa, das liegt in der Natur der Arbeit, ist meistens abwesend. Auch, wenn er eigentlich da ist. Sein Wecker geht um vier Uhr zwanzig. Er steht leise stöhnend auf, geht ins Bad, rasiert sich, nimmt schwerfällig die knarzenden Holzstufen nach unten, lässt in der Küche den Kaffee durchlaufen, raucht eine Zigarette, nimmt die am Abend vorher von meiner Mutter vorbereitete Butterbrotdose (immer Aufschnitt und Leberwurst), steckt sie in seine Kunstledertasche mit dem abgewetzten Tragegriff und den abgerissenen Riemchen, setzt sich in den kleinen blauen Opel Kadett und fährt los. Die Schranke öffnet sich, er grüßt den Pförtner, fährt auf den Parkplatz, zieht sich um, betritt die heiße und stickige Gesenkschmiede, nimmt seine schwere Zange, fängt an. Das Rohteil wird auf 1200 Grad erwärmt. Vom glühenden Metall zum fertigen Stück sind es mehrere Arbeitsschritte: abgraten, vergüten, entzundern. Pleuelstangen für verschiedene Automodelle. Zwischendurch Ablöse, fünf Minuten Pause, genau eine Zigarettenlänge vor dem Werkstor. Manchmal der Imbisswagen, da kauft er ein halbes Hähnchen, lässt es sich in einer Aluschale einpacken, bringt es mir als Überraschung mit und rührt es selbst nie an, nicht ein einziges Mal.

Wir besuchen ihn beim Tag der offenen Tür. Mittags dürfen die Familien kommen, auf dem Werksgelände gibt es eine Tombola, und abends tritt ein Schlagersänger im Bierzelt auf. Für meinen Vater wie ein Feiertag. Er legt seine Zigarettenpause so, dass er meine Mutter und mich durch die Hallen führen kann. Uns die gewaltigen Maschinen zeigen. Er ist stolz. Dann ist die Verschnaufpause vorbei, er muss zurück an seinen Platz. Ich sehe ihn mit der Schmiedezange in der Hand, schweißüberströmt wie alle Arbeiter, spüre die wuchtigen Hammerschläge der schweren Maschine tief im Bauch, wenn sie das glühende Stück Eisen formt. Fühle die unerträgliche Wärme. Ich halte es in der Schmiede nur für ein paar Minuten aus. Kannst du dir vorstellen, dass Papa das den ganzen Tag macht? Stumm und ehrfürchtig schüttele ich den Kopf. Er steht acht Stunden in dieser Gluthitze, er verbringt sein halbes Leben hier. Ganze Tage, ganze Nächte, je nach Schichtplan.

Sobald die Temperaturen es zulassen, sitzt er auf der Terrasse. Schaut auf die Landschaft, schmeißt den Grill an und legt immer weiter nach. Er mäht den Rasen und baut mir einen Sandkasten. Er gibt die kleinen Träume nicht auf. Vielleicht kaufen wir uns irgendwann einen Schrebergarten. Vielleicht ziehen sie irgendwann doch unsere Lottozahlen, und dann nichts wie weg. Aber auch so: Der Reihenhausalltag ist unser Glück. Die Jahre meiner Kindheit und Jugend: ein glanzvoller Höhepunkt. Unser Einkaufswagen ist voll. Unsere Kleidung stets ordentlich. Das Süßigkeitenfach nie leer. Die Kellerregale quellen über. Die Fleischwurst muss vom Fleischer sein. Und der Fernseher: kein einziges Mal außer Betrieb.

Lisbeth bleibt die Königin. Da gibt es kein Vertun. Sie fährt ins Zeltlager nach Skandinavien, das überflutet wird. Sie bekommt Krankengymnastik und Lymphdrainage und irgendwann einen elektrischen Rollstuhl. Meine Mutter prügelt sie durch Prüfungen, prügelt sich sprichwörtlich für sie. Lisbeth macht ihren Schulabschluss, fängt eine Ausbildung zur Bürokraft an, bricht sie ab und besucht ein Berufsbildungswerk im Hochsauerland. Sie ist unter der Woche nicht da, telefoniert aber jeden Abend mit meiner Mutter. Kurzzeitig hat sie einen Freund, die einzige

Beziehung, von der wir wissen. Und die Mütter im Hintergrund ziehen die Strippen. Der Junge besucht uns zwei, drei Mal, danach beschließen die Eltern, dass es so nicht weitergehen kann. Lisbeth und der junge Mann trennen sich, verlieren einander aus den Augen. Verlässlich sind, aus der Perspektive meiner Kindheit, drei Dinge: Erstens, wenn ein Problem gelöst ist, wird Lisbeth zwei bis drei neue finden. Zweitens, wenn sie ihren Kopf nicht durchsetzt, bricht sie in Tränen aus, ein lautes Gewimmer und Geschrei aus nichtigem Anlass, das sich nur mit gutem Zureden und Erfüllung ihrer Forderungen abstellen lässt. Kein Zurückstecken, keine Kompromisse. Drittens, wenn sie Freizeit hat, sitzt sie in ihrer Ecke im Wohnzimmer vor ihrer Anlage und hört über den Kopfhörer CDs. Wolfgang Petry, PUR, Abba. Zu Weihnachten gibt es fast jedes Jahr eine neue Anlage mit besserem Klang, anderen Kopfhörern und neuen Funktionen.

Meine Mutter näht. Herr Dorstfeld steht auf der Treppe, ein rotköpfiger und schwer atmender Mann. Er unterrichtet Latein und Geschichte am hiesigen Gymnasium. Meine Mutter steckt ihm die Flanellhose mit Nadeln ab. Hier wird aber viel geraucht, sagt er beim Reinkommen und lacht ungläubig. Na, und du bist wohl der Kleine. Später begegne ich ihm wieder, als meine Mutter in der Wäscherei arbeitet und er seine Kleidung bringt. Ich finde ihn freundlich. Er bleibt mir trotzdem so fremd wie von einem anderen Planeten. Benimm dich, sagt meine Mutter, wenn Herr Dorstfeld wieder mal auf der Matte steht, der Mann ist Oberstudienrat. Dann wird er mein Lehrer am Gymnasium, da bringt er seine Kleidung schon zu einer Änderungsschneiderei in der Stadt. Im ersten Halbjahr bin ich einer seiner besten Lateinschüler. Bis ich beim Abschreiben erwischt werde, zur nächsten Klassenarbeit einen Einzelplatz bekomme und das Lerndefizit vieler Monate offensichtlich wird. Eine Fünf nach der anderen. Zum Glück näht meine Mutter da schon nicht mehr für ihn. Und beim Elternsprechtag vergisst sie ihre Hörgeräte und versteht nicht, was Herr Dorstfeld über mich erzählt, nickt nur wissend und blickt mich strafend an, um ihre Taubheit zu überspielen. Hinterher fragt sie mich, was der Lehrer erzählt hat, und ich beschönige und verdrehe seine Worte, und meine Mutter glaubt mir oder glaubt mir nicht, versprich mir, dass du besser aufpasst, mit einem Oberstudienrat verdirbt man es sich nicht.

Wecker. Aufstehen. Rasieren. Kaffeemaschine. Auto. Jahrzehntelang. Die Abläufe sind getaktet, auf jede Störung reagiert mein Vater wütend. Mal sitze ich schon die halbe Nacht aufgeregt im Bett und will, dass er mir noch vor der Arbeit zum Geburtstag gratuliert. Er schnauzt mich an, schlaf weiter, verdammt nochmal, bist du bekloppt, und geht. Mal muss ich ausgerechnet dann pinkeln, als er ins Bad will, er rüttelt genervt an der Tür, als hätte sich die ganze Welt gegen ihn verschworen. Die Beeinträchtigung seines Morgenrituals ist der größtmögliche Verstoß gegen seine selbst aufgestellten Regeln. Schlimmer noch, als ihn abends vor dem Fernseher zu stören. Als Kind habe ich neben Angst und Respekt vor allem Verständnis: Er kann nicht mehr. Er kann einfach nicht mehr. Das denke ich wirklich, obwohl ich wenig Ahnung habe von der Härte der Arbeit, obwohl er ja offenkundig sehr wohl noch kann. Aber ich merke, was das überhaupt heißt: so zu sein. So sein zu müssen.

Für Kristof und Uta ist kaum Platz in diesem Alltag mit einer überbehüteten großen Tochter und einem in den Mittelpunkt drängenden kleinen Sohn. Ihre Bedürfnisse werden zerredet und zerrieben, sie haben keine Chance. Kristof ist ein stiller und feiner Kerl. Und dünnhäutig. Er geht als Erster aufs Gymnasium, schreibt gute Noten. Seine Tränenausbrüche sind rasch vorbei, aber die Schule behagt ihm nicht. Da sind die Arztsöhne, und da sind die Rechtsanwaltstöchter. Da sind die Markenklamotten und die anders gelagerten Interessen, man geht in Tennisvereine und zum Musikschulunterricht. Er hingegen: ein stilles Kind in unmodischen Klamotten. Es nagt an ihm. Er weint morgens vor der Schule, und er weint, wenn er nach Hause kommt. Was hat er denn nur, fragen sich die Lehrer, der ist doch ein cleveres Kerlchen. Was soll das denn, fragt sich meine Mutter. Nicht direkt, nicht belegbar, subtil und schleichend sickert das Gift der Erkenntnis ein: Er hat an diesem Ort nichts verloren. Er wird niemals, niemals, niemals genügen. Beleg für diese steile These: Als Kristof auf die Realschule wechselt, ist alles gut. Er weint nicht mehr. Er fängt an zu joggen und nimmt ab. Er schreibt gute Noten und hat viele Freunde. Kein Vergleich mit dem pathologisch stillen Jungen davor. Zeitweise träumt er von einer Karriere bei der Bundeswehr. Sein ganzes Zimmer ist über und über mit Postern tapeziert, Panzer, Schiffe, eine starke Truppe. Er baut Modellflugzeuge, schraubt an seinem Mofa herum.

Nach seinem Schulabschluss wiederholen sich die Dinge: Er hat schon eine Zusage für die Ausbildung zum Industriekaufmann, aber vor dem ersten Arbeitstag sagt er ab. Er fühlt sich dem nicht gewachsen. Im Büro, im Anzug, den ganzen Tag. Die Lehre zum Heizungsbauer hingegen macht ihn froh. Einen gar nicht kleinen Teil seines Geldes muss er an unsere Mutter abtreten.

Meine Mutter näht. Und ich sitze auf der Treppe und wäre lieber woanders. Sie lässt es nicht zu. Andere Kinder in meinem Alter treffen sich auf der Kleinsportanlage, die meiner Mutter ein Stück zu weit entfernt ist von daheim und sowieso zu verrufen. Da sind auch die Jungs von den anderen Schulen, da heckt man nur Blödsinn aus. Sie klebt an mir. Und ich hänge an ihr. Damals näht sie nicht mehr viel für die Kundschaft der Versandhäuser, sie findet einen Job: In der Haushaltswarenabteilung des Kaufhauses ist sie für die Regalpflege und Beratung zuständig und trägt einen weißen Verkäuferinnenkittel. Sie hat einen strengen Chef, ein riesenhafter Hüne mit Glatze und Schnauzbart, von dem sie sich nichts sagen lässt. Und obwohl die Stelle nicht schlecht bezahlt ist, kommt sie nach anderthalb Monaten in ihrem weißen Kittel nach Hause. Der Chef schreit sie an. Und sie schmeißt ihm mitten im Laden einen Haufen zu verräumender Vorratsdosen vor die Füße, keift zurück: Sie können mich mal am Arsch lecken, und verlässt das Kaufhaus für immer. Später, als ich noch zur Schule gehe, räume ich dort Konservendosen ein und erlebe den Mann selbst. Ein Wüterich. Ich schaffe es, jeder Konfrontation mit ihm zu entgehen. Meine Fantasie setze ich nie in die Tat um. Irgendwann, nehme ich mir vor, lasse ich im Lager eine Palette vom elektrischen Hubwagen rutschen, am besten Katzenstreu, das ihn und seine Schreierei für immer unter sich begräbt. Wer meine Mutter angreift, mit dem ist Krieg. Wenn mein Vater frühmorgens fort ist, krieche ich zu ihr ins Bett, wirklich lange, auch in der Pubertät noch. Ich schmiege mich an sie. Manchmal wacht sie vom startenden Motor unseres Autos auf und nimmt verschlafen einen kräftigen Schluck aus dem Glas vom Nachttischchen. Ihr Notfalltrunk. Es ist Cola. Selten verdünnt mit einem Schluck Wasser.

In einem besonders strengen Winter startet die Plettenberger Lokalzeitung zur Adventszeit eine ungewöhnliche Aktion. Sie fragen ihre Leserinnen und Leser, was sie sich an Dingen wünschen, die sie selbst nicht kaufen können. Noch am selben Nachmittag sitzen wir alle am Küchentisch und schreiben mit Unterstützung meiner Mutter lange Briefe. Lisbeth will Wolfgang Petry treffen. Kristof wünscht sich ins Cockpit eines Bundeswehrflugzeugs. Uta möchte mit Steffi Graf eine Runde Tennis spielen, die hat doch neuerdings einen Freund aus Plettenberg, der ist Rennfahrer, die ist bestimmt manchmal hier. Und mir fällt nichts ein, also diktiert meine Mutter mir den Wunsch. Ich will eine Bank besichtigen, weil ich mich so sehr für Geld interessiere. Eine Woche vergeht, dann kommt der Anruf der Redaktion: Wolfgang Petry schickt eine Autogrammkarte. Für Kristof wird der Mitflug in einer Transall organisiert, der dann wegen schlechten Wetters nicht stattfindet. Steffi Graf meldet sich nicht und ist bald auch nicht mehr mit dem Plettenberger Rennfahrer zusammen. Und ich darf eine Bank besichtigen, weil ich Geldscheine so mag. Meine Mutter begleitet mich. Ein Reporter der Lokalzeitung macht Bilder. Ich darf mich an den Computer setzen, einen australischen Dollar aussuchen, den Tresorraum betreten, mit einem Tausendmarkschein in der Hand fürs Foto neben meiner Mama posieren. Sogar zu den Geldbündeln lassen sie mich. Ich lasse die mit Banderolen befestigten Hunderter durch die Finger rattern wie im Film. Meine Mutter macht einen Witz, lenkt die begleitende Entourage ab, zeigt im Kassenraum umher und zwinkert mir zu.

Am Abend nach der Bankbesichtigung sitzt sie wieder an der Nähmaschine und näht ein Weihnachtsmannkostüm. Ich schaue ihr dabei zu. Irgendwann sieht sie mich an: Warum hast du denn nichts eingepackt? Das hätten die doch im Leben nicht gemerkt. Sie hält kurz inne und schüttelt den Kopf, dann näht sie weiter.

Viele Jahrzehnte später findet mein Bruder Kristof beim Entrümpeln des Reihenhauses den Zeitungsartikel wieder. Ein großer Wunsch wird wahr. Der kleine Junge, der in den Tresorraum durfte. Das Foto mit dem Tausendmarkschein. Meine stolze Mutter, die neben mir steht in ihrer bauschigen Winterjacke. Das gewellte und vergilbte Papier liegt unten im Nachttischchen meiner Mutter. Sie hat den Zeitungsausschnitt aufbewahrt und muss ihn manchmal gelesen, sich erinnert haben an diesen strengen Winter. Als das Glück zu uns kam, als das Wünschen noch geholfen hat.

Die Mama ist einfach mal traurig, lass die Mama doch einfach mal traurig sein. Oft weint sie aus Neid. Denn meine Mutter ist auch eifersüchtig, aber grundsätzlich nur auf ihre eigenen Kinder. Wenn ihr die totale Kontrolle entgleitet, erpresst sie sich die Zuneigung, verdüstert sich die Stimmung im Reihenhaus, lässt sie stumm die Tränen fließen, bis wir einknicken. Bald hat die Mama dich nicht mehr lieb. Bald ziehen wir hier andere Saiten auf, verlass dich drauf. Der Vorgeschmack des Endes. Irgendwann, da bin ich noch nicht mal auf dem Gymnasium, kommt meine Mutter an einem Sonntag ins Krankenhaus. Verdacht auf Herzinfarkt. Es stellt sich heraus, dass es nur Gallensteine sind. Kristof badet mich zum ersten und einzigen Mal. Bei meinem Vater liegen die Nerven blank. Uta nutzt die Gunst der Stunde und bleibt einfach weg, stundenlang. Und ich fühle mich wie ein alt gewordenes Kind. Hilflos und taub. Geschichte wiederholt sich nicht, aber sie reimt sich.

Meine Mutter trinkt Cola, mein Vater trinkt Schnaps, vier Kinder werden groß. Lisbeth sucht nach ihrer Ausbildung eine Arbeit, meine Mutter schreibt sogar der Frau des damaligen Stadtdirektors einen Brief, telefoniert hinterher, passt sie in der Fußgängerzone ab, damit sie etwas für Lisbeth tut. Weißt du, Martinus, du musst das über die Frauen machen, merk dir das, an die Kerle kommst du sonst nicht ran. Und tatsächlich, es gibt eine Stelle im Rathaus, wie geschaffen für Lisbeth. Sie soll an der Pforte sitzen, in die richtige Richtung weisen, Telefonanrufe annehmen und durchstellen. Das Experiment dauert vier Wochen, dann wird es im beiderseitigen Einvernehmen beendet. Es klappt einfach nicht. Lisbeth ist überfordert. Vertippt sich beim Durchstellen der Anrufe. Schickt Hochzeitspaare zum Kämmerer statt aufs Standesamt. Und weint bei der Arbeit, wenn alles über ihr zusammenbricht und sich lange Schlangen am Empfang bilden. Sie bleibt ein Kind. Und meine Mutter ist erst zornig und dann voller Mitleid, du hast dein Bestes getan, Lisbethchen, dann bleibst du halt wieder daheim bei der Mama. Uta macht nach der Schule eine Ausbildung zur Köchin in der Kreisstadt, mietet sich zum Ärger meiner Eltern ein eigenes Zimmer und ist nur am Wochenende da, wenn überhaupt. Und Kristof ist damals schon alles: der Bruder, der sich um mich kümmert. Der Sohn, der den Eltern gefällt und nie genügt. Der Partner, der die Frau, die er später auch heiraten wird, vor der Bösartigkeit seiner eigenen Mutter schützen muss. Denn meine Mutter kann Sarah selbstverständlich nicht leiden, diese freche und unverschämte Göre.

Mein Vater schmiedet derweil jeden Tag die mobilen Träume der Mittelschicht. Der elegante BMW. Der Ford für die ganze Familie. Bekommt eine Urkunde für zehn, für zwanzig, für dreißig Jahre Betriebszugehörigkeit. Zuletzt sogar eine versilberte Ehrennadel der Firma fürs Anzugrevers, die er sich allerdings nur spaßeshalber mal an sein Unterhemd aus Feinripp pinnt, das er im Hochsommer trägt. Irgendwann sind seine Knie durch. So kaputt, dass er aufhören muss. Ausgeschmiedet. Aber es kommt ihm entgegen. Durch seine Zeit als Bergarbeiter wird er ohne Abschläge mit sechzig in Rente gehen. Und drei von den Kindern sind schon groß. Überhaupt, alles entspannt sich, alles wird gut, dafür braucht es noch nicht mal mehr den Lottogewinn. 1999 wird sein Antrag genehmigt, den er mit Unterstützung des Knappschaftsältesten stellt. Nur noch ein paar Monate bis zur Rente, die wird er schon durchhalten. Was dann kommt, sagt er sich, ist der wahre Lohn für die Maloche.

Vor mir liegt die ganze Welt. Immer wieder Venezuela. Zwischendurch Indonesien, in gedeckten Farben auf dünnem Papier. Eine tierähnliche Gestalt wacht über meine zwanzig Kyats aus Myanmar. Serbien bringt eine Gruppe von Männern mit, dem Anschein nach Arbeiter. Die Insel und das Meer, das himmlische Blau von Madagaskar. Nepal hat die Berge. Und Indien ist erstaunlich klein, es passt in meine Handfläche. Ich arbeite mich durch fünfzig Wasserzeichen, rieche fünfzig Mal an den druckfrischen Lappen, die in ihren Ländern keine Funktion mehr haben. Das Drogeriekaufhaus Müller um die Ecke meines Büros hat neben einer ganzen Etage mit Spielsachen auch eine Sammelabteilung. Man bekommt dort Sets mit gestempelten Briefmarken und paketweise verschickte Umschläge und Postkarten, beispielsweise die »Berlin-Wunderkiste«. Irgendwann entdecke ich mein Päckchen. Es heißt »Schatzkiste« und sie muss schon lange im Regal liegen, die Ecken angestoßen, der Preis mehrfach überklebt: Geldscheine. Mindestens fünfzig Stück, verspricht die aufgedruckte Werbung. Eine Reise um die Erde in kürzlich noch gültigen Zahlungsmitteln. Kleine Raritäten. Alle Scheine kassenfrisch. »Die Banknoten«, steht dort wörtlich gedruckt, »haben ihren Wert verloren, Pech für die Bevölkerung, aber ein Glücksfall für die Sammler.« Ich schlage zu. Reiße das Konglomerat schon auf der Straße auf, schaue die Scheine durch, stelle mir vor, wie ich sie in einem gelben Aktenordner in Klarsichthüllen einsortiere und hege und pflege. Wie damals.

Mit der Besichtigung der Plettenberger Bank werde ich Geldsammler. Es gibt kein anderes Thema mehr. Münzen oder Scheine, antik oder aktuell, vollkommen egal. Jede Woche gehe ich mit meiner Mutter zur Bank und frage am Schalter nach neuem Geld. Wenn die Kleinstädter eine Fernreise machen, bestellen sie die jeweilige Fremdwährung und tauschen sie in der Filiale um. Und weil die Mitarbeiterinnen und Mitarbeiter mich bald kennen, fordern sie immer ein paar Dollar, Rupien oder Franc mehr an. So komme ich an Geld aus Neuseeland, aus Singapur, aus französischen Überseegebieten. Meine Mutter schaltet eine kleine Zeitungsannonce: Junge sucht Geld aus aller Herren Ländern. Auch Münzen. Alles anbieten. Das Telefon steht nicht mehr still. Manchmal wird gesammeltes Kupfergeld aus ganz Europa im Einmachglas an der Haustür abgegeben. Ab und zu sitzen wir bei einer alten Dame im Wohnzimmer und feilschen um den Preis für die angelaufenen Silbermünzen ihres verstorbenen Mannes. Der Junge mit dem Geld. Mir geht es um Quantität, nicht um Qualität. Immer wieder türme ich auf, was ich habe. Wühle darin wie Onkel Dagobert, der in den Comics, die ich damals lese, durch seinen Geldspeicher schwimmt. Niemand hat so ein Hobby wie ich. Darauf lege ich großen Wert.

In den ersten Jahren bin ich ein verstörtes und verängstigtes Kind. Als hätte ich den Krieg im Hochbunker miterlebt und die düsteren Jahre nach 45 auch noch. Ich bin dünn und kränklich und hänge am Rockschurz meiner Mutter. Ich verstehe auf konkrete Weise, wie konsequent sich meine Familie haarscharf außerhalb der Norm bewegt. Wie anders sie ist. Ich wehre mich damals noch mit meiner wirkungsvollsten Waffe: dem ständigen Erbrechen. In jeder Alltagssituation finde ich einen Grund. An der Frischwarentheke im Kaufhaus, wenn mir auf der Gabel eine Scheibe Käse gereicht wird, obwohl ich mich davor ekele, mich aber nicht traue, das Angebot der wohlmeinenden Verkäuferin abzulehnen. Vor dem Altar in der evangelischen Kirche, wenn ich entgegen des forsch vorgetragenen Befehls der Mutter bei meiner Kindergartengruppe sitzen muss und nicht auf ihrem Schoß. Ein Häufchen Elend. Ein Kind, mit dem alle Mitleid haben. Was ich alles nicht esse, was ich alles fürchte, was ich nicht kann, was ich nicht will, was ich nicht darf, was ich nicht sage. Was ich tue, um meinen Eltern zu gefallen. Von den ersten hundert Mark, die ich im Laufe eines Jahres spare, gehe ich mit meiner Mutter vor Weihnachten ins Kaufhaus und werfe im Rausch alles in den Einkaufswagen, was ihr gefällt. Restlos alles. Für den Vater oder meine Geschwister bleibt kein Pfennig mehr übrig.

Auf dem Foto mit Schultüte bin ich ein dünner Junge im gestreiften Polohemd, die Miniaturausgabe eines Kleidungsstücks, das mein Vater besitzt. Ich schaue scheu in die Kamera. In der ersten Klasse ist mir manchmal noch schlecht. Aber dann kotze ich nicht mehr. Dann verdichten sich die Vorzeichen der Veränderung. In meinem zweiten Zeugnis auf der Grundschule heißt es schon, ich sei ein »lebhafter, manchmal recht impulsiver Schüler« gewesen. Das Erwachen, ein Erwachsen. Die Wandlung manifestiert sich nicht nur in Überdrehtheit, auch das äußere Erscheinungsbild verändert sich: Auf den Bildern der ersten Klassenfahrt in ein Heim des Sauerländischen Gebirgsvereins bin ich dick und mondgesichtig. Strecke die Zunge raus, mache Faxen. Sehe ich heute Kinder dieses Kalibers, dann denke ich: verhaltensauffällig. So wie ich. Manchmal glaube ich, es gab gar keine andere Möglichkeit im Rahmen dieses Aufwachsens: Clown sein. Dick werden. Maskerade. Aus der Unmöglichkeit einer äußeren Rebellion heraus eine innere machen. Man kann den Eltern nichts vorwerfen. Selbst der zornige Vater verteidigt mich in letzter Instanz gegen alle vernünftigen Argumente. Und meine Mutter sowieso. Auf dem Schulhof nach dem Unterricht soll sie mal einen Streit schlichten zwischen mir und einem Mitschüler (der wirklich ein fieser Hund war, wenn die Erinnerung mich nicht täuscht, aber ich war nicht viel besser). Natürlich kennt sie nur meine Version des Zanks, redet sich innerhalb von ein paar Sätzen so dermaßen in Rage, dass sie dem anderen Jungen eine knallt. Sie kann von Glück sagen, dass die kurz danach auf den Schulhof kommende Mutter des anderen Jungen es bei einer harten Ansprache belässt, dass sie zu einer Friedenszigarette bereit ist, nachdem meine Mutter auch mich zusammenstaucht, natürlich nur zum Schein. Bei einem Konflikt mit einem Mädchen aus meiner Klasse, prächtiges Architektenhaus, Vater Geschäftsmann, welche von den oberen Zehntausend, meint meine Mutter, kriegt sie wieder die Wut, greift aber diesmal nicht selbst ein, sondern rät mir: Wenn du sie morgen siehst, dann sagst du, dass sie nach Kernseife stinkt. Kernseife. Für meine Mutter der Inbegriff von Geschmacklosigkeit und Armut. Als ich den für mich bedeutungsschweren Satz am nächsten Morgen in der Hofpause einsetze, schaut mich das Mädchen nur leer an und lacht ungläubig. Sie versteht nicht, was ich meine.

Die Wahrheit, das brennt sich mir früh ein, ist schwieriges Terrain. Meine Geschwister verschweigen, was sie wirklich beschäftigt. Meine Mutter verdreht die Tatsachen, wie sie ihr passen. Nur mein Vater plauzt raus, was ihm in den Sinn kommt. Laut und unbeherrscht. Was wir als Kinder in dieser Familie lernen: Bloß die offensichtlichen Unwahrheiten der Mutter nicht hinterfragen, sonst macht sie ein Drama und schlechte Stimmung. Dem Vater wiederum nie die ganze Wahrheit sagen, sonst rastet er unnötig aus. Mit einer Lüge, das wissen wir alle, kommen wir im Notfall besser durch. Ersparen uns und unseren Eltern unnötiges Theater.

Meine Strategien, um diese Kindheit zu überstehen:

Sei laut, wenn du was willst. Hab Geheimnisse. Such dir Nischen, in denen deine eigene Wahrheit regiert. Tu Dinge, von denen niemals jemand erfahren wird. Mach einfach, was du willst. Aber nur, wenn keiner dabei ist. Ich bekomme einen Wellensittich, den ich über alles liebe – und den ich bei jeder Gelegenheit quäle. Ich zünde Papierhaufen in der Küchenspüle an und lösche sie im letzten Moment, bevor das Feuer außer Kontrolle gerät. Ich rufe beliebige Telefonnummern an und rede in einer albernen Fantasiesprache und lege wieder auf, jeden Nachmittag.

Ich terrorisiere im ersten Jahr auf dem Gymnasium einen Jungen aus der Nachbarschaft, mit dem ich eine Zeitlang eng befreundet bin. Sogar in den Urlaub fahren wir zusammen, der gleiche Ort an der Nordsee, zwei getrennte Wohnungen, Bastis Eltern, meine Eltern, wir Kinder. Basti hat damals lange Haare wie sein Vater, der in einer Rockband der Kleinstadt spielt. Auch Arbeitermilieu, aber sie ticken anders. So eine Familie, wo die Kinder ihre Eltern mit Vornamen ansprechen. Nach dem Urlaub bekommt die Freundschaft Risse. Die hören komische Musik. Die sind komisch. Da haben wir uns wohl vertan. Finden jedenfalls meine Mutter und ich. Wir treten nur als Team auf. Und dieses ganze Gehabe ist uns jetzt ein Dorn im Auge. Die Freundschaft endet. Aus dem komischen Gefühl wird Abneigung, aus der Abneigung Wut. Ohne objektiven Grund. Hinter dem Rücken meiner Eltern rufe ich bald gezielt die Nummer der Familie des Jungen an, schweige und lege auf. Wochenlang. Irgendwann steht Bastis Vater vor der Tür, weil er bei einem meiner anonymen Anrufe den Wellensittich im Hintergrund hat zwitschern hören. Er weiß, dass ich es war. Ich streite alles ab. Meine Mutter stärkt mir auch noch den Rücken.

Die Sache mit Basti ist mir heute noch peinlich. Man findet ihn im Netz, er ist ein angesehener Rechtsanwalt geworden. Manchmal will ich mir einen Telefontermin bei ihm geben lassen und seine Nummer wählen und sagen: Du wunderst dich, dass ich dich anrufe nach all den Jahrzehnten, aber es beschäftigt mich so sehr. Es hatte nichts mit Euch zu tun, sondern ausschließlich mit uns. Ich will mich für den Jungen von damals bei Basti entschuldigen, auch, wenn wir beide nicht mehr in Plettenberg leben und unsere Eltern alt oder schon nicht mehr da sind.

Die anderen Freundschaften meiner Kindheit und Jugend entsprechen diesen Verhaltensmustern: In den Sommerferien verwickele ich die Postbotin jeden Tag in ein langwieriges Gespräch. Ich buhle um ihre Aufmerksamkeit. So vehement, dass sie irgendwann fast gezwungen ist, mich für ein paar Tage mitzunehmen auf ihre Tour. Die Post ist da, rufe ich in jeden Briefkastenschlitz der Einfamilienhäuser unserer Gegend. Sie heißt Helga Saft und ist damals mit einem Edgar Fleisch liiert. Diese völlig fremden jungen Leute sehen sich irgendwann sogar genötigt, mich zu Nachmittagsausflügen in die Eisdiele abzuholen. Später lerne ich einen computerbegeisterten LKW-Fahrer kennen, mit dem ich über PCs und Modems fachsimpele und der mich mitschleppt zu den Technikstammtischen der Gegend, wo ich stolz mit lauter älteren Herren zusammensitze.

Meine Geschwister haben für mich eine rein funktionale Rolle. Sie werden losgeschickt, um Spielzeug oder Süßigkeiten für mich zu kaufen. Alles folgt meinem Willen. Deshalb sind Kristof und Uta schon in Ordnung. Sie lassen sich vor den Karren spannen und ziehen bei Konflikten sowieso immer den Kürzeren. Ihr seid groß, er ist klein.

Mit Lisbeth ist es anders. Sie ist mir lästig. Denn gegen sie bin sogar ich chancenlos. Obwohl ich hart kämpfe. Mit allen Mitteln. Denn eins weiß ich, seit ich denken kann: Ich hasse sie. Mit ihrem Gesabbere und Gehampele. Mit ihrer Behäbigkeit und ihrer schneckenhaften Langsamkeit. Ohne sie würden die Leute nicht so dumm gucken, wenn wir irgendwo sind. Ohne sie hätten wir keinen Bremsklotz dabei. Ohne sie wären Mama und Papa entspannter. Ohne sie würde es nur noch um mich gehen.

Ich hasse ihre blöden selbstgebastelten Geschenke, ich hasse ihre viel zu feuchten Küsse auf die Wange, ich hasse ihr ausschweifendes Geschwätz, ich hasse ihren elektrischen Rollstuhl, der ständig alles blockiert, ich hasse die Puzzlenachmittage mit ihr und das ständige Getue, wenn sie mit ihrer gut einstudierten Zitterstimme mal wieder jemandem erzählt: Ich kann ja nicht so, wie ich will, ich bin ja behindert.

Die Ausflüge mit dem Behindertenverein, bei denen ich mich schäme. Die Behindertenparkplätze, auf denen ich nicht gesehen werden will, der Behindertentransporter, mit dem ich nicht fahren will, der Behindertenkarneval, zu dem ich gezwungen werde: Was hat sie eigentlich gegen mich? Was hat sie hier verloren? Was will die blöde Kuh die ganze Zeit?

Einige Jahre lang wohnen wir Wand an Wand. Ich habe ein Durchgangszimmer, das durch eine dünne Tür zu ihr führt. Fast jede Nacht macht sie mich wütend. Mit ihrer Wut. Oft wache ich auf von ihrem lauten Gewispere und Gerede. Sie spricht mit sich selbst. Lässt Dampf ab. Das macht sie auch, wenn sie Musik hört an ihrer Anlage. In den ersten Jahren hört sie auf, wenn sie merkt, dass man sie beobachtet, dass ihr jemand zuhört. Später ist es ihr egal. Sie zürnt in diesen nächtlichen Selbstgesprächen, klatscht in die Hände, schluchzt und jault. Es geht, sofern manchmal Sätze verständlich sind, gegen meine Eltern, gegen ihre Hilflosigkeit, gegen die Welt. Ja, sie will spätestens als erwachsene Frau ein anderes Leben, aber sie kommt über das nächtliche Wehklagen nicht hinaus. Und das wird mit den Jahren immer schlimmer, die Ausdrücke vulgärer, die Verwünschungen wüster. Sätze in Dauerschleife. Ein dysfunktionales Selbstgespräch. Manchmal kann ich nicht mehr einschlafen und sie hört einfach nicht auf, ich klopfe an die Tür und frage, ob alles in Ordnung ist. Sie tut überrascht und meint, sie sei gerade aufgewacht von meinem Klopfen, habe nur schlecht geträumt. Ab und zu, und das ist natürlich mein Triumph, hört mein Vater den Zirkus, den sie veranstaltet, kommt wutentbrannt durch mein Zimmer getrampelt, reißt ohne ein Wort ihre Zimmertür auf und schreit sie an. Jetzt ist Ruhe, verdammt nochmal. Und dann ist Ruhe.

Ein Ereignis stellt im Nachhinein ohne jeden Zweifel den Höhepunkt meines radikalen Widerstands gegen Lisbeth dar. Die Erinnerung daran ist gelöscht, die einzigen Minuten meines Aufwachsens, die ich nicht präsent habe. Eine tatsächliche Amnesie. Ist es ein destruktiver Akt gegen Lisbeth? Ein Heischen nach Aufmerksamkeit? Meine Eltern wollen meine Schwester an einem warmen Freitag im Frühsommer abholen aus dem Berufsbildungswerk. Eine Strecke von einer Stunde mit dem Auto. Ich will mit, sage ich, damals vielleicht acht oder neun Jahre alt, ich drehe nur noch eine kleine Runde mit dem Fahrrad. Ab diesem Moment wird es bruchstückhaft. Ich werde von den Nachbarn dabei gesehen, wie ich mit meinem Kinderfahrrad die Straße der Reihenhaussiedlung hochfahre, das Rad umdrehe und beschleunige, immer schneller und schneller, ich bremse nicht, ich brettere bei voller Geschwindigkeit gegen die kniehohe Parkplatzmauer des Reihenhauses nebenan, überschlage mich durch den Aufprall samt Fahrrad und knalle mit dem Kopf voran auf den Asphalt. Als ich wieder zu mir komme, liege ich weinend auf unserem Sofa. Niemand macht mir damals Vorwürfe, mein Vater nicht, meine Mutter nicht. Sie fahren mich ins Krankenhaus, wo eine Gehirnerschütterung diagnostiziert wird. Erst spät am Abend kann mein Vater Lisbeth abholen, aber das ist Nebensache, denn die ganze elterliche Aufmerksamkeit an diesem Wochenende ist mir sicher.

Die Gehirnerschütterung ist dabei nur ein Detail meiner umfangreichen Krankenakte. Als kleines Kind die Neurodermitis. Dafür gibt es Tinkturen und heilsame Bäder und Lichttherapien. Der Kinderarzt sucht auf Geheiß der besorgten Mutter so intensiv nach Allergien, bis er welche findet: Gräser, Pollen, Hausstaub, Katzenhaar. Letzteres lässt sich nicht ändern, bei den Gräsern können wir was machen. Ein Mal im Monat eine Spritze zur Hypersensibilisierung bei einem strengen ehemaligen Militärarzt in der Kreisstadt, dessen tiefe Stimme mich genauso verängstigt wie seine goldumrandete riesige Brille. Die halbe Stunde nach der Injektion bleiben wir im Wartezimmer. Das Ganze zieht sich über Jahre. Am Schluss nimmt der alte Doktor meine Mutter zur Seite, sie versteht mal wieder nichts, warum stellt sie ihre verfluchten Hörgeräte nicht richtig ein, aber dafür hämmert jedes Wort auf mich ein: Sagen Sie dem Dickerchen endlich, es soll abnehmen, das ist doch peinlich so.

Gegen den Rundrücken wird Massage und Krankengymnastik verordnet, die Zähne erledigt der Kieferorthopäde, und als alles sensibilisiert und gerichtet und gesalbt ist, fangen die Kopfschmerzen an. Erst wöchentlich, bald jeden zweiten Tag. Migräneartig bis zur Übelkeit. Und wieder gibt es Facharzttermine mit langer Wartezeit und weiter Anfahrt, heißt also auch: kostbare Zeit allein mit meiner Mutter. Der ruppige Neurologe mit der bösen Brille hört gar nicht richtig zu, führt alle kassenärztlichen Leistungen durch, die er abrechnen kann, reicht mir bei meinem letzten Termin ein spezielles Medikament, das ich unter seiner Aufsicht nehme. Eine große Tablette, meine Erlösung. Fünf Minuten später sind die Kopfschmerzen verschwunden.

Und dann geht es erst richtig los: Das war keine Medizin, du dummes Kind, das war ein wirkungsloses Placebo.

Der Junge ist ein Simulant, hören Sie das, der ist verrückt, der gehört in Therapie, verschwenden Sie gefälligst nicht weiter meine Zeit. Meine Mutter tobt, uns sehen Sie hier sowieso nie wieder, Sie Quacksalber. Über den Umweg eines Orthopäden, wo Röntgenaufnahme und MRT ebenfalls nichts ergeben, finden wir schließlich eine niedergelassene Ärztin ohne Doktortitel im Hochsauerland. Sie ist auf Energieflüsse und Blockaden spezialisiert. Sie fordert mich auf, meinen Arm auszustrecken und ihrem Druck standzuhalten. Es gelingt mir. Sie kann pressen, wie sie will, ich beuge mich nicht. Dann sagt sie: Und jetzt stell dir euer Haus vor, während du mich wegzudrücken versuchst. Mühelos senkt sich mein Arm. Kein Widerstand mehr. Ich denke an unser Zuhause, und die Muskeln geben nach. Nun könnte man dieser Untersuchung viele Befunde entnehmen. Vermutlich wären ebenso viele davon richtig. Die Ärztin hingegen legt sich fest: Es ist natürlich nicht das Haus an sich, ein Haus macht keine Kopfschmerzen, es ist der Elektrosmog. Also werden alle technischen Geräte, Steckdosenleisten und Verlängerungskabel aus meinem Zimmer geschafft. Die anfallartigen Kopfschmerzen verschwinden. Es grenzt an ein Wunder.

Irgendwann wird die Krankheitsphase abgelöst vom kleinstädtischen Geltungsdrang. Ich werde ein Computerspiel entwerfen und reich sein, auf den Computerspielemessen wird man mich kennen und um Autogramme bitten. Ich rufe bei Firmen an und frage nach, ob ich mich vorstellen könne. An den Nachmittagen dusche ich, ziehe mich für meine Begriffe ordentlich an, packe die ausgedruckte Skizze für ein weltumspannendes Strategiespiel, von dessen Art es zur damaligen Zeit sowieso ständig neue Varianten gibt, in meinen unmodischen Schulrucksack und nehme mit meinem Schülerticket den Linienbus zum Bahnhof. Die Firma meiner Träume sitzt in Köln, das würde ich in einem Nachmittag nicht schaffen, also probe ich nur für den großen Auftritt. Ich steige in den Regionalzug und koste die Vorfreude aus, wenn wir durch den Tunnel fahren. Ich lese meine Skizze nochmals, warte darauf, von Mitreisenden angesprochen zu werden, male mir aus, wie man mich im Foyer begrüßt und die Chefs der Spielefirma aufgeregt nicken, wenn sie meinen Namen hören. Für die Strecke von Plettenberg nach Werdohl braucht der Zug rund zehn Minuten. Das genügt mir als Nervenkitzel, ich steige in der Nachbarstadt aus, nehme den Bus zurück und bin pünktlich zum Abendessen wieder da.

An manchen Nachmittagen plane ich schon Urlaube mit dem großen Geld, das durch meinen Erfindergeist kommen wird. Nach einer gewissen Zeit schicken sie mich im Reisebüro manchmal weg, oft genug habe ich aber Erfolg: Ich lasse mir Flugreisen auf die Balearen durchkalkulieren, mindestens für zwei Erwachsene und ein Kind, immer wieder frage ich nach dem Pauschalpaket zum Disneyland nach Paris, oft genug komme ich mit Bahnfahrplänen nach Hause, der Nachtzug nach Rom mit Liegewagenabteil zum Frühbucherrabatt, die Verbindung nach Lüttich, um beim großen Radrennen dabei zu sein, die

Strecke nach München nebst Vergünstigungen für ein Spiel des FC Bayern. Ich verstecke die Dokumente in der hintersten Ecke unter meinem Kinderbett, ich weiß genau, dass meine Mutter dort höchstens ein Mal im Jahr putzt, und wenn, dann werde ich behaupten, es habe mit einer Projektwoche an der Schule zum Thema Reisen zu tun, die es nie geben wird.

Irgendwann setze ich mir dann in den Kopf, eine eigene Schülerzeitung zu gründen, obwohl es an meinem Gymnasium schon eine gibt. Erfinde Fantasieauflagen, jongliere mit Druckkosten, denke mir hohe Anzeigenpreise aus, entwerfe ein klobiges Logo, kopiere die paar Blätter hundert Mal und klappere danach die Läden der Kleinstadt ab auf der Suche nach Kundschaft. Die Buchhändlerin winkt ab. In der Parfümerie schickt man meine Unterlagen per Fax an die Firmenzentrale zur Sichtung des Angebots. Und auf den Optiker ist Verlass: Machen wir, eine kleine Anzeige für fünfzig Mark, dann habt Ihr die schon mal sicher. Dass es dieses »ihr« gar nicht gibt, verrate ich nicht.

Die Kleinstadt ist ein malerischer Ort, die Lebensumstände nicht übel, die Voraussetzungen im Rahmen einer gewissen Ungleichheit doch eigentlich auch nicht: Woher kommt die Sucht nach Anerkennung und wohin führt sie? Immer enden alle Fantasien in einer großzügigen und loftartigen Wohnung über den Dächern einer großen (aber nicht zu großen) Stadt, wo ich meine natürlich ebenfalls durch mich reich und gesund gewordenen Eltern an einem Samstag im weißen Bademantel empfange, während das späte Frühstück auf Silbertabletts schon büfettartig angerichtet auf dem endlos langen Esstisch steht. Kommt mit auf die Dachterrasse, dann könnt Ihr in Ruhe eine Zigarette rauchen. Der Kaffee ist gleich fertig. Von wem hat der Junge das nur, höre ich meine Mutter meinem Vater zuflüstern. Weiß ich doch nicht, sagt mein Vater, blickt stolz in den strahlend blauen Wochenendhimmel und traut sich nicht, sich über meinen Bademantel lustig zu machen, den ich trotz fortgeschrittener Uhrzeit noch trage.

Ein Mal bin ich tatsächlich kurz davor, was zu werden. In Wahrheit bin ich weit davon entfernt, aber die ersten Schritte reichen schon für immer elaboriertere Bademantelträume und Vorstellungen von Welttourneen mit mir als Star: Im Musikzug der Freiwilligen Feuerwehr lerne ich Tenorhorn, ein klassisches Blechblasinstrument für Marschmusik und Folklore. Ich bin nicht ganz ungeschickt, vor allem im Reden. Bald schon habe ich auch eine Posaune, die braucht man auch in den großen A-Orchestern dieser Welt, und quatsche mich zum Musikunterricht bei einem Professor in Dortmund. Ich stehe Sonntagmorgens früh auf und schalte den Fernseher ein, um ein Konzert mit Neuer Musik zu sehen. Simon Rattle dirigiert. Mein Vater trinkt Kaffee, macht Frühstück, raucht in der Küche und stellt seinen Schlagersender lauter. Was er kann, kann ich auch. Ich drücke die Lautstärketaste auf der Fernbedienung. Und wieder mein Vater. Bis sich dissonante Streichertöne und Wildecker Herzbuben brüllend und unversöhnlich gegenüberstehen. Mach den Mist aus, schreit mein Vater aus der Küche. Das ist Kunst, du Idiot, sage ich so leise, dass er es nicht hört. Ich kaufe Klassik-CDs vom Grabbeltisch. Bestelle Noten von Konzerten für Posaune und Orchester, setze mich zu meinen Eltern, halte mir ein Ohr zu und summe leise mit, obwohl ich die Partitur nicht verstehe.

Das klassische Intermezzo bleibt von kurzer Dauer. Ich habe nicht genug Talent und erst recht keine Disziplin. Es gibt nur ein unendlich großes Wollen. Immerhin, bevor der Professor mich endgültig und für immer rauswirft, weil ich mehrmals hintereinander nicht geübt habe und ihm seine Zeit zu schade ist für diese nichtsnutzigen Jungs vom Land, bekomme ich ein paar Auftrittsmöglichkeiten. Zum Beispiel mit einem Posaunenquartett, bestehend aus vier Schülern von ihm. Der Lehrer bläut uns allen in der Probe vor der Musikschulmatinee ein: Kommt bloß ordentlich, zieht euch so an, als ob ihr in die Kirche gehen würdet. Ich tue, was er sagt. Ein verwaschener grauer Pullover und eine zu lange Hose, dazu die engen und ausgelatschten schwarzen Schuhe, die ich seit Jahren zu Familienfeiern trage. Und er sieht mich und schüttelt den Kopf, das nennst du ordentlich, geht man so sonntags im Sauerland in die Kirche? Ich schäme mich in Grund und Boden, traue mich nicht, ihm genau das zu sagen: So gehe ich sonntags in die Kirche. Bei meinem ersten und letzten Auftritt mit dem großen Dortmunder Musikschulorchester ein paar Wochen später habe ich nur ein paar Töne zu spielen. Und diesmal will ich alles richtig machen: ein billiger schwarzer Anzug von C&A aus dem Sonderangebot. Ein von meinem Vater geliehenes schneeweißes Hemd. Seine viel zu großen Beerdigungsschuhe. Dazu eine Ansteckfliege, die ich mir von meinem Taschengeld kaufe. So komme ich dort an, mit schlecht sitzenden Klamotten und vollkommen *overdressed.* Holla, sagt mein Posaunenlehrer, der in seinem Leben schon viel gesehen hat: Du hast dich ja rausgeputzt wie der Dirigent persönlich. Und schon damals, am Ende dieser Kindheit und Jugend, ahne ich während meiner unsicher gespielten Töne, was die Eltern der anderen Kinder im Publikum denken, wenn ich mit Fliege und Posaune nach jedem Stück aufstehe und mich verbeuge wie der Solist der Veranstaltung: Was ist dieser Junge nur für ein Clown?

Auf dem Gymnasium unterhalte ich mich irgendwann mit einer Mitschülerin über die Arbeit unserer Eltern. Ihr Vater ist Prokurist in einem kleinen Betrieb und verbringt seine Freizeit auf dem Flugplatz, wo er bei Schulfesten Rundflüge anbietet.

Ich erzähle: Mein Vater ist irgendwas Höheres im Büro. Unbemerkt hört ein Klassenkamerad von uns mit und mischt sich ein: Warum sagst du das? Ich werde rot und reagiere nicht. Warum lügst du so rum, fragt er nochmals. Ich habe keine Antwort. Der Vater des Jungen arbeitet mit meinem Vater zusammen in der Schmiede. Seine Eltern sind vor seiner Geburt aus Griechenland gekommen und leben in einer Mietskaserne in der Nähe der Fabrik. Die klassische Gastarbeitergeschichte, für ihn ganz selbstverständlich.

Ich weiß nicht, ob mich damals der Pausengong rettet, jedenfalls bleibt die Lüge in der Welt. Es ist das erste Mal, dass ich mich offensiv schäme für meine Herkunft. Und dabei wird es nicht bleiben. Ich hoffe so sehr, dass ich niemals jemanden aus der Schule treffe, wenn ich mit meiner schwerhörigen und aufbrausenden Mutter durch die Stadt gehe und sie nach meiner Hand greift, obwohl ich viel zu groß dafür bin.

Jeder Gang mit Lisbeth im Rollstuhl durch die Fußgängerzone ist mir ein Graus, warum muss ich sie schieben, warum fährt sie nicht einfach selbst, damit ich mich zurückfallen lassen und so tun kann, als gehörte sie nicht zu mir?

Lange Zeit bleibt der Unterschied zwischen uns und den Anderen abstrakt, aber als er mir zum ersten Mal ganz und gar klar wird, gibt es kein Zurück mehr. Mein Pullover, meine Schuhe, mein Haarschnitt, mein Geruch, meine Brille, meine Zähne, mein Lachen, mein krummer Rücken, meine geringe Körpergröße, alles ist mir unangenehm, für alles mache ich meine Eltern verantwortlich: Wieso sind sie nicht anders? Weshalb haben sie sich nicht ein bisschen Mühe gegeben, warum strengen sie sich nicht ein bisschen an, um mir die Scham zu sparen? Wenigstens soll mein Vater bitte damit aufhören, unser rostiges Auto auf dem großen Parkplatz vor der Sparkasse zu parken, wenn ich dabei bin. Denn dort begegnet sich andauernd die ganze Stadt.

Diesmal habe ich ein paar Fotos dabei und die Wettervorhersage ist beruhigend. Es wird bitterkalt und windig und früh dunkel. Aber die Sonne soll von morgens bis abends scheinen und der Himmel über Oostende wolkenlos bleiben.

Hier gibt es einen Weihnachtsmarkt, hatte Uta gemeint, wir werden Schlittschuh fahren und einen Glühwein trinken.

Es ist Dezember, noch zwei Wochen bis Heiligabend. Uta hatte sich zu meinem Geburtstag Anfang November gemeldet, nachdem wir den Draht zueinander beinahe schon wieder verloren hatten. So schrieben wir hin und her, ließen auch diesmal die verlorenen Jahre weg.

– Ich habe wegen dir sogar mit Niederländisch angefangen, schrieb ich ihr.

– Wegen mir? Lohnt sich nicht.

Tatsächlich hatte Uta mir nach meinem ersten Besuch das Lied einer Band namens Spinvis geschickt. Es geht darin um die Liebe an sich und um Oostende, obwohl der Name der Stadt nicht ein einziges Mal fällt. Ich übersetze das Lied Wort für Wort. *Geschichte wiederholt sich nicht, aber sie reimt sich immer ein Mal,* heißt es in dem Song.

Betonstadt am Meer. Verblasste Königin der Seebäder. Charme einer sozialistischen Plattenbausiedlung. Das Mittelreihenhaus unter den Küstenstädten. Ausgerechnet Oostende. Kein Wunder, dass es mich so rührt. Kein Wunder, dass Uta hier gestrandet ist, besser: hierbleiben wollte. Ich war vor dem ersten Besuch bei Uta schon mal in Oostende. Katja und ich hatten einen Urlaub geplant, sie war schwanger und wir wollten ans Meer. Zuerst einige Tage in Amsterdam bleiben, danach mit dem Zug über Antwerpen an die belgische Küste. Als Kind hatte ich davon geträumt, mit der Fähre von Oostende nach Dover zu fahren. Allein schon die Vorstellung von weiter Welt. Wie die Einfahrt in New York nach überstandener Atlantiküberquerung. Die Fährverbindung war längst eingestellt, meine Sehnsucht geblieben. Oostende also. Zwei Wochen vorher starb meine Mutter. Die Beerdigung fiel auf den Tag unserer Reise. Wir fuhren trotzdem. Das Meer, so meine Hoffnung, würde den Verlust abfedern. Tränen wegspülen. Wunden pflegen. Später dachte ich daran, wie ich als Kind mit frisch aufgeschlagenem Knie in die Nordsee gewatet war und die Verletzung so höllisch brannte, dass ich mir auf die Zunge biss.

Die Reise war keine Katastrophe, aber schlimm genug. Zur Trauerfeier hatte die pensionierte Organistin eine schleppend langsame Version von Leonard Cohens »Halleluja« gespielt. Auf der Zugfahrt hörte ich die traurige Version von Jeff Buckley in Dauerschleife. Alle Dämme brachen jetzt. Der Himmel verfinsterte sich und klarte mitten im Sommer nicht mehr auf, wochenlang. Naturgewalten.

Meine Launen ließ ich an Katja aus. In einem kleinen Spielwarenladen kaufte ich als Entschuldigung für einen grundlosen Ausraster beim Frühstück einen handgenähten Fuchs. Das erste Kuscheltier von Findus. Er nimmt ihn manchmal bis heute mit ins Bett.

Diesmal ist tatsächlich Winter, aber das Licht holt mich ab. Die untergehende Sonne taucht die Hafenanlagen in das nur am Meer so intensive Orange. Schon beim ersten Treffen mit Uta war ich so dünnhäutig gewesen, dass ich sie mehrmals hatte umarmen wollen. Im Hotel ist es bei meiner Ankunft laut, so wird es die nächsten Tage und Nächte bleiben. Aber Geschäftigkeit ist besser als die Stille eines geräumten Hauses. Ich höre Gegröle aus den Bädern der Nachbarzimmer, die Wände sind dünn. Die Firmen, erzählt man mir später an der Rezeption, gönnen sich nach der Pandemie jetzt Weihnachtsfeiern an der Küste und karren ihre ganze Belegschaft nach Oostende.

Warum hatte ich Findus und Katja nicht mitgenommen? Weshalb Uta nicht einfach zu uns eingeladen? Ich habe keine Zeit für solche Sperenzchen hier, erst recht will ich keine zwei Tage Erholung allein: Ich brauche meine Leute und sonst niemanden.

Sie trägt eine schwarze Adidasjacke mit goldenen Streifen, wie auch ich sie mal besessen hatte, bis sie mir zu eng wurde. *De Grote Post* ist wieder unser Anlaufpunkt. Neutraler Boden also. Warum lädt sie mich in die Stadt ein, aber nie zu sich nach Hause? Fest gibt sie mir zur Begrüßung die Hand, da bist du ja wieder, Kurzer, dann zieht sie mich an sich und drückt mich. Sie bestellt alkoholfreies Bier für uns beide, diesmal auf Englisch. Trinkst du heute gar nichts, frage ich. Wieso sollte ich, sagt sie, ich hasse Bier, seit sie mir mal Schnaps ins Glas gekippt haben. Dann erzählt sie von den letzten Monaten. Als wären wir hier auch auf einer Betriebsfeier, zu der die Firma an die Küste einlädt. Wie die unverbindliche Begegnung von Reisenden im Gemeinschaftsraum eines Hostels. Wie die Aufwärmphase vor dem Beginn eines langen Interviews. Small Talk unter Geschwistern.

Gastro ist ganz raus, da geht höchstens noch was im Sommer, selbst hier erholt sich das nicht mehr seit Corona, aber Computer kaufen die Leute wie bekloppt. Mir doch egal, ob ich an der Kasse sitze oder in der Küche stehe. Wusstest du eigentlich, dass Oostende Marvin Gaye den Arsch gerettet hat? Der kam mit der Fähre und war völlig am Ende, verschuldet, zugekokst, depressiv. Hier hat er seine beste Musik geschrieben, in diesem hässlichen Kaff an der Küste. Hast du das Casino schon mal von innen gesehen? Es gibt so ein Touri-Angebot zur Weihnachtszeit, für fünfzig Euro bekommst du den gleichen Wert an Jetons und ein Begrüßungsgetränk, vielleicht machst du das morgen, soll sich ja für dich lohnen, dein Besuch, aber lass die Kreditkarte daheim, in dieser Familie geht es nicht gut aus, wenn man mit vollen Taschen eine Spielbank betritt. Der Dezember hier ist immer beschissen, die Steinplatten vor dem Strand sind spiegelglatt, die alten Leute brechen sich reihenweise die Knochen, und die Stadt unternimmt nichts dagegen. Weißt du eigentlich, dass der KV Oostende in die Zweite Liga abgestiegen ist? Die Stimmung ist immer noch ganz nett im Stadion, aber sie spielen erst am Freitag, wenn du schon nicht mehr hier bist. Falls du Hunger hast, dann können wir zu dem Dönerladen um die Ecke, hier bestellen wir nichts, ich bin doch meinem Geld nicht böse.

War sie bei unserem ersten Treffen noch so karg gewesen wie unser Vater: diesmal spielt sie die Rolle der Mutter. Unentwegt reden, nichts sagen. Ich kann sie nur unterbrechen, indem ich aufstehe und mich entschuldige. Ich gehe aufs Herrenklo, wasche mir die Hände und komme zurück.

Uta sieht sich die Fotos aus dem Umschlag an, den ich auf den Tisch gelegt habe. Manchmal verweilt sie bei einem Bild und schüttelt den Kopf. Hast du nur Bilder rausgesucht, sagt sie, auf denen ich nicht bin? Du bist ja immer aus dem Foto gesprungen. Wie Papa, wenn die Kamera auftauchte, sage ich. So kann man das auch sehen, sagt sie, legt die Familienbilder von Weihnachten und vom Meer auf den Tisch und schiebt sie mir wieder hin. Vermisst du sie eigentlich, frage ich, bevor sie weiterreden kann. Pffff, sagt sie und blickt aus dem großen Fenster auf die nächtliche Straße, wo der Wind an den Bäumen zerrt. Man wird das doch nicht los, sage ich. Das bleibt hängen, egal, wie weit man wegfährt. Geschwollen daherreden kannst du, sagt Uta. Ich wollte es dir eigentlich nie erzählen, sage ich, aber wusstest du, dass Mama dich vermisst hat? Dass ich dein Leben weitergesponnen habe, wenn sie im Altersheim nach dir fragte? Mir Partner und Hunde ausgedacht und Grüße ausgerichtet und immer wieder neue Ausreden erfunden, warum du sie aus dem Ausland nie anrufst? Wärst ein guter Missionar geworden, sagt sie kühl und knibbelt am Etikett ihrer Bierflasche. Weißt du was, wir können das hier auch sein lassen, sage ich.

Jetzt sieht sie mich scharf an. Ich kenne diesen Blick von meinem Vater. Vielleicht habe ich überreizt. Endlich mal eine gute Idee, faucht sie mich an, für deine Vorwürfe ist mir meine Zeit nämlich zu schade. Nimm deine Fotos und lass die Leute in Ruhe. Lass du doch die Leute in Ruhe, fahre ich sie an, ist doch eh dein Fachgebiet. Das hier ist kein Hollywoodfilm für bedürftige Kleinstadtkinder, meint sie beim Aufstehen, du hättest einfach bleiben sollen, wo der Pfeffer wächst. Sie knallt einen Geldschein auf den Tisch. Bist eingeladen, sagt sie im Weggehen. Ich hinterher, das lasse ich mir nicht bieten.

Die Kellner werden schon aufmerksam, sie scheinen Uta nicht zu erkennen. Sie rennt auf die Straße, ich hinterher. Vorbei an der Fußgängerzone, direkt Richtung Meer. Die Küstentram passiert, und Uta muss warten, ich hole sie ein. Aber sie lässt mich stehen, geht schnell und stapft laut über die klammen Straßen der Stadt. Ich sage nichts, zupfe sie zwischendurch am Ärmel, aber sie reißt sich los. Brüsk wie meine Mutter. Würde ich sie jetzt lassen, sie wäre weg für immer. Stur wie mein Vater. An der Brüstung zum Sandstrand bleibt sie abrupt stehen, dreht sich zu mir um und schreit mich an.

Geh nach Hause, Junge. Du kriegst hier nicht, was du willst. Nicht ausrasten, denke ich, keine Wiederholungen. Wir sind nicht unsere Eltern. Ich starre auf einen Punkt zwischen meinen Füßen. Das Meer saust mir in den Ohren. Es ist so kalt und ich bin noch nie so müde gewesen. Mich schüttelt es. Als würden Jahrzehnte gut verstauter Traurigkeit mit den Wellen nach oben gespült. Uta macht ein bitteres Gesicht, aber sie bleibt. Eure Heuchelei hat mich immer wütend gemacht, sagt sie. Heuchelei, frage ich. Hab mich versprochen, Heulerei meine ich, Mensch, und endlich lächelt sie, und ich muss auch lachen.

Komm mit, sagt sie, ich zeig dir was. Und wie immer bei Konflikten und Beleidigungen in dieser Familie, wenn das Gewitter abgezogen ist: Erleichterung. Wir laufen die Strandpromenade entlang, seitlich von uns die vom Sturm aufgebrachte Nordsee. Es ist dunkel und sternenklar. Über die Mole gehen wir näher ans Meer. Der Wind wird stärker. Trotzdem setzt Uta sich auf eine Bank. Für eine Zigarette, sagt sie, und nimmt die Schachtel aus ihrer Trainingsjacke. Du auch, fragt sie. Hab längst aufgehört, sage ich. Und du? Eine Zigarette pro Jahr, sagt sie. Aber immer nur, wenn du kommst. Siehst du das Blinken da hinten, sagt Uta. Ist das eine Bohrinsel? Nein, ein Kreuzfahrtschiff. Es bewegt sich unendlich langsam. Sie müssen so tuckern, damit die Zeit sich dehnt bis zum Morgen, wenn sie in Rotterdam anlegen. Reiche Leute verschaukeln. Ich nicke. Früher wollte ich mit der Fähre nach England, sage ich. Wer wollte das nicht, sagt Uta.

Soll ich morgen wieder fahren, frage ich. Sie dreht sich entgeistert zu mir hin: Wieso das denn? Naja, sage ich. Die Stimmung ist ja nicht gerade … ich will, unterbricht sie mich, dass du mir zuhörst. Ein einziges Mal. Ich höre dir doch die ganze Zeit zu, sage ich. Tust du nicht, sagt sie. Du lauerst auf die Sätze, die du erwartest. Wie als Kind. Du willst deine Wünsche erfüllt haben, nicht mehr, nicht weniger. Dass ich mich über die Fotos beuge und dir wie eine ordentliche große Schwester bestätige: Ach, schau mal, wir am Meer. Das waren noch Zeiten. Dass ich zustimme, wenn du von der Maloche anfängst und wie schwer es für Papa war. Dass ich Mama in Schutz nehme. Dass ich vor dir und vorm lieben Gott bereue, ich habe euch im Stich gelassen, der Herr vergib mir meine Schuld. Aber das Programm kriegst du bei mir nicht.

Dann sag doch mal, wie es wirklich war, sage ich. Uta drückt die Zigarette aus, wickelt die Kippe in ein abgerissenes Stück Stanniol, steckt sie sich in die Jackentasche und zündet sich die nächste an. Ich konnte nicht mehr, sagt sie. Hm, sage ich. Was weißt du über mich, fragt Uta. Nicht genug anscheinend, sage ich. Weißt du, mit wem ich damals zusammen war? Welche Musik ich gehört habe? Was ich wollte oder nicht wollte? Kannst du es mir sagen? Ich zucke mit den Schultern. Siehst du, sagt sie, Mama und Papa konnten das auch nicht. Sie waren nur da, wenn es Ärger gab. Und du warst mit dir beschäftigt. Und wenn du mal nicht zu allem was zu kacken hattest, hat Lisbeth ihren Hysterischen gehabt.

Was hätte ich denn machen sollen, sage ich. Nichts, sagt sie, aber was hätte ich denn machen sollen? Du bist abgehauen, sage ich. Weil Mama eine kontrollsüchtige Kuh war und Papa ein römischer Feldherr. Eine richtige Doppeldiktatur. Du übertreibst ganz schön, sage ich. Und dann: Gib mir doch eine. Uta reicht mir wie selbstverständlich ihre Zigarette weiter und zündet sich eine neue an.

Willst du Beispiele? Mama hat mal in der Wäscherei gearbeitet, da warst du noch klein. Nur als Aushilfe, sie musste die Wäschekörbe annehmen, die dann abends abgeholt und zur Zentralreinigung gebracht wurden. Es war schlecht bezahlt. Zu schlecht für ihren Geschmack. Also hat sie angefangen zu klauen. Über Wochen, über Monate. Sie hat die kleinen roten Auftragszettel einfach behalten, die sie als Belege abheften sollte. Die Wäsche kam zurück, sie kassierte das Geld, aber in den Tagesabrechnungen kam es nicht vor. Keine Ahnung, was sie damit verdient hat, zweihundert Mark, dreihundert Mark? Echt, sage ich, hab ich noch nie was von gehört. Eigentlich ist das bisschen Geld auch egal, du weißt ja, wie sie war. Aber was dann kam, das ist wichtig. Ihre Chefin kam ihr auf die Schliche und warf sie raus. Und Mama? Wollte ein Gespräch, wickelte sie irgendwie um den Finger, behauptete hinterher, ihre Chefin und sie hätten beide bittere Tränen geweint und bekam sogar die Arbeit zurück. Keine Ahnung, wie sie sich rausgeredet hat. Aber, und darum geht es mir, sie wäre nie auf die Idee gekommen, einen Fehler gemacht zu haben. Einzusehen, dass die ganze Schuld allein bei ihr lag. Was hätte sie sich und uns an Peinlichkeit erspart? Stattdessen war die Stimmung wochenlang gedrückt. Auf Kosten aller. Schuld war die Welt, aber niemals sie. Fühlte sich im Recht, wenn sie in meinen Briefen wühlte, unsere Schulhefte durchsuchte und verknickte, weil sie meinte, wir verschweigen ihr schlechte Noten, sich einmischte, wenn ihr unsere Freunde nicht passten. Und Papa? Wollte nur seine Ruhe haben und wurde laut, ohne sich für uns zu interessieren. Rumschreien. Mehr konnte der doch gar nicht.

Naja, sage ich, während ich vor Kälte kaum noch sprechen kann, er war halt nicht so gut im Reden. Oh doch, das war er, sagte Uta, aber nur, wenn er wollte. Er konnte so gemein sein. Das stimmt, sage ich. Wusstest du überhaupt, was für ein Rassist er war? Und jetzt sag nicht: Ach komm, das war halt eine andere Generation. Er hat die ganze Zeit nur von den arbeitsfaulen Schmarotzern geschwafelt, die uns was wegnehmen wollen. Und munter SPD gewählt, als würde das was ausgleichen. Verstehst du, warum ich es hasse, wenn von stolzen Arbeitern die Rede ist? Ja, sie haben sich den Rücken krumm gebuckelt für Kinder und Vaterland, blablabla, aber sie waren auch schlimme Bestimmer, engstirnig bis zum Gehtnichtmehr, sie konnten es nicht besser, das kann man keinem vorwerfen, aber sie haben es auch gar nicht erst probiert. Das nehme ich ihnen übel.

Uta steht auf, drückt ihre Zigarette aus, nimmt mir stumm meine aufgerauchte Kippe aus der Hand und wirft die

Reste in den Mülleimer. Komm, Kurzer, ich bring dich zum Hotel. Wir laufen nebeneinander her, ich habe die Arme verschränkt, weil ich friere. Bist du jetzt beleidigt, fragt Uta. Wieso sollte ich, sage ich. Weil ich die Zerstörerin deiner proletarischen Träume bin, sagt sie. Och, sage ich, da ist gar nicht so viel kaputtzumachen, wie du denkst. Morgen habe ich frei, sagt sie, als wir am Hotel ankommen, extra für dich, du Blödmann. Ich hole dich um zehn ab, wir leihen uns ein Auto und fahren ein bisschen die Küste hoch.

So eine blöde Kuh, denke ich, während ich auf dem schmalen Hotelbett unter der dünnen Decke im überhitzten Zimmer liege. In der Nacht bin ich aufgewühlt und tue kaum ein Auge zu. Aus den Nebenzimmern erklingen besoffene Weihnachtslieder. Der Wind zerrt an den porösen Fensterläden. Was auch immer es hier zu klären gibt, es wird stürmisch bleiben.

Der nächste Morgen ist windstill, und die Sonne scheint auf die Küste. Uta hat ein Auto für uns geliehen und streicht mir zur Begrüßung sanft über die Schulter. Hast du schon gefrühstückt. Da sind Croissants und Kaffee, soll sich ja ein bisschen wie früher anfühlen. Sie lächelt und schaltet das Radio ein, während sie losfährt. Verstehst du, was sie sagen? Nicht ein Wort, sagt sie und schweigt. Wir essen die Croissants, trinken unseren starken Kaffee aus Pappbechern und fahren bis *De Panne* an der Küstenstraße entlang. Das Meer ist glatt und ruhig wie an einem Sommertag. Du bist über vierzig, sagt Uta, ich bin fast fünfzig, und es fühlt sich so an wie ein Ausflug zur Talsperre. Ich nicke. Wir schweigen. Es ist keine unangenehme Stille zwischen uns.

Wohin wollen wir überhaupt, frage ich irgendwann. Nach Frankreich, sagt sie, du sollst doch auch was zu erzählen haben. Uta parkt das Auto in Malo-les-Bains, einem kleinen Seebad kurz vor Dünkirchen. Wir laufen an den Strand. Bunt bemalte Holzhütten dienen wie in Oostende als Quartiere für heiße Sommertage. Über die Rückseite mehrerer Kabinen ist das Bild einer sonnenbadenden Frau im altmodischen rot-weißen Badeanzug gemalt. Die Hütten sind verwaist, außer Spaziergängern mit ihren Hunden ist niemand unterwegs. Hast du die Badehose dabei, fragt Uta und ich lache. Im Ernst, sagt sie, wir sind doch zum Baden hier. Sie zieht ihre Schuhe und Socken aus, also mache ich es auch. Den ganzen Morgen über hat die Sonne den Sand erwärmt, er ist erstaunlich warm unter den Füßen.

Dann stehen wir im Wasser, die Hosenbeine hochgekrempelt bis zu den Knien. Du bist verrückt, sage ich. Die Gischt zwischen den Zehen ist harmlos, aber dann kommt die erste Welle, und alles krampft sich zusammen. Die durchschnittliche Wassertemperatur im Dezember beträgt neun Grad, lese ich später. Ich verziehe das Gesicht und bleibe stehen. Uta hingegen schaut mich stur an, fast wütend. Dann prustet sie los. Raus hier, Kurzer, wir frieren uns noch den Arsch ab. Danach sitzen wir im Sand und trocknen unsere Füße, wir teilen uns das Handtuch, das Uta mitgebracht hat. Und die letzte Zigarette aus ihrer Schachtel. Eine Sache stimmt schon, murmelt sie, das muss man zugeben: Am Meer war es mit den Alten immer schön. Auf dem Weg zurück zum Auto nutze ich die Gelegenheit und mache ein Foto: Uta vor den bemalten Badekabinen. Dahinter, nur durch den Spalt der Hütten sichtbar, der Himmel und das Meer.

Auf der Rückfahrt halten wir in der Nähe des Flughafens von Oostende. Uta parkt das Auto auf einem Carsharing-Parkplatz, lässt den Schlüssel im Handschuhfach und verriegelt das Fahrzeug mit einer Magnetkarte. Wir nehmen die Tram zurück in die Stadt, sagt sie, ist praktischer so. Es ist früher Nachmittag, wir finden einen menschenleeren Pub in Mariakerke. Uta bestellt zwei hochprozentige Biere. Die haben wir uns verdient, sagt sie. Du magst es also doch, frage ich. Wieso sollte ich es nicht mögen, sagt sie. Wir stoßen an und essen *Frikandel und Frietjes.* Sie hat ihren Kopf auf die Hand gestützt und sieht mich an. Jetzt siehst du aus, als wärst du gleich am Heulen, sage ich und gebe ihr einen sachten Knuff in die Seite. Vielleicht merkt man das nicht, sagt sie, aber es ist gut, dass du gekommen bist. Wir sitzen noch eine Weile da, und jetzt würde ich mir anstelle der schwermütigen Schwester wünschen, dass sie mir vom Atlantikwall erzählt und warum sie es hasst, wenn die Touristenbusse die Straßen verstopfen. Aber sie trinkt schweigend ihr Bier, nickt mir irgendwann zu, legt ihre Hand auf meine Schulter, murmelt etwas, das ich nicht verstehe – und verschwindet in Richtung der Toiletten. Nach zehn Minuten sehe ich nach. Öffne die Tür und rufe: keine Antwort. Waar is de jonge vrouw gebleven, frage ich den Kellner etwas zu aufgeregt, er versteht mich nicht. Where ist the young woman, have you seen her? Er lacht wie über einen schlechten Witz: Is everything okay with you? Mag ik even betalen, sage ich, und er zieht die Augenbrauen hoch und legt mir die Rechnung hin. Draußen suche ich nach ihr, aber ich finde sie nicht. Uta ist verschwunden. Und das Wasser, durch das wir gerade noch wateten, ist auch nicht mehr da. Ich rufe sie an, ihre Nummer ist nicht erreichbar. Ich schreibe ihr eine Textnachricht, sie kann nicht zugestellt werden. Alle Versuche der Kontaktaufnahme scheitern.

Am Abend gehe ich ins Casino, wie Uta es mir geraten hat. Nutze das Sonderangebot, lasse meinen Gratiscocktail stehen, setze beim Roulette fünfzig Euro auf Rot, gewinne hundert Euro, setze wieder alles auf Rot, gewinne zweihundert Euro, setze erneut, und es kommt die Null. Alles weg. Die Bank gewinnt.

Auf dem Hotelbett liegend höre ich aus den Nebenzimmern *Stille Nacht* in mindestens drei verschiedenen Sprachen. Vor dem Einschlafen schaue ich mir die Bilder vom Strand an. Malo-les-Bains. Die Retrofrau räkelt sich über mehrere Strandkabinen hinweg. Aber Uta fehlt. Sie ist aus dem Bild gesprungen, bevor sie für immer Teil von ihm wurde.

Der Spätherbst 1999. Meine Mutter ist 53 Jahre alt und weicher, sanfter, nachsichtiger geworden. Mit sich, mit der Welt. Sogar den mit harten Bandagen geführten Kleinkrieg mit Kristofs Partnerin Sarah beendet sie. Sie fahren zusammen nach Lüdenscheid ins Stern-Center, kaufen Klamotten aus dem Sonderangebot, scherzen und lachen. Seit letztem Winter putzt meine Mutter bei Doktor Noah. Eine schicke Zahnarztpraxis im Neubaugebiet eine Straße unter uns. Jeden Tag nach der Sprechstunde. Nicht die zahntechnischen Geräte, nur die Böden und alle Oberflächen. Das Geld legt sie zur Seite und spart eisern (niemals hätte man gedacht, dass das klappt). Ihr Ziel vor Augen.

Traust du mir das denn zu, fragt meine Mutter. Guck dir doch mal an, wie die Bekloppten fahren, sagt mein Vater, da fällst du gar nicht auf. Dann mache ich das, sagt meine Mutter. Tu das, sagt mein Vater. Wenn du bestehst, kaufen wir eine Kiste für dich allein. Also meldet sie sich an. Mein Vater klappert ohne sie die Autohändler ab, sucht nach reduzierten Autos mit Schönheitsfehler, für eine Fahranfängerin genau richtig. Er hat ein geheimes Sparbuch bei der Postbank und ein Glas mit Geldstücken, zweitausend Mark kann er zusammenkratzen. Die wird gucken. Wenn plötzlich ihr Auto vor der Tür steht. Meine Mutter paukt Verkehrsregeln, blättert durch Ringbücher, murmelt Zahlen, trainiert mit Multiple-Choice-Tests. Hat die erste Fahrstunde, fährt gut. Jahrzehntelang hatte sie Angst vor der Straße. Jetzt will sie den Führerschein. Sie malt sich aus, wie sie Lisbeth herumkutschiert und sie nicht mehr auf Taxifahrten angewiesen sind. Sie spekuliert darauf, dass sie die Fahrtkostenerstattung für die Arbeitswege neben dem Pflegegeld für Lisbeth einstreicht. Das steht uns zu. Das ist unser gutes Recht.

Lisbeth hat seit zwei Jahren eine feste Arbeit. Im Archiv des Kleinstadtkrankenhauses sortiert sie halbtags Akten, kopiert Krankenberichte, heftet ab, fragt nach, wenn etwas fehlt. Sie ist langsam und gewissenhaft. Die Kolleginnen und Kollegen mögen, umsorgen und verhätscheln sie. Auch Lisbeth lässt sich von der Aufbruchstimmung meiner Mutter anstecken. Im Sommer bekommt sie eine Kur an der Nordsee genehmigt. Meine Eltern und ich sind dabei, wir verbinden die Heilbehandlungen für Lisbeth mit einem Familienurlaub bei Finn und Fenna. Und im Gegensatz zu all den vergeblichen Bemühungen, den kaum messbaren Fortschritten in ihrem ganzen bisherigen Leben will Lisbeth es diesmal auch. Sie rackert sich ab. Kann nach ein paar Tagen schon an Krücken laufen. Steht ohne Hilfe, balanciert sich aus, setzt vorsichtig einen Fuß vor den anderen, bevor sie von den Armen des Therapeuten aufgefangen wird. Selbstverständlich verliebt sie sich in den, der ihr Beine macht. Nach der Kur pflegen sie eine Brieffreundschaft, und er schickt ihr CDs seiner Coverband vom Meer nach Plettenberg. Obwohl es mit der romantischen Beziehung nichts wird, strahlt Lisbeth eine

Siegesgewissheit aus, die wir nicht von ihr kennen. Bald laufe ich euch allen davon, sagt sie. Dann fängt das Leben so richtig an. Sie stellt ihr Geschimpfe in den Nächten nicht ab. Allerdings geht ihr Flüstern oft in ein Klatschen, Lachen und Juchzen über. Ihr werdet euch wundern.

Ich bin kurz vor der Volljährigkeit und unterscheide mich in diesem Herbst, der alles verändert, nicht wesentlich von einem Zehnjährigen. War kein einziges Mal in der Kneipe. Habe nie an einer Zigarette gezogen. Niemanden geküsst. Schlafe bei meiner Mutter im Bett, wenn mein Vater die unvermeidbaren Nachtschichten schiebt. Höre auf alles, was meine Mutter sagt. Denke mir meinen Teil. Das ist schon ein Fortschritt. Streite trotzdem nicht mit ihr, weil ich weiß, dass ich den Kürzeren ziehe. Überlege, ob ich nach der Schule Plettenberg verlassen werde, traue mich nicht, es weiterzudenken oder gar auszusprechen. Auch die Zeit dafür, denke ich mir, wird schon noch kommen. Denn ein Umbruch liegt in der Luft.

Selbst mein Vater kommt neuerdings früher nach Hause, wenn eine der riesigen Maschinen in der Fabrik streikt. Sonst hat er Stunden bis zur Reparatur gewartet, um bloß keine Arbeitszeit zu verlieren. Jetzt zuckt er mit den Schultern. Sollen die Arschgeigen mich raustun, da wäre was am Knacken so kurz vor der Rente. Das wagen sie nicht.

Ich glaube tatsächlich an eine gute Wendung. Daran, dass meine Mutter kurz nach Neujahr ihre Führerscheinprüfung besteht. Dass Lisbeth bald schon ohne ihren Rollstuhl auskommt. Dass mein Vater Gefallen findet an seinem Dasein als Rentner und mit der Bienenzucht beginnt. Dass ich auf der Hochzeit von Kristof und Sarah einige schiefe Lieder auf der Posaune spielen darf. Dass Uta eine Stelle als Köchin in einem Luxushotel in Köln bekommt und wir alle stolz auf sie sind. Dass wir an Feiertagen alle gemeinsam im Reihenhaus um den großen Tisch sitzen, in Fotoalben blättern, über die Bilder von früher lachen. Mit Rollstuhl und Regenjacke, mit zu engen Badeanzügen und sonnenbrandgeröteten Rücken. Wie sahen wir überhaupt aus? Waren wir wirklich mal so? Tatsächlich wird dieser letzte Winter des Jahrtausends alles verändern. Aber nicht so, wie ich es mir ausmale.

In Wahrheit waren wir immer draußen. Da können wir romantisieren und Kosmetik betreiben, wie wir wollen. Besser wird es nicht. Kristof sagt: So hat doch keine Familie mehr gelebt. Damals schon nicht. Wie die Amischen in Amerika. Eine Sippe mit vier Kindern in einem kleinen Haus, ohne klassische Sozialkontakte, ohne Vereinsmitgliedschaften, nicht mal mit Anschluss an eine besonders eifrige Religionsgemeinschaft. Hinter vorgehaltener Hand zerreißt sich die Nachbarschaft das Maul. Belächelt die Schrottkarren auf dem Parkplatz. Das wunderliche Getue meiner schwerhörigen Mutter. Später ziehen sie die Vorhänge zu, als mein Vater nicht mehr da ist und Mutter und Schwester allein vor sich hin hausen, der Pflegedienst die Deutungshoheit über den zerfallenden prekären Zauber übernimmt. Die haben es aber auch nicht leicht, diese verrückte Frau und ihre arme Tochter, die nicht mal laufen kann. Was soll man denn da machen?

Die Belächelten. Die Isolierten. Scheu, Scham, Demut und Wut.

Das ist so drin, das geht nicht mehr weg. Wenn ich über meine Arbeit rede, dann ist auch alles klein. Ich habe ein kleines Büro in einer kleinen Straße in einer kleinen Stadt. Ich habe kleine Jobs beim Radio und schreibe nebenbei im kleinen Rahmen Bücher. Doch bin ich natürlich unendlich dankbar, ich habe mich nämlich aus kleinen Verhältnissen hochgearbeitet, ja, von ziemlich weit unten, ist das nicht ein Ding? Was meinen Sie, ich bin auch ganz schön klein, jaja, meine Mutter hat gar nicht mehr aufgehört zu rauchen mit mir im Bauch, heute weiß man, dass sich das aufs Wachstum auswirkt, aber damals, was konnten wir denn schon wissen mit unserer unterbelichteten Existenz, ach Mensch, Schwamm drüber. So war das eben bei den Arbeitern.

Was bleibt, ist die große Tristesse. Und nach den kleinen vom Bestatter gestalteten Anzeigen in der Lokalzeitung haben wir jetzt ein kleines Familiengrab am Rande des kleinen Seitenwegs vom protestantischen Friedhof.

Aber bitte: Die Welt stand uns offen. Wir hatten Chancen. Und wir haben sie genutzt. Wir kamen schmutzig von unter Tage und haben es bis zum Reihenhaus mit dichtem Flachdach gebracht. Na, ist das keine Aufstiegsgeschichte? Das ist auf jeden Fall nicht nichts! Da kann man gesamtgesellschaftlich stolz drauf sein, auf die Durchlässigkeit der bundesrepublikanischen Schichten, in der Gelingen noch großgeschrieben wird und Erfolg eine klassenunabhängige Fleißfrage ist! Da treten uns die Tränen der Rührung in die Augen über so viel fucking Arbeiterglück!

Nein, nein, nein! Nicht dieser alte romantische Schmus. Sie haben sich stets bemüht. Eine Story, so ausgeleiert wie die raubkopierten Videobänder meiner Kindheit mit dem Boxer Rocky Balboa als Superheld in allen Varianten, auch so ein Aufsteigerhit, tausendfach überspielt (man braucht nur ein kleines Stück Tesafilm bei gekauften Kassetten, um den Kopierschutz zu umgehen), trotzdem schlechtes Hollywood. Wichtigste Regel im Film über die sogenannte *Working Class*, da kann das Machwerk noch so viele Himbeeren absahnen: das glückliche Ende. Knall auf Fall. Alle geheilt, alle glücklich, alle reich und schön.

Ein kalter und dunkler Dezembertag. Denn das Schöne ist nichts als des Schrecklichen Anfang. Lesen wir vormittags im Deutschunterricht. Rilke, Duineser Elegien. Ich verstehe kein Wort. Am Nachmittag ist Sport, ich weiß noch, unser Lehrer Erwin hat keine Lust auf Unterricht und lässt uns Fußball spielen. Ich weiß noch, der Bus hat eine Viertelstunde Verspätung. Ich komme beschwingt nach Hause, denke, mal sehen, ob Lisbeth mir die Tür aufmacht, mal hören, wie Mamas Autobahnfahrt gelaufen ist. Steige aus dem Bus, schon wieder dunkel, so ist der Winter, gleich kommt das Reihenhaus in Sicht, ich lächele vorfreudig, stehe vor dem Parkplatz. Zögere kurz, irgendwas stimmt nicht. Die Haustür steht offen. Und anstelle meiner Mutter kommt mir Kristof entgegen, der mich schon erwartet hat. Komm schnell rein, es ist was Schlimmes mit Mama.

Wir setzen uns in die Küche. Willst du einen Tee, fragt Kristof. Ein Alarmsignal. Das hat er mich noch nie gefragt. Wäre ich kleiner, würde er mich vermutlich direkt baden vor lauter Hilflosigkeit. Wie damals, als unsere Mutter wegen des vermeintlichen Herzinfarkts ins Krankenhaus kam. Da waren es doch auch nur Gallensteine. Diesmal bleibt die Erlösung aus. Papa ist schon dem Krankenwagen hinterher gefahren, sagt Kristof, es sieht nicht gut aus. Er schluckt und zuckt mit den Schultern.

Was ist denn überhaupt passiert, frage ich. Kristof stellt mir das heiße Wasser mit dem Pfefferminzteebeutel hin. Ich hab Papa nur zwei Minuten gesehen, dann musste er los. Es war wohl so:

Ihre Autobahnfahrt schafft unsere Mutter problemlos, unterzieht sich danach einer Zahnarztbehandlung, bei der mehrfach gebohrt wird (mit Betäubung, das könnte noch wichtig sein). Sie ist die letzte Patientin des Nachmittags und putzt anschließend die Praxis. Danach kommt sie zurück, setzt sich an den Küchentisch, liest die Lokalzeitung und massiert sich den Nacken. Kopfschmerzen, aber die hat sie ja neuerdings ständig. Mein Vater kommt zur Tür herein, er hat noch was eingekauft, Aufschnitt und Brötchen für den Abend. Was machen die Zähne, fragt er, als er im Flur steht und seine Jacke aufhängt. Alle drin, sagt meine Mutter noch, aber der Schmerz wird jetzt so stark, wie sie ihn noch nie empfunden hat, ein richtiger Donnerschlag. Und dann knallt es schon, erzählt mein Vater Kristof. Er hat keine anderen Worte, egal, mit wem er sich auch später darüber unterhält: Ich spreche mit meiner Frau, und dann knallt es schon. Er sieht, wie sie bewusstlos in der Küche liegt, geht zu ihr hin, ohrfeigt sie in seiner Verzweiflung, ruft den Krankenwagen: Meine Frau ist umgefallen und wird nicht mehr wach.

Minuten später ist der Notarzt da und erkennt den Ernst der Lage. Tiefe Bewusstlosigkeit. Verdacht auf Hirnblutung. Meine Mutter wird auf die Trage gehievt, in den Krankenwagen geschoben und in die Notaufnahme gebracht. Später, als mein Vater nach Hause zurückkommt, ist er so bleich und ausdruckslos, wie ich ihn nicht kenne. Hier im Krankenhaus können die gar nichts machen, sagt er. Der Hubschrauber bringt sie nach Dortmund. Da muss ich jetzt hin. Seit ein paar Jahren fährt mein Vater nicht mehr gern in der Nacht, also muss Kristof mit ihm los. Ich bleibe bei Lisbeth. Und die schürzt nur die Lippen und weint. Warum ausgerechnet jetzt, sagt sie, was soll nur aus mir werden? Und ich bin wütend auf sie und will sie dafür treten. Stattdessen setze ich mich stumm zu ihr hin. Sollen wir Pizza bestellen? Ja, das tut uns gut.

Komm, wir lassen hier mal frische Luft rein, schlage ich vor. Schon das ein Zeichen der Veränderung: An den Abenden mit unseren Eltern war das nicht drin, sommers wie winters: den dichten Zigarettenqualm auszulüften, um selbst zu Atem zu kommen. Etwas später, wir warten auf einen Anruf, auf ein Zeichen, auf irgendwas, essen wir unsere Pizzen und schauen wie jeden Abend zuerst das Boulevardmagazin und die Nachrichten und danach die neue Folge von *Gute Zeiten, schlechte Zeiten* – diesmal aber ohne meine Mutter und ohne meinen Vater in ihren Fernsehsesseln.

Später habe ich oft ein schlechtes Gewissen, wenn ich an diesen ersten Abend ohne Mutter denke: Natürlich sitzt mir der Schrecken in den Gliedern, aber die Traurigkeit fehlt. Ich bin erleichtert. Denke an meinen Bekannten Aurel aus dem Musikschulorchester in Dortmund, wo ich zu der Zeit spiele, den ich gern zum Freund hätte. Ein bisschen jünger als ich, aber viel weiter. Hat sich gerade mal wieder getrennt. Ist kneipenerfahren. Raucht wie ein Schlot. Bleib doch einfach mal nach der Probe bei mir, dann gehen wir zusammen aus. So oft hat er das schon vorgeschlagen, aber wegen meiner Mutter habe ich immer abgesagt. Noch vor der Rückkehr meines Vaters rufe ich Aurel an, erzähle ihm, was passiert ist, dass sie meine Mutter nach Dortmund gebracht haben, frage ihn, ob ich bei ihm übernachten kann, wenn ich sie besuche. Klar, sagt er, jederzeit, erst recht jetzt gerade.

Keine Kontrolle, keine Sanktionen, kein schlechtes Gewissen. Keine Erpressung, kein Widerspruch, keine willkürlichen Regeln. Kein Gefallenwollen um jeden Preis, kein Verschweigen, wie ich es von ihr gelernt habe: Meine Mutter liegt an diesem Abend im Sterben. Ich fühle mich befreit. Und Lisbeth ahnt, was auf sie zukommt. Dass sie zuallererst nur an sich denkt, macht mich viele Jahre später nicht mehr wütend. Vielleicht will ich damals ja auch nach ihr treten, weil dieser Schmerz echt ist: Mit dem Ausfall dieser Mutter ist auch ihr Reich dem Untergang geweiht. Unser Königreich. Nichts wird so bleiben, wie es ist. Das ist schon an diesem Abend klar, wo wir Brötchen und Aufschnitt liegen lassen und Pizza bestellen. Ich reiche Lisbeth die Hand und helfe ihr beim Aufstehen. Stütze sie, während sie läuft und Fuß für Fuß die Treppe nach oben steigt. Löse den Knoten ihrer orthopädischen Schuhe, helfe ihr heraus, lasse mir von ihr erklären, wo genau ich an ihrer Kompressionsstrumpfhose ziehen soll. Mit großer Selbstverständlichkeit lässt sie das Pflegeprogramm über sich ergehen. Und ich sehe keinen Grund für Rebellion, nicht an diesem Abend. Ich bin frei.

Kristof lässt meinen Vater raus und will nach Hause. Ich sehe ihm vom Küchenfenster aus zu, er fährt so langsam davon, als würde er einen Leichenwagen steuern. Mir fällt ein, was meine Mutter mir als Kind erzählt hat: dass der Krankenwagen das Blaulicht ausschaltet und im Schritttempo durch die Straßen kriecht, wenn jemand während der Fahrt stirbt. Mein Vater sieht mitgenommen aus wie nach der Nachtschicht. Hol mir mal ein Bier. Mach mir mal ein Brötchen. Aber nicht zu viel Butter und nicht so wenig Wurst. Neue Rollen. Ich schmiere meinem Vater zum ersten Mal ein Brötchen. Er sitzt in seinem Sessel und starrt auf den Fernseher. Bald sind meine Mutter und er seit vierzig Jahren verheiratet. Mir hängt der Arsch voll Tränen, nuschelt er und trinkt sein Bier fast in einem Zug aus, als ich ihm das Abendbrot bringe.

Und jetzt, sage ich, als ich das Schweigen nicht mehr aushalte. Jetzt schläft sie, sagt mein Vater. Intensivstation. Und weiter? Weiß keiner, sagt er. Weiß einfach keiner. Sie operieren sie morgen in Ruhe, hat der Arzt gesagt. Wenigstens ein alter Hase. Was heißt das denn, dass sie schläft? Hör mit deiner Fragerei auf, sagt mein Vater, das weiß keiner. Wir schauen wieder stumm auf den Fernseher, *Alarm für Cobra 11* ist vorbei, beim *Alphateam* retten sie gerade im OP ein Leben, während meine Mutter kaum zu retten ist.

Es stimmt nicht ganz, dass man nicht weiß, was das heißt. Man kann es sogar sehr genau sagen, möglicherweise blendet mein Vater es einfach aus an diesem Abend. Einige Monate später werde ich jeden Tag Patientinnen wie meine Mutter sehen und kann nach einigen Wochen laienhaft beurteilen, was aus ihnen werden wird. Mit diesem Wissen kann ich mir im Nachhinein vorstellen, was ein besonders eifriger Neurochirurg meinem Vater nach der Anamnese mitgeteilt hätte:

Es sieht leider nicht gut aus für Ihre Frau. Sie hat ein rupturiertes Aneurysma. Was das ist? Stellen Sie sich einen Fahrradschlauch vor. Man pumpt ihn auf und pumpt immer weiter, auch dann, wenn er schon voll ist. Es bildet sich eine Blase, eine Aussackung. Wenn sie beim Fahrradschlauch platzt, ist er kaputt. Platzt diese Aussackung im Gehirn, dann kommt es zu einer Blutung. Im Fall ihrer Frau zu einer sogenannten Subarachnoidalblutung. Wir greifen dabei auf die Klassifikation nach Hunt und Hess zurück und unterscheiden fünf Schweregrade. Während Stufe 1 mitunter nur einen steifen Nacken verursacht, erreicht Ihre Frau leider Stufe 5 von 5. Haben Sie gesehen, wie sie alle Glieder von sich gestreckt hat? Das bezeichnen wir als sogenannte Dezerebrationsstarre, eine spastische Streckhaltung aller Extremitäten. Man muss bei dieser schweren Blutung von einem moribunden Erscheinungsbild sprechen. Ja, Ihre Frau ist dem Tod geweiht. Die Sterblichkeit im Umfeld der durchzuführenden Operation liegt bei 70 bis 100 Prozent. Wenn sie überhaupt die Nacht übersteht, dann dürfte die OP ebenfalls ein schwieriges Unterfangen sein. Akut tun wir jetzt gerade alles, um den Hirndruck zu senken. Jetzt wissen Sie auch, woher die Kopfschmerzen Ihrer Frau vor der Ruptur kamen: Es handelte sich dabei um sogenannte Warnblutungen. Frauen sind doppelt so häufig betroffen wie Männer, und leider hat ihre Frau mit Zigaretten, Übergewicht und schlechter Ernährung entschieden zum Status Quo beigetragen, aber jetzt ist nicht die Zeit und auch nicht der Ort, um diese Diskussion über den Lebenswandel zu vertiefen. Aber nein, der Zahnarzt mit seiner Betäubungsspritze hat das nicht ausgelöst. Hauptursachen sind und bleiben Bluthochdruck und Gefäßverkalkung. Schon, man hätte noch was machen können, meistens werden Aneurysmen zufällig diagnostiziert, und eine Operation ist angezeigt, aber ehrlich gesagt, darüber sollten wir uns jetzt keine Gedanken machen, es fehlte Ihrer Frau einfach das entscheidende Quäntchen Glück. Es tut mir leid, ich kann Ihnen keine bessere Nachricht bringen. Wir tun alles, was wir können, und so weiter und so fort.

Als wir spät nach Mitternacht ins Bett gehen, sickert die ungeheuerliche Bedeutung dieses Ereignisses langsam ein. Es wird kein Weihnachten in diesem Jahr, wie wir es kennen. Es wird vielleicht nicht mal mehr eine Mutter geben. Am nächsten Tag wird sie operiert, während ich im Weihnachtsgottesdienst der Big Band mein Solo vergeige. Sie operieren viel länger als gedacht. Zufällig ist der behandelnde Neurochirurg, ein führender Spezialist auf seinem Gebiet, der Onkel meines Mitschülers. Er ruft ihn nachmittags nach der Operation an, meldet sich danach bei mir und hat kaum Neuigkeiten: Sie haben erfolgreich operiert. Aber das heißt nichts. Kannst du mir eine Zigarette geben, sage ich nach unserem Konzert in der Raucherecke zu einem Mitschüler. Ich halte sie wie einen Bleistift, mit dem ich gleich losschreiben werde. Ich lasse sie mir anzünden. Ich rauche, und es tut mir gut, und zugleich weine ich das erste Mal, seit ich vom Unglück meiner Mutter gehört habe.

Sie sieht ganz anders aus. Nachdem ich mir Kittel, Handschuhe und Mundschutz angezogen habe, schickt die Pflegerin mich in Zimmer 3. Gehen Sie schon mal, ich komme gleich. Kristof hat mich gewarnt, du wirst Mama kaum erkennen. Tatsächlich erschrecke ich mich fürchterlich. Meine Mutter da im Bett ist um mindestens dreißig Jahre gealtert, den Kopf massiv bandagiert, stark aufgedunsen und mit fleckiger Haut. Ich gehe hin und will gerade ihre Hand nehmen, als die Schwester hinter mir das Zimmer betritt: Was machen Sie denn da, das ist doch gar nicht Ihre Mutter. Sie führt mich zum richtigen Krankenbett hinter dem Paravent, der das Zimmer einteilt, während ich hinter meinem Mundschutz lachen muss.

Meine Mama. Intubiert und sprachlos. Auch ihr Kopf mit Verbänden versorgt, eine kahle Stelle, wo man den Schädel geöffnet hat. Ich will eine Zigarette rauchen. Taste in meiner Jackentasche unter dem Kittel nach der ungeöffneten Schachtel roter Gauloises, ich habe sie mir am Bahnhof in Plettenberg vor der Fahrt nach Dortmund ins Klinikum gekauft und mich umgeschaut wie ein Dieb. Ich nehme ihre Hand und spreche mit ihr: Was machst du denn für Sachen? Heute schlafe ich bei einem Freund, dann kann ich dich morgen wieder besuchen. Und dann ist ja bald schon Heiligabend, da kommen wir alle zu dir.

Mehr fällt mir nicht ein. Ich setze mich nur kurz auf den für Besuch bereitgestellten Stuhl. Das tiefe Koma, die geschlossenen Augen, der piepsende Apparat, ich will so schnell wie möglich hier raus. Ein Assistenzarzt steht in der Tür, sind Sie der Sohn, wir gehen zusammen auf den Flur, er mit diesem typischen Arztschlendern, das ich in den kommenden Monaten noch oft sehen werde, dieser Gang, den der Doktor einlegt, wenn es Unangenehmes zu besprechen gibt und er doch die nächste Tür zum Raucherzimmer fest im Blick hat. Es sieht gar nicht gut aus, sagt er, und ich will ihm sagen, dass ich das schon mehrfach gehört habe, nicke aber einfach nur stumm. Um die Wahrheit zu sagen, sie krampft fast ständig, sogenannte Gefäßspasmen, man muss von Nacht zu Nacht und von Tag zu Tag schauen, ehrlich gesagt, sollte sie es schaffen, dann wird sie nicht mehr die Frau sein, die Sie kannten. Ich nicke und erzähle ihm viel zu schnell und viel zu leise die Geschichte beim Betreten des Krankenzimmers: dass ich vor der falschen Frau stand und wirklich erschrocken war, weil mein Bruder mir das Erschrecken prognostiziert hatte, dass der Anblick der vergleichsweise unversehrten Mutter mich deshalb gar nicht so geschockt hätte, und der Arzt schaut mich irritiert an, seine Zigarettenschachtel schon in der Hand, und sagt: Ja, so kann's gehen.

Aurel umarmt mich wie einen engen Freund, als ich zur Tür hereinkomme. Seine Eltern leben getrennt, er wohnt mit seiner Mutter und seiner Schwester in einer kleinen Wohnung mitten in der Stadt, schon die U-Bahn-Fahrt zu ihm ist für mich ein Abenteuer. Die Sorgen um meine

Mutter werden abgelöst von der Aufregung, vom Stolz, mitten in der großen Stadt zu sein mit einem Freund, den ich mir immer gewünscht habe. Seine Mutter drückt mir die Hand, brauchst du irgendwas, ein Handtuch, eine Zahnbürste, das tut mir so leid mit deiner Mama, und ich will ihr auch gleich die Anekdote mit der falschen Frau erzählen, lasse es aber sein und blicke nur betreten zu Boden. So, sagt Aurel, als seine Mutter die Zimmertür geschlossen hat, dann machen wir es uns mal schön. Er holt eine Flasche *Jelzin* hervor, Wodka mit Blutorange, dazu Plastikbecher, weißt du, was das Gute ist an der Wohnung, ich habe das Zimmer mit Balkon, er stellt zwei Klappstühle für uns auf, und wir hocken uns hin, blicken auf die mehrspurige Straße und großspurig biete ich ihm von meinen Gauloises an. Wie hältst du denn die Zigarette, fragt er und lacht laut in die Nacht. So macht man das. Er korrigiert die Haltung meiner Hände und ich unterdrücke den Hustenreiz. Am Ende des Abends haben wir die ganze Schachtel gemeinsam geraucht. Wir teilen uns eine Bettdecke, zu angetrunken, um jetzt noch was zu beziehen, und ich kann die ganze Nacht nicht schlafen. Das Nikotin, der Alkohol, die Aufregung. Außerdem habe ich noch nie mit wem anders ein Bett geteilt. Außer mit meinen Eltern.

Am nächsten Tag bin ich zum ersten Mal in meinem Leben verkatert. Aurels Mutter rumpelt ins Zimmer und hat ihre Freundlichkeit verloren, es riecht wie in einer Kneipe, verdammt nochmal, nimm gefälligst Rücksicht, du wohnst nicht alleine hier. Aurel zuckt mit den Schultern und sagt nichts, woraufhin seine Mutter wutentbrannt aus dem Zimmer stapft und die Tür hinter sich zuschlägt. Ich stelle mir vor, wie ich mit ihm in einer eigenen Wohnung wohne. Eine Wohngemeinschaft in der großen Stadt. Mit Gläsern voller Wein und Gauloises von morgens bis abends.

An Heiligabend hat sich am Zustand meiner Mutter nichts geändert. Sie liegt im Koma, und bei jedem Besuch habe ich den Eindruck, dass die Ärzte nicht an eine Besserung glauben. Mein Vater hat seinen Resturlaub genommen und geht in wenigen Tagen in Rente. In der Küche entdecke ich das Essen in der Mikrowelle, das meine Mutter für mich vorbereitet hatte, bevor es knallte: Es ist verschimmelt, kein Mensch hat in den letzten Tagen daran gedacht, in die Mikrowelle zu schauen. Fast alles bleibt liegen. Mein Vater hat keine Ahnung, wie man Wäsche wäscht, welche Behandlung Lisbeths Strumpfhosen brauchen, wo meine Mutter die Lappen fürs Bad aufbewahrt. Stunden verbringt er an Heiligabend damit, die Geschenke zu suchen, die natürlich alle schon seit Wochen in den Kleiderschränken versteckt liegen. Er findet sie alle und packt sie provisorisch ein. Fast trotzig zieht mein Vater das Fest durch. Die Weihnachtsgans kommt in den Ofen. Er formt die Klöße von Hand und schneidet die Äpfel für den Rotkohl. Uta ruft an und lässt sich nicht blicken, es gab irgendeine Schreierei mit meinem Vater kurz nach dem Zusammenbruch meiner Mutter, seitdem schaltet sie auf stur, geht der Konfrontation aus dem Weg und ist irgendwann weg für immer. Kristof und Sarah tauchen auf, bringen kleine Geschenke vorbei und verschwinden bald wieder, obwohl ich auf ihre Anwesenheit hoffe. Lisbeth bricht zwischendurch lautstark in Tränen aus. Es wird der einsamste Heiligabend, den wir jemals hatten. Zwischendurch sage ich, dass ich mir ein bisschen die Beine vertreten muss, auch das hinterfragt mein Vater nicht, ich ziehe mir meine Winterjacke an und laufe ein paar Meter die Straße hoch, während ich eine Zigarette aus der neu gekauften Gauloises-Schachtel nehme und rauche. Ich bringe Lisbeth ins Bett, Schuhe aufknoten, Strumpfhose ausziehen, sie in den Arm nehmen und trösten, dann sitze ich mit meinem Vater vor dem Fernseher. Er zeigt mir die Jacke, die er für meine Mutter gekauft hat. In der linken Tasche ein Ring mit Edelstein. Und dann erzählt er mir von dem Nachmittag, als es passierte: wie er vorgegeben hat, nochmals ein bisschen Obst und Zigaretten kaufen zu gehen, wie er in Wahrheit ins Industriegebiet gefahren ist und den grünen Gebrauchtwagen entdeckt hat, machen wir Nägel mit Köpfen, hatte er zum Autohändler gesagt, ich hole es morgen ab, aber dafür will ich Rabatt. Und der hatte sich sogar drauf eingelassen. Zum Glück hatte ich nicht bezahlt, sagt mein Vater, wer sollte das Ding denn jetzt fahren? Er schüttelt stumm den Kopf und trinkt mit geschlossenen Augen seinen Schnaps. Die Flasche und das Gläschen hat er diesmal mit ins Wohnzimmer genommen.

Im Fernsehen läuft jetzt *Ist das Leben nicht schön?*. Ich sitze ein Stück von meinem Vater entfernt auf der Couch und habe einen Kloß im Hals. Meine Eltern sehen diesen Film, seit sie sich kennen. Jedes Jahr an Weihnachten.

James Stewart spielt die Hauptrolle. Es geht um einen einfachen Mann namens George Bailey, dessen Gegenspieler ein hartherziger Geschäftemacher aus der Oberschicht ist. Bailey gerät ohne eigenes Verschulden in eine schwere Lebenskrise, ihm wird Untreue unterstellt, und er soll Geld unterschlagen haben. Er steht auf einer Brücke und will sich das Leben nehmen, als der äußerst untalentierte Schutzengel Clarence auftaucht, um ihn zu retten. Doch Bailey lässt nicht mit sich reden. Er hat nur einen einzigen Wunsch: nie geboren worden zu sein, weil er den Menschen und der Stadt nur Unglück gebracht habe. Der Engel erfüllt ihm den Wunsch. Und Bailey sieht, dass ohne sein Leben aus der malerischen Kleinstadt eine Hölle geworden wäre.

Vielleicht beschließt meine Mutter ja an diesem Heiligabend, das würde zum Kitsch des Films von Frank Capra passen, doch noch eine Weile weiterzuleben. Zwar verschläft sie das Weihnachtsfest und auch den Silvestertag, zwar werden die Prognosen der Ärztinnen und Ärzte immer knapper, düsterer und hoffnungsloser, aber irgendwann im Neuen Jahr schlägt sie plötzlich die Augen wieder auf. Es ist ein Wunder. Und natürlich, sie braucht viele Wochen, bis sie wieder mit uns am Küchentisch sitzt. Sie wird schwächer und dünner als vorher sein, aber vollkommen klar im Kopf. Es könnte also alles gut werden, aber das wird es nicht mehr, weil es im Nachhinein nur wirkt wie ein kurzer Aufschub, bevor das Unglück wieder über sie und uns hereinbricht. Als hätte sie wieder mal bei der Bank vorgesprochen und ein paar Wochen Aufschub bekommen, nicht weniger, aber auch nicht mehr.

Aber das alles ist weit weg an diesem Heiligabend. Mein Vater und ich sitzen wie die Elenden da und schauen den Schwarzweißfilm, den wir längst auswendig kennen. George kehrt selig nach Hause zurück, nachdem er begriffen hat, wie schrecklich sich seine Heimatstadt ohne seine Existenz entwickelt hätte. Es ist ihm jetzt egal, ob er verschuldet ist oder sogar ins Gefängnis muss, Hauptsache, es bleibt einfach alles so, wie er es kennt. Im großen Finale geben sich die Bewohnerinnen und Bewohner der Stadt die Klinke in die Hand und bringen ihm Geld, eine immense Summe, die seine Schulden bei weitem übersteigt. Nach dem Wunder und dem Verklingen der letzten Streichertakte der bombastischen Filmmusik schaltet mein Vater den Fernseher aus. Er hat einen sitzen und schwankt ein bisschen, als er sein Glas in die Küche räumt und die fast leere Flasche Schnaps in den Kühlschrank stellt. Schlaf gut, sagt er zu mir, schlaf du auch gut, sage ich zu ihm, und wir gehen in unsere Betten und schlafen sofort ein, taub vor Traurigkeit und ein bisschen wie Fremde.

Mein Vater hat mir seinen analogen Arbeitswecker gegeben, den er nicht mehr braucht. Er ist immer noch auf halb fünf gestellt. Jeden Morgen in den Ferien springe ich beim ersten Ton auf, um Lisbeth und meine Eltern nicht zu wecken, schleiche ins Bad, putze mir die Zähne, nehme den Rucksack und starte mein Mofa. Ich muss mich beeilen, weil ich zur Übergabe an die Frühschicht in der Klinik sein will. Im Zug höre ich auf meinem Discman Leonard Bernstein, die *Ouvertüre zu Candide*, danach *An American in Paris* von George Gershwin, bald kommen wir in Hagen an, wo ich in Richtung Dortmund umsteige. Es gibt eine kleine Aufwandsentschädigung, die gerade meine Fahrtkosten deckt. In der Klinik angekommen wechsele ich meine Haut, ziehe die grüne Hose und das grüne Hemd an und bequeme Turnschuhe – und ganz zuletzt meinen Kittel.

In den ersten Sommerferien meiner mutterlosen Freiheit stehe ich täglich in einem fensterlosen Raum. Künstliches Licht, Pieptöne der Apparate. Bandscheibenvorfall. Angiom. Subduralblutung nach stumpfem Schlag gegen den Kopf. Wir nehmen, was kommt. Die Sommer davor habe ich mit Zeitungaustragen verbracht, mit dem Einräumen von Hundefutter, Konservensuppen und Klopapier, mit dem Ausstanzen kleiner Teile in einem Industriebetrieb.

Diesmal sehe ich zu, wie ein Schädel rasiert und desinfiziert und schließlich der erste Schnitt gesetzt wird. Man zieht die Kopfschwarte ein Stück auf, bohrt einen Teil des Schädelknochens an und entfernt ihn, eröffnet anschließend die harte Hirnhaut und kann beginnen.

Fulminanter Verlauf, Zustand nach Aneurysmaruptur und Clipping, (Arteria communicans anterior), ich spreche nicht mehr ungeschult über das Unglück meiner Mutter. Einige Wochen nach ihrem Zusammenbruch frage ich den Arzt, der sie operiert hat: Könnte ich bei Ihnen ein Praktikum machen? Sie wissen schon, Ihr Neffe und ich gehen zusammen zur Schule. Er, den sie nur den Silberrücken nennen, sagt gleich zu, etwas amüsiert über meine Ferienpläne. Vielleicht liegt es daran, dass wir aus einer Gegend stammen, vielleicht hat es damit zu tun, dass er auf die Rettung meiner Mutter besonders stolz ist, vielleicht hat ihm sein Neffe erzählt, wie reihenhausprekär es bei uns zugeht: Er mag mich. So sehr, dass er mich nicht nur zu seinem persönlichen Praktikanten macht, sondern mir später auch noch seinen maßgeschneiderten Anzug schenkt, den ich zur Abiturfeier in der Aula des Gymnasiums trage.

Was verspreche ich mir davon? Weshalb suche ich mir keinen Job, der mir Geld genug bringt für den Rest des Jahres, zumindest aber die Kohle für Versicherung und Sprit für mein Mofa? Warum denke ich wie beim Computerspiel immer nur in Missionen, an denen ich dann kläglich scheitere? Ich habe keine neue Schülerzeitung gegründet und bin kein alles überragender Juniorprogrammierer geworden, ich kann maximal ein paar ungerade Töne auf der Posaune blasen und selbst einfachste Lieder nicht fehlerfrei spielen. Auch diese Idee geht mir nicht mehr aus dem Kopf, obwohl ein behandelnder Arzt meiner Mutter dringend abrät: Das eigene Schicksal ist kein guter Ratgeber bei der Berufswahl. Aber was soll's. Gerade bin ich überzeugt davon, dass es meine Berufung ist, Neurochirurg zu werden. Ich will damals sehr viel, vor allem aber eines will ich nicht: zulassen, dass mich die Erfahrung der Mutter in Krankenhäusern zerreibt. Also mache ich aus dem Feind meinen Freund und mir den Horror zu eigen.

An meinem ersten Tag auf der neurochirurgischen Station stattet man mich mit Dienstkleidung aus, erklärt mir, wo das Raucherzimmer ist und nimmt mich mit zur Visite. In Begleitung einer Pflegerin darf ich Medikamente ausgeben, sie schicken mich mit dem Essenswagen herum, ich sehe Patientinnen und Patienten in allen Zuständen des neuronalen Vegetierens, fürchte mich nicht vor dem möglicherweise mit Tuberkulose infizierten Mann, der unerklärliche neurologische Ausfälle zeigt, scheue nicht davor zurück, mich zu der alten Dame zu setzen, die eine ebenso miese Prognose hat wie meine Mutter. Am nächsten Morgen zitiert mich der Silberrücken in sein Sprechzimmer und bietet mir eine Zigarette an. Ob er sich jemals fragt, was ich will? Niemand verbringt die Schulferien auf einer neurochirurgischen Station. Hält den Patienten nach der Bandscheibenoperation in der Vierfüßerstellung von hinten auf dem OP-Tisch fest, während die Narkose ausgeleitet wird und auch die Peristaltik des Darms wieder richtig in Gang kommt. Warten Sie mal, sagt der Arzt zu mir, steht auf und kramt in seinem Dienstschrank: Hier, das sieht doch besser aus als diese verwaschenen Lappen. Er überlässt mir für den Rest meines Praktikums einen seiner Arztkittel. Das wird noch für Neid und Diskussionen im Aufenthaltsraum sorgen. Am Ende der ersten Woche zwingen die Krankenschwestern mich, wenigstens das Arztsymbol auf meinem Kittel mit einem Pflaster zu überkleben. Auf dem Personalklo entferne ich es bei nächster Gelegenheit wieder.

Einen Sommer lang bin ich ein Held. Mit weißem Kittel statt weißem Bademantel. Mit Rock 'n' Roll-CDs im Ohr, die während der stundenlangen Eingriffe im Operationssaal laufen. Ich spiele meine Rolle gut, wenn ich mit gehetztem Blick auf meine Armbanduhr in den Fahrstuhl steige, besorgt über den Stationsflur eile. Genieße es, wenn ich die Blicke von Patienten oder Fremden fühle, die sich fragen, ob das überhaupt sein kann – und falls ja, höre ich sie denken, dann muss der Junge ein Überflieger sein. Praktische Verwendung im stressigen Alltag auf der Station habe ich nicht. Bei der Pflege kann ich kaum helfen, im Aufenthaltsraum bin ich lästig, weil man in meiner Gegenwart nicht mal bei der hart erkämpften Pausenzigarette unter sich bleiben kann, um zu schimpfen. Aber weil ich dem Chefarzt zugeordnet bin, dem Silberrücken, dem Alten, traut sich niemand, meine Anwesenheit infrage zu stellen. Im Operationssaal stehe ich im Weg herum, stoße mehr als ein Mal fast gegen das sterile OP-Besteck, werde losgeschickt, um den Piepser des operierenden Arztes zu suchen – und weiß nicht mal, was das ist.

Es gibt keinerlei Zweifel daran, dass ich diesen Beruf niemals ausüben werde: Meine Noten sind zu schlecht und in Naturwissenschaften tue ich mich schwer, schon am Physikum würde ich scheitern. Von der fehlenden Fingerfertigkeit beim Hantieren mit dem Operationsmikroskop ganz zu schweigen. Aber ich brauche diese Wochen als falscher Doktor. Um wegzukommen von der Mutter im Bett. Es ist regelrecht heilsam. Obwohl ich den ganzen Tag nichts anderes mache, als mich mit den Folgen der Verletzungen und Eingriffe am offenen Gehirn zu beschäftigen. Obwohl ich die bangen Angehörigen erlebe, ihre Wut, ihre Hilflosigkeit, ihre Ohnmacht, ihre überdrehte Fröhlichkeit, die nicht mehr und nicht weniger als ein Schock ist, obwohl ich also in geballter Form wiederhole, was wir mit meiner Mutter schon durchhaben, kann ich nicht genug davon bekommen. Hoffe darauf, dass der Silberrücken mir aus heiterem Himmel anbietet, die Schule zu schmeißen und ein halbes Jahr dranzuhängen. Ich will nicht mehr weg vom Ort der größtmöglichen Beschädigung.

Den Schrecken wieder und wieder durchspielen, bis er nicht mehr ganz so schrecklich ist. Zum Abschied darf ich meinen Arztkittel behalten, schenkt mir diese europäische Koryphäe unter den Neurochirurgen seine Ausgabe des Schirmer, dem Standardwerk der Fachrichtung. An den Abenden nach den Ferien liege ich im Bett, sehe mir die abgebildeten Röntgenaufnahmen an und lerne Tabellen und Bezeichnungen auswendig. Irgendwann kann ich das Unheil meiner Mutter, das den Anfang vom Ende markiert, in allen Details korrekter formulieren als manche Kollegen, die sich schon Assistenzarzt nennen dürfen.

III

Hochwasser

Kurz nach dem Jahrtausendwechsel wacht sie auf. Kann nicht sprechen wegen der Intubation, zuckt mit den Schultern und versteht nicht, was passiert ist. Mein schlechtes Gewissen bis heute: dass ich mich darüber kaum freue. Deine von allen abgeschriebene Mutter ist wieder da, wieso lässt dich das kalt, fragt mich Aurel bei einem meiner Übernachtungsbesuche in Dortmund.

Da gehe ich ihm schon auf die Nerven, weil ich ihm auf die Pelle rücke wie ein Kind und überall mit unserer Freundschaft angebe, selbst dann, wenn er dabei ist. Es lässt mich nicht kalt, sage ich. Einerseits bin ich endlich frei. Andererseits kommt das dicke Ende doch irgendwann. Das habe ich im Gefühl. Aurel zuckt mit den Schultern: Junge, du suhlst dich im Unglück.

Willst du nicht mal in eine Wirtschaft, fragt mein Vater an einem Freitagabend, als meine Mutter noch im Krankenhaus liegt. Du hängst nur vor dem Computer, das ist doch Kappes. Trink bei Eckes ein Bier, schlägt er vor. Er meint die Gaststätte bei uns in der Straße, wo vor allem ältere Herrschaften kegeln. Er fragt sich wahrscheinlich, was er gemacht hätte. Na gut, dann gehe ich was trinken, sage ich zu ihm. Aber komm vor Mitternacht zurück, sagt er.

Der Plan ist besiegelt. An diesem Abend fange ich an, die fehlenden Jahre nachzuholen. Und das will ich richtig machen. Also nehme ich den letzten Linienbus und gehe in die Kneipe in der Nähe unseres Gymnasiums. Meine Mitschüler spielen seit Ewigkeiten dort montags Billard oder kickern. Ich war noch nie dort. Ich erwische einen Abend, an dem nichts los ist. Fühle mich verwegen am Stehtisch mit meinem kleinen Bier vor mir. Drehe mir eine Zigarette und entdecke einen Bekannten aus der Raucherecke der Schule. Dich hab ich hier ja noch nie gesehen, sagt er. Ich könnte einfach mit ihm hier stehen und trinken, aber der Nachholbedarf ist größer. Kennst du einen, der was zu rauchen hat, frage ich ihn. Er besorgt mir ein winziges Stück Haschisch für einen kleinen Schein. Ich kann aber keine Tüte bauen, sage ich zu ihm, und er lacht kopfschüttelnd, du bist mir ja eine Marke.

Am Ende verlasse ich nach dem ersten kleinen Bier die Kneipe mit dem Dealer. So ein Junge, vor dem meine Mutter mich immer gewarnt hat. Wir laufen ein paar Schritte in Richtung Waldrand, dann zieht er seine Jacke aus, legt sie auf den Boden und sagt: Setz dich zu mir. Er baut aus meinem Tabak, meinen Blättchen und dem kleinen Klumpen, den er mir vorher verkauft hat, eine Tüte für uns beide. Man, das ist die wahre Freiheit, ruft er in die Nacht hinein, als er sich den Joint anzündet und an mich weiterreicht. Zieh nicht zu tief, sonst machst du dir die Lunge kaputt. Ich nehme einen kräftigen Zug. Nichts passiert. Der Typ ist am selben Tag aus dem Jugendknast entlassen worden, Verstoß BtMG, was auch immer das heißen mag.

Bei jedem vorbeifahrenden Auto springe ich auf wie ein ertappter Dieb. Alter, bleib mal locker, sagt er, so fallen wir wirklich gleich auf. Ich setze mich hin und nehme noch ein paar Züge ohne Wirkung. Schlägt doch gut bei dir an, sagt er, zieht seine Jacke wieder an und geht zurück in die Kneipe, während ich mir die Sterne über dem Sauerland anschaue und warte, dass sie noch heller leuchten als sowieso schon. Dann bekomme ich Angst vor der Dunkelheit und renne davon.

Später sehe ich den Typen noch ein paarmal in der Stadt, lächele ihn verschwörerisch an, aber er tut so, als würde er mich nicht kennen. Weit vor Mitternacht bin ich wieder daheim und rauche in meinem Souterrainzimmer eine Zigarette zum Runterkommen. Zwei kleine Biere habe ich getrunken und gekifft. Hätte meine Mutter nicht schon der Schlag getroffen, denke ich und muss lachen, dann wäre es jetzt so weit.

Nach ihrem aus medizinischer Sicht sensationellen Erblühen bringen sie meine Mutter in eine drittklassige Rehaklinik in Hessen. Ein Ort zum Verwelken. Aber laut Krankenkasse der akut einzig noch freie Platz weit und breit für das Krankheitsbild. Die Behandlung ist schlecht und nachlässig. Es geht kaum voran. Meine Mutter leidet. Die Ärzte meinen, sie sei einfach nicht kooperativ. Sie isst nichts, behauptet, alles sei viel zu sauer, trinkt zu wenig und vermisst meinen Vater. Die Fahrt dauert von Plettenberg aus fast zwei Stunden mit dem Auto. Mein Vater schafft es nicht, täglich zu fahren. Bei einem seiner ersten Besuche begleite ich ihn. Damals habe ich noch keine Ahnung, wie es in Seniorenheimen ist, aber so stelle ich es mir vor. Der strenge Geruch auf den Fluren. Die Tristesse der verblassten Kunstdrucke an den Wänden. Zu wenig Personal und ein dunkles und winziges Zimmer mit spärlichem Licht. Meine Mutter liegt im Bett, drückt meine Hand, sieht aus dem Fenster in den Garten der Klinik und meint zu meinem Vater: Wenn ich nicht bald aufstehen kann, dann bauen wir unser Haus da draußen wieder auf. Mein Vater lächelt hilflos. Ich will endlich nach Hause, sagt sie. So endet jeder Besuch, und meine Mutter lässt sich kaum trösten: Du musst ein bisschen laufen lernen, dann machen wir das sofort. Schließlich geht es schneller als erwartet. Als mein Vater eine Woche später in die Rehaklinik kommt, hat meine Mutter rote Augen und Hautausschlag überall. Sie haben eine Pferdetherapie begonnen, obwohl mein Vater sie genau davor gewarnt hat, weil meine Mutter allergisch ist. Es reicht ihm. Das kann ich auch zu Hause, was ihr hier verzapft. Er lässt den behandelnden Arzt kommen und hört gar nicht hin, was er über die neurologischen Risiken und Gefahren in diesem Stadium der Genesung erzählt. Machen Sie den Schrieb fertig, meine Frau kommt mit mir. Der Arzt redet auf ihn ein. Mein Vater sitzt es aus. Eine Stunde später hat er den Entlassungsbrief. Abends liegt meine Mutter nach über drei Monaten in Krankenhäusern daheim auf unserem Sofa. Zu schwach, um zu stehen oder zu laufen. Zu müde, um sich länger mit uns zu unterhalten. Bis auf den Tag ihrer Hirnblutung hat sie nichts vergessen. Fast alles ist wie vorher.

Aber sie bleibt viel zu dünn und viel zu schwach. Ihr stabiler Zustand ist nur von kurzer Dauer. Denn alles reimt sich immer ein Mal, mindestens. An einem der ersten warmen Frühlingstage steige ich nach dem Sportunterricht am Nachmittag aus dem Bus. Das Reihenhaus kommt in Sicht und wieder öffnet Kristof mir die Haustür mit ausdruckslosem Gesicht. Diesmal sagt er nichts und ich auch nicht. Er zuckt nur mit den Schultern. Mittlerweile habe ich Routine, vergesse nicht das Essen in der Mikrowelle, sondern wärme mir die von meinem Vater gekochten Nudeln auf.

Vormittags war es passiert. Er half ihr beim Waschen, als es wieder knallte. Meine Mutter lag auf dem Boden und krampfte. Die Notärztin belehrte ihn später über die Gefahren verschluckter Zungen und die Wichtigkeit der stabilen Seitenlage, aber all das hätte auch nichts geholfen. Status epilepticus. Refraktär oder sogar superrefraktär. Ein nicht endender epileptischer Anfall, der das Gehirn nachhaltig und irreversibel schädigt. Kann ohne warnende Anzeichen auftreten nach einer Subarachnoidalblutung und entsprechender operativer Versorgung des rupturierten Aneurysmas. Mein Angeberwissen hilft auch nicht weiter. Zum zweiten Mal innerhalb weniger Monate befindet sich meine Mutter in einem lebensbedrohlichen Zustand. Landet auf der Intensivstation des Plettenberger Kleinstadtkrankenhauses, wo sie die nächsten acht Wochen liegen wird.

Die Prognose ist hundsmiserabel, zu groß sind die durch den dauerhaften Krampfanfall verursachten Hirnschäden diesmal. Und wieder werden wir bei jedem Besuch in einen fensterlosen Raum geführt und der Arzt meint, dass es ernst ist. Der Neurologe mit der bösen Brille kommt irgendwann geschäftig vorbei, schiebt sein mobiles Hirnstrommessgerät und behauptet, da sei kaum noch was vorhanden. Wenigstens kanzelt er sie nicht als Simulantin ab. Ich will ihm in den Arsch treten. Und wieder tröste ich Lisbeth Abend für Abend. Und wieder stellt mein Vater seine Flasche Schnaps neben den Sessel, wenn er abends vor dem Fernseher sitzt. Und wieder weiß ich nicht, was ich sagen soll, wenn ich mir einen Stuhl neben das Bett stelle und die Kanülenhand meiner Mutter halte.

Irgendwann ändert sich ihr Zustand vom Koma ins Wachkoma. Ein ständiges Zucken der Augenlider, als würde sie träumen. Wochenlang betreten wir routiniert die Intensivstation, die ein vertrauter Ort für uns geworden ist. Jedesmal ärgert mein Vater sich über die zu engen Kittel. Und jedesmal reißen die Gummihandschuhe, wenn er sie sich zu ungeduldig über seine Malocherpranken zieht. Sie liegt im Bett, schaut uns mit toten Augen an und erkennt uns nicht. Leckt sich befremdlich wie ein Hund ständig mechanisch die Lippen, krampft mit den Händen. Unentwegt redet sie in wirren Worten mit der nicht anwesenden Lisbeth, die sie hinter ihrem Bett sitzend vermutet. Die ist kaputt, die wird nicht mehr, höre ich meinen Vater flüstern, als wir die Station verlassen. Und auch bei mir habe ich in diesen Tagen das Gefühl, dass etwas unwiederbringlich kaputtgeht, dass das auch nicht mehr wird.

Damals im Krankenhaus lerne ich eine dritte Form der Mutter kennen, die mich fortan begleiten wird. Bis dahin gab es die intakte Mutter mit allen Ecken und Kanten. Die mich hegte und pflegte und dabei wie ihren eunuchischen Prinzen hielt. Anschließend folgte die Phase der toten, verschwundenen Mutter. Präzise: eine Mutter, die körperlich noch anwesend ist, aber sich nicht mehr äußern kann. Eine Mutterhülle, die durch ihre physische Präsenz keinen unmittelbaren Abschied erfordert oder unüberwindbaren Schmerz produziert, für die ich im direkten Umfeld aber dennoch Mitgefühl und Rücksicht absahne. Die dritte Variante der Mutter liegt nun also vor mir: eine bei vollem Bewusstsein in den Zustand eines sprechfähigen Säuglings zurückversetzte Frau mit schwersten Defiziten. Seit jeher kenne ich durch Lisbeth den Umgang mit pflegebedürftigen Menschen. Aber das hier ist anders. Seltsamerweise belassen sie meine Mutter auch in den nächsten Wochen auf der Intensivstation. Das ist wahrscheinlich besser so, dort hat sie wenigstens ein Einzelzimmer. Manchmal erkennt sie meinen Vater, ist aber in einer anderen Zeit gefangen und fragt, wann er zur Zeche muss. Ab und zu sieht sie mich und bricht in Tränen aus.

Nachdem sie sich noch einen Krankenhauskeim mit Lungenentzündung zuzieht, verliert mein Vater wieder die Geduld. Und diesmal macht seine Entschiedenheit mir Angst. Er reißt sich und Lisbeth und mich sehenden

Auges in ein Unglück. Das Gespräch beim Stationsarzt ist lang und eindringlich. Es gibt danach seine übliche Tirade: Was hat so ein Weißkittel für eine Ahnung? Der tut sich doch die Hände nicht schmutzig machen. Der feine Herr Graf geht nach Feierabend nach Hause. Ich lese später den ellenlangen Entlassungsbrief. Eine Unterbringung in einer Pflegeeinrichtung wird dringend empfohlen. Sämtliche Ratschläge werden vom Ehegatten in den Wind geschlagen. Trotz entschiedener Beratung erfolgt die Entlassung der Patientin auf eigenen Wunsch.

An einem Frühsommertag wird meine Mutter mit dem Krankentransport zurück nach Hause gebracht. Mein Vater hat alles organisiert. Das Pflegebett und die wasserabweisenden Matratzenbezüge. Die Pakete mit künstlicher Nahrung. Die Katheterbeutel und die Windeln. Wir wechseln uns ab mit der Tag- und Nachtwache. Man muss sie ständig im Blick behalten. Sieht man einen Moment nicht hin, dann versucht sie, sich ihre Magensonde zu ziehen oder greift sich in die Windel. Wir schaffen einen Fernseher ins Zimmer und hoffen, sie so ablenken zu können. Aber ihr fehlt die Fähigkeit der Distanz, und als sie das erste Mal panisch schreit, weil ein Gangster im Film auf sie schießt, schalten wir den Fernseher wieder aus. Zuerst zögern wir noch, aber als sich die Vorfälle häufen, greifen wir an manchen Tagen auf die mit dem Pflegebett mitgelieferten Handfixierungen zurück.

Wir sind unterwegs zum Meer. Ein letztes Mal. An einem Wochenende kommt mein Vater auf die Idee, als er die Kleinanzeigen der Lokalzeitung liest: Sehestedt, direkt am Wasser. Lücke im Buchungskalender. Reduzierter Wochenpreis. Er ruft an, und am Samstag darauf geht es los.

Ehrlich, wir fahren jetzt zur Nordsee, fragt meine Mutter. Wohin denn sonst, sagt mein Vater. Er zündet sich eine Zigarette an, die er meiner Mutter reicht. Früher war es umgekehrt. Jetzt sind die Kühe schon nicht mehr braun, sagt mein Vater, bald sind wir da. Und wo ist der Kleine, fragt meine Mutter und blickt sich panisch um. Hier hinten, rufe ich von der Rückbank, ich sitze hier.

Lisbeth ist mit einer Reisegruppe im Salzburger Land, wenn nicht jetzt, sagt mein Vater, wann dann? Im Grunde hat sich nichts geändert. Nur die Rollenverteilung. Wir stehen um vier Uhr morgens auf. Während ich in der Küche die Eier koche und Brote für die Fahrt schmiere, trägt mein Vater die Koffer ins Auto, zuletzt die Tüte mit den Zigarettenstangen aus Polen, die ihm sein ehemaliger Kollege trotz Rente zuverlässig besorgt. Meine Mutter wecken wir kurz vor der Abfahrt. Mein Vater hilft ihr beim Waschen, beim Zähneputzen, beim Anziehen. Dann sitzt sie im Auto und freut sich wie ein Kind, wenn sie nicht wieder vergisst, wohin wir fahren. Gehst du mit den Füßen ins Wasser? Ich jedenfalls nicht, da friert man sich ja den Arsch ab.

Du kommst doch mit, oder, fragt mein Vater, bevor er die Nummer aus der Anzeige anruft. Ich sehe seine Enttäuschung, als ich nicht gleich antworte, und er sagt: Natürlich kommst du mit. Wir brauchen sonst gar nicht erst fahren. Mit der Mama alleine ist das kein Urlaub. Ich nicke und denke: Dann eben wieder Nordsee. Ganz anders, als es bisher war. Als es jemals wieder sein wird. Es ist das Jahr 2002, meine letzte Abiturprüfung habe ich vor ein paar Tagen bestanden. Manche Mitschülerinnen und Mitschüler sind zum Trinken nach Mallorca geflogen. Andere machen eine Sprachreise durch Schottland, von der sie schon lange träumen. Ich bin nicht unzufrieden mit dem Vorschlag meines Vaters.

Vor einem Jahr wäre eine Reise mit meiner Mutter undenkbar gewesen. Da war sie ganz bekloppt, sagt mein Vater. Jetzt ist sie immer noch neben der Spur. Aber berechenbarer. Mit Mitte fünfzig wie eine alte Dame. Gefestigte Demenz mit psychotischen Episoden. Letztere nur, wenn sie ihre Zyprexa nicht nimmt. Stabil genug, um Cola zu trinken, Zigaretten zu rauchen, beim Knobeln mit meinem Vater zu schummeln und weinerlich zu werden, es auf ihren kaputten Kopf zu schieben, wenn er sie erwischt. Die Verwüstungen sind offensichtlich. Ein Alltag in Trümmern hat sich eingestellt. Also: ein ständiger Ausnahmezustand. Die Ferien in dieser Konstellation, denke ich später, sind für meinen Vater der verbriefte Beweis für Normalität. Wenn wir an die Nordsee fahren, muss wieder alles in Ordnung sein.

Sehestedt ist kein richtiger Ort. Eine Ansammlung von Häusern am Deich mit einer Schnellstraße dazwischen, es gibt einen kleinen Ferienpark und man lebt gerade in der Nebensaison von Touristen, die sonst nichts mehr finden. Warum mein Vater nicht bei Finn und Fenna nachfragt: Es würde ihn zu sehr an das entschwundene Leben erinnern. Trotzdem befiehlt er mir am Tag vor der Abreise, bei Fenna anzurufen. Wenn wir eh schon da oben sind. Wir kündigen unseren Besuch für einen Nachmittag an. Fenna wird ihren Apfelkuchen machen und den viel zu dünnen Kaffee, und es wird so sein wie immer.

Meine Eltern haben die große Wohnung im Erdgeschoss mit Blick auf die Felder. Für mich hat mein Vater das kleine Studio unterm Dach reserviert. Es ist über eine Treppe mit dem Rest des Hauses verbunden. Trotzdem kann ich dort oben an den Abenden hocken und schreiben, während meine Eltern vor dem Fernseher sitzen. Der Qualm zieht nach oben, der Qualm zieht nach unten. Mein Vater weiß, dass ich rauche. Bei der ersten Zigarette auf der Terrasse im Sauerland will er es mir noch verbieten, steckt sich aber selbst im nächsten Moment eine an – also schüttelt er nur wütend den Kopf und meint: Hör bloß bald wieder auf mit der Scheiße.

Wir sind früh losgefahren und kommen vor dem Mittagessen schon an. Nachdem wir die Koffer und Taschen aus dem Auto geladen haben, will ich ans Meer. Laut Gezeitenkalender ist die Flut schon vorbei. Gerade noch rechtzeitig, um ein paar Schritte ins Wasser zu machen. Mein Vater hat andere Pläne. Du passt jetzt auf die Mama auf, und ich geh angeln, sonst wird mir das alles zu spät. Er holt zwei Plastikverpackungen mit Tauwürmern aus dem Auto. Wenn ich einen Aal erwische, dann schmeißen wir abends den Grill an. Ich nicke und widerspreche ihm nicht.

Die letzten anderthalb Jahre waren schlimm genug. Natürlich gebe ich zu schnell klein bei, aber das ist besser als tagelanger Terror. Wir haben gelernt, miteinander auszukommen. Anders, ich weiß seinen Wutausbrüchen und Stimmungsschwankungen zu entgehen oder sie an mir abperlen zu lassen. Er hat ja nur mich. Jeden Tag ein ungewisser und fragiler Frieden. Mehr kann man nicht erwarten.

Ich stelle meiner Mutter einen Gartenstuhl auf die Terrasse der Ferienwohnung, sie hakt sich bei mir unter und humpelt zu ihrem Platz. Holst du mir noch einen Aschenbecher, mein Mäuschen? Und eine Flasche Cola? Ihre Sanftmut rührt mich. Ohne Neuroleptika sähe das anders aus. Ich weiß, dass sie nichts dafür kann. Hörst du das, sagt sie. Wer schreit denn da so? Das sind Fasane, sage ich, die Felder sind voll von ihnen. Woher weißt du das denn schon wieder, fragt meine Mutter, du weißt aber auch immer alles. Sie steckt sich eine Zigarette an, und ich nehme meinen Tabakbeutel und drehe mir eine. Dass du dieses Kraut rauchst, sagt meine Mutter. Dein Kraut ist auch nicht besser, sage ich.

Mein Vater kommt vom Angeln zurück. Nichts gefangen? Frag doch nicht so blöd. Kann ich jetzt ans Wasser? Was willst du denn da, jetzt ist es gerade weg. Wir setzen uns an den Küchentisch, eine robuste Plastiktischdecke mit Muscheln, Krebsen und Brandlöchern.

Es gibt Gulaschsuppe aus der Dose und Toastbrot. Meine Eltern sprechen über die Urlaube ihres Lebens, früher mal die Berge, mit den Kindern immer nur ans Meer, ach, wir hatten es doch schön. Zwischendurch neuronales Gewittern bei meiner Mama, weil die sedierende Dosis nachlässt: Wer holt denn jetzt den Kurzen vom Kindergarten ab? Und was ist mit meiner Lisbeth, verdammt nochmal? Wir haben gelernt, damit umzugehen. Erklären ihr sachlich, dass Lisbeth mit einer Rollstuhlfahrergruppe selbst in die Ferien gefahren ist. Dass der Kurze nicht mehr ganz so kurz ist, wie sie meint. Sie nickt, und man merkt, dass sie uns nicht glaubt.

Mein Vater legt sich hin, meine Mutter schaut das Nachmittagsprogramm im Privatfernsehen, und ich schreibe. Das ist neuerdings Teil der Befreiung. Gedichte über den Krieg. Episch und mies. Unser Urlaub dauert eine Woche. Wenn ich jeden Tag vier Gedichte schaffe, habe ich nach sieben Tagen schon einen ganzen Band.

Geh an den Strand und trink ein Bier, schlägt mir mein Vater auch hier an der Nordsee vor. Beim Angeln hat er die Strandbar entdeckt. Es ist Mitte Mai und noch Nebensaison. Lass das Auto stehen, wenn du was trinkst, du weißt nicht, wie die Bullen hier oben sind. Er lässt mich fahren. Selbstverständlich nur Landstraße, niemals Autobahn – und niemals mit ihm als Beifahrer. Mit meinem Notizbuch in der Hand und fiebrig vor Aufregung mache ich mich nach dem Abendbrot auf den Weg. Springe vorher unter die Dusche, nehme viel Gel für die Haare und sprühe mich mit dem billigen Parfüm ein, eine Fälschung des teuren *CK Be*. Der Himmel ist wolkenlos und das Wasser kommt zurück, als ich den Weg hoch zum Deich nehme. So muss sich der erste Abend in der Karibik nach einem langen Flug anfühlen, denke ich.

Die Strandbar ist mehr eine zusammengezimmerte Holzhütte. Niemand außer mir trinkt an diesem Abend dort. Ich bestelle einen Mojito und bekomme ihn mit kleinem Sonnenschirmchen serviert. Gleich kommt die Gruppe in meinem Alter herein, alle Jungs und Mädchen auch gerade mit den Abiprüfungen durch, und dann fragen sie mich, warum ich da so allein sitze, und es wird die Party des Jahres. Ich muss nur Geduld haben. Vom ungeputzten Fenster aus kann ich das Meer sehen. Es kommt. Die Sonne steckt es an wie ein Brandstifter, denke ich damals, als das Rot des Lichts sich über die Wasseroberfläche verteilt. Der Barmann dreht die Musik lauter, weil sich sowieso niemand unterhält. *Wonderful Life* von Black. Ich summe mit.

Nach dem zweiten Mojito zahle ich und verabschiede mich von der Vorstellung, mit den überraschend auftauchenden Gästen die Nacht zum Tag zu machen. Sobald ich die kleine Strandbar verlasse, schaltet der Barmann die Musik aus und löscht das Licht im kleinen Gastraum. Ich bin allein am Strand. Um Mitternacht wird wieder Hochwasser sein. Dann habe ich mich eben allein fürs Meer so rausgeputzt, denke ich. Ich ziehe Schuhe und Socken aus und stelle sie ordentlich zusammen.

Dann laufe ich los. Durch den Sand, durch den Schlick. Ich schließe die Augen. Die letzten Strahlen der Abendsonne kitzeln in der Nase, der Wind über der Nordsee saust mir in den Ohren. Vielleicht laufe ich einfach weiter, bis mir das Wasser bis zur Brust steht.

Der Weg zurück ist doch nah, in zehn Minuten bin ich wieder in der Ferienwohnung und kann die Sachen trocknen. Schon die ersten Ausläufer des Wassers lassen mich erschaudern. Die Temperatur im Mai taugt nicht für Heldengeschichten eines Kleinstadtjungen. Bis zum Knöchel wage ich mich hinein, überall Gänsehaut, dann öffne ich die Augen, und da ist wieder dieses Gefühl der zeitlosen Zeit, das ich seit meiner Kindheit kenne. Wasser, Licht, Wind. Hier bleiben.

Nach ein paar Tagen an der Nordsee besuchen wir Finn und Fenna und sehen den Ort wieder, an dem wir so oft waren: Petersgroden, das Dorf im Nichts. Zu weit von Wilhelmshaven und dem nächsten Strand, um für die meisten Urlauber attraktiv zu sein. Fenna sieht meine Mutter und herzt und drückt sie lang zur Begrüßung, dann verschwindet sie im Haus und kommt mit geröteten Augen zurück.

Finn weiß nicht so recht, was er mit meinem Vater reden soll. Zum Glück hat mein bis dahin so stummer Vater in den letzten Jahren aber auch gelernt, wie Smalltalk funktioniert. Heißt für ihn: Er spult das Standardrepertoire ab, das ihn bis zu seinem Tod begleiten wird. Und dann denkst du, du hast noch ein paar Tage bis zur Rente. Kommst zur Tür herein und dann knallt es schon. Hängt dir der Arsch voll Tränen. Setzen diese Kotzbrocken sie einfach auf ein Pferd. Wäscht sie sich gerade und es knallt schon wieder und sie zieht so eine Fratze, siehst du, so eine.

Meine Mutter unterhält sich währenddessen mit Fenna, auch sie hat einige Phrasen gelernt, die ihren Zustand verschleiern, meist die zeitlose Sorge um Lisbeth betreffend oder abenteuerliche Geschichten von durchsoffenen Nächten, die sie mir andichtet und die in Wahrheit aus den frühen Jahren mit meinem Vater stammen müssen. Wir atmen alle auf, als dieser Nachmittag endet. Fenna umarmt uns ausgiebig, sie steht mit Finn mitten auf der Straße. Sie winken uns nach, als wir wegfahren, ich merke, der Abschied ist endgültig.

Am Ende der Woche war ich drei Mal abends in der Strandbar und habe auf das große Fest gewartet. Mein

Band mit schwülstigen Gedichten über den Krieg ist fertig, und ich träume von einem kleinen Erfolg. Mein Vater hat fünf Mal geangelt und nichts gefangen. Meine Mutter hat Stunde um Stunde auf der Terrasse gesessen, nur selten nach dem Kurzen gefragt und ab und zu vor Sehnsucht nach Lisbeth geweint. Am Morgen unserer Abfahrt machen wir einen gemeinsamen Spaziergang auf dem Deich. Ich schiebe meine Mutter im Rollstuhl, mein Vater läuft neben uns her. Da ist ja gar kein Wasser, ruft meine Mutter, das ist so gemein. Mein Vater und ich müssen lachen. Er hilft ihr aus dem Rollstuhl, sie setzen sich nebeneinander auf eine Bank. Sie legt ihren Kopf auf seine Schulter, und für eine Zigarettenlänge schauen wir alle aufs Wattenmeer. Das haben wir gut hingekriegt, sagt mein Vater später und klopft mir anerkennend auf die Schulter. Er ist stolz darauf, dass wir diesen Urlaub machen konnten. Er ist auch stolz auf sich: Seit ihrer Rückkehr nach Hause hat er die gesamte Pflege meiner Mutter übernommen. Ihr das Laufen wieder beigebracht. Sie umsorgt und aufgepäppelt bis zu dem Tag, an dem sie wieder am Küchentisch sitzen und während einer kurzen Abwesenheit meines Vaters nach den Zigaretten greifen konnte. Ein halbes Jahr lang war sie da schon Nichtraucherin. Wir fahren zurück nach Plettenberg, und mein Vater findet eine uralte Kassette im Auto. Ich schaue aus dem Fenster, während meine Eltern sich gegenseitig die Zigaretten wegrauchen und Mike Krüger und Jürgen von der Lippe im Wechsel ihre Lieder singen.

Die Gezeiten sind gnadenlos. Wir wissen auf die Minute genau, wann das Meer verschwindet, wie lange es fortbleibt und wann es wieder kommt. Dagegen können Tümpel wie Mittelmeer oder Ostsee doch einpacken, hat mein Vater mal in einem unserer Urlaube an der Nordsee gesagt, das hast du nur hier. Wir brauchen keine technischen Hilfsmittel, um den Wendepunkt auszumachen. Gerade überspült die salzige Brühe noch unsere Füße am Strand, ein paar Minuten später zieht sich das Wasser zurück. Der Meeresboden aus Schlick fällt irgendwann ganz trocken. Man kann sich durchaus weit hinauswagen, sollte das aber besser niemals ohne Begleitung tun. Von der Rückkehr des Wassers sind schon viele draußen in der Nordsee überrascht worden.

Die Statistik lässt kaum Platz für Sensationen. Im Jahr 2021 fand das Deutsche Institut für Wirtschaftsforschung im Rahmen einer Studie heraus, dass die Vertreter der Arbeiterschicht im Schnitt rund fünf Jahre kürzer zu leben haben als Beamtinnen und Beamte. Kein überraschender Befund. Und doch denkt wahrscheinlich jede und jeder, glaubten vermutlich auch meine Eltern, dass sie in der Lage wären, die Statistik auszutricksen. Sie zu verwässern und zu den Ausreißern zu gehören. Wir haben es nicht kommen sehen. Obwohl wir es hätten wissen müssen.

Mein Vater stirbt mit 68,7 Jahren, meine Mutter mit 73,8 Jahren. Dass es meinen Eltern nicht gelingt, sich der durchschnittlichen Lebenserwartung wenigstens um ein paar Jahre anzunähern, dürfte vielschichtige Gründe haben, wir wiederholen uns: Nikotin und Alkohol, Wurst und Fleisch. Gruppenbild mit Adipositas.

In meiner Alterskohorte hat unsere Familiengeschichte Seltenheitswert: Gleichaltrige Freundinnen und Freunde von mir beobachten gerade mit Sorgenfalten, wie die Großeltern gebrechlicher werden und im letzten Moment ihre Pilgerwanderung auf dem Jakobsweg absagen müssen. Manche der Spätgeborenen in meinem Alter sind schon einen Schritt weiter: Da geht es um künstliche Hüftgelenke beim Vater und aufkommende Vergesslichkeit der Mutter. Probleme, die mich vor zwanzig Jahren schon beschäftigten (das soll nicht überheblich klingen, obwohl ich nicht verhehlen will, dass ich mich manchmal dabei ertappe, wie ich denke: das einzig Gute an unserer Familiengeschichte ist, dass ich mit diesen Dingen schon durch bin).

Hätte es auch einen anderen Ausgang gegeben? Wirklich nur das Quäntchen mehr Glück, das sich wie von Zauberhand immer weiter potenziert? Ein paar Jahre mehr Schule, ein bisschen weniger daumendicke Discounter-Schokolade und deutlich reduzierter Zigarettenkonsum? Zur Not: Tilgung sämtlicher Korn- und Biervorräte, meinetwegen aus pseudoreligiösen Gründen? Vielleicht hätten meine Eltern bei weniger Maßlosigkeit und mehr Achtsamkeit der deutschen Wirtschaftsforschung noch ein paar Monate mehr abgerungen.

Warum ich so weit aushole: Eine Sache wird mit dem Mehrfachzusammenbruch des Systems Mutter klar: Es gibt kein gutes Ende. Was jetzt kommt, ist ein Ersaufen in Zeitlupe. Wie beim Wattenmeer. Gerade steht uns das Wasser nur bis zum Knöchel. Wir könnten schwören, dass es so bleibt. Aber es steigt und steigt und hört nicht mehr auf. Aber, und das sollte nachträglich wie zum Trotz in den Grabstein eingraviert sein: Wir haben gelacht. In größter Not. Fast bis zum Schluss. Dement, gebrechlich, kaum noch auf dieser Welt: Meine Eltern finden auch in den letzten Jahren der zerfallenden Familie ihre Nischen. Um albern zu sein. Sich zu veräppeln. Einander zu herzen. Wie die Kinder, die sie immer waren, die sie nie sein konnten. Sie hatten nichts mehr zu lachen. Und haben es trotzdem getan.

Ich liege seit Stunden wach. Noch immer riecht alles hier neu und erwachsen. Ist genug Licht da, dann öffne ich das Fenster, setze mich auf den Sims zur Terrasse und rauche eine Zigarette, bevor ich in die Schule muss. Noch liege ich auf meinem Schlafsofa im Souterrain. Vor einer halben Stunde hat der Schmiedehammer im Tal eingesetzt. Etwas vorher schon die Vögel, die mein Vater auf der Terrasse sommers wie winters mit massenhaft Futter versorgt, Meisenknödel, Kraftkörner. Er liebt die Tiere um sich herum noch mehr als früher.

Mein Vater überraschte mich vor einigen Monaten mit dem renovierten Zimmer. Ich war für ein paar Tage auf Oberstufenfahrt, kam zurück und er schickte mich unter irgendeinem Vorwand in den Keller. Er hatte neuen Teppichboden verlegt und die Wände frisch tapeziert, im Versandhauskatalog ein Klappsofa, einen Deckenfluter und einen modischen Schreibtisch bestellt. Plötzlich stand er hinter mir. Gefällt es dir? Und wie! Gequalmt wird hier drin aber nicht, damit das klar ist. Es rührte mich, dass er im Geheimen geplant und vorbereitet und geackert hatte. Für diesen einen Augenblick der Überraschung, den er stumm und stolz auskostete.

Der Umzug in den Keller war ein Aufstieg in der Familienhierarchie. Die letzte Stufe vor dem Aufbruch in die Welt. Auch Kristof und Uta hatten hier gewohnt, bevor sie ausgezogen waren. Mein Vater sah den Zeitpunkt pragmatisch: Wir brauchten den Platz für meine Mutter. Er ließ ihr Pflegebett im Zimmer neben Lisbeth im Obergeschoss aufbauen – aber dafür musste er mich ausquartieren. Ich freute mich darüber. Denn der Raum im Souterrain neben der Waschküche war im Gegensatz zum Kinderzimmerschlauch in der obersten Reihenhausetage ein richtiger Palast.

Es dringt nicht viel Licht herein in mein Zimmer. Nur die obersten Lamellen der Jalousie sind durchlässig, sie schließen seit ein paar Jahren nicht mehr richtig. Ich schlafe grundsätzlich nur bei komplett heruntergelassenen Rollläden. Wie ein Vampir, amüsiert sich mein Vater. Aber meiner Forderung nach mehr Sicherheit war er nachgekommen. Seit meiner Kindheit gehörte die Terrasse zur vulnerablen Zone des Reihenhauses. Ich hatte es als kleiner Junge bei Aktenzeichen XY im Fernsehen doch gelernt: Selbst Doppelglasfenster lassen sich geräuschlos mit dem richtigen Werkzeug aufschneiden. Und alte Terrassentüren und Fenster aufzuhebeln bedarf keiner großen Einbruchskunst.

In meiner Vorstellung schleichen sie Nacht für Nacht durch die streng parzellierten Reihenhausgärten und wittern ihre Chance: verzweifelte Einbrecher mit Suchtdruck oder Geldnot, die im Zweifelsfall auch vor Mord und Totschlag nicht zurückschrecken. Irgendwann vor Jahren, als ich in einem Alter war, als die Angst sich möglicherweise hätte zerstreuen können, entdeckten wir immens große Schuhabdrücke im Schnee und Beschädigungen am Gartenzaun zum Nachbargrundstück. Jemand war nachts hier gewesen. Wer weiß schon, wann er wiederkommen wird. Als ich meinem Vater beim Einzug ins Souterrainzimmer von meiner Furcht erzählte, schüttelte er ratlos den Kopf. Hier ist doch nur Wald drumherum, und die Tiere haben mehr Schiss als du. Trotzdem fuhr er in den Baumarkt und besorgte ein Set mit Metallklemmen, die ich Abend für Abend an die Innenseite der Terrassentür in der Waschküche und an meinem Zimmerfenster anbringe. Würde irgendjemand auch nur versuchen, die Jalousie hochzuschieben, dann würden die Klemmen blockieren und ein Getöse auslösen.

Ich stehe auf, gehe ins kleine, fensterlose Bad nebenan und putze mir die Zähne. Alle schlafen noch. Lisbeths Wecker geht erst in einer Stunde. Mein Vater hilft ihr beim Anziehen, macht ihr Müsli, hievt sie in das Taxi, das sie zur Arbeit bringt. Er hofft jeden Morgen insgeheim, dass meine Mutter nichts mitbekommt und weiterschläft, damit er in Ruhe seinen Kaffee trinken kann. Manchmal höre ich, wie er sich hinsetzt und eine Zigarette anzündet und meine Mutter genau in diesem Augenblick nach ihm ruft. Wie er leise flucht, laut mit der Faust auf den Tisch schlägt und den Kaffeelöffel zittern lässt. Ist meine Mutter erst wach, dann beginnt ein langer und anstrengender Tag. Aber mein Vater weiß aus der Erfahrung der letzten Monate: das ist schon die Premiumversion von Familienleben. Der Weg dahin war brutal. Ich komme aus dem Bad, schließe leise meine Zimmertür, öffne das Fenster, entferne den Einbruchschutz und ziehe die Jalousie nach oben. Setze mich auf die Fensterbank, lasse die Beine baumeln, unter mir die Waschbetonsteine der Terrasse, und blinzele in die aufgehende Sonne hinter den bewaldeten Bergen. Die Luft ist so kalt und so klar. Ob das woanders überhaupt geht? Ich stecke mir eine Selbstgedrehte an.

Gestern war ein Familienfest. Das erste seit Jahren. Weil meine Mutter wieder da ist. Das Porzellanservice mit den Röschen darauf, das Lisbeth meinen Eltern zur Silbernen Hochzeit geschenkt hatte, musste vorher komplett in die Spülmaschine. Zu lange ungenutzt und angestaubt. Mein Vater tischte groß auf. Er kaufte, was die TK-Abteilung des Supermarkts hergab. Eine Eistorte, eine Schwarzwälder Kirschtorte und eine Platte mit gemischten Teilchen. Kristof und Sarah waren da, Tante Helga, die Schwester meines Vaters, kam mit ihrem Mann aus Bochum. Und sogar Gudrun, eine Schwester meiner Mutter aus Bottrop, hatte sich auf den Weg gemacht. Gudrun und sie hatten sich über Erbschaftsangelegenheiten der mittellosen Geldmacherin zerstritten und versöhnten sich jetzt. Mein Vater lachte laut, als die beiden nebeneinander saßen. Gudrun hat Lungenkrebs und nicht mehr lang zu leben. Ihre letzte Chemo ist gerade vorbei, sie trägt die Haare kurz – genau wie meine Mutter seit ihrer Operation. Jetzt seid Ihr endlich Zwillinge. Los, sagte er zu mir, mach mal ein Foto von den beiden. Am Ende nahm der Nachmittag noch eine Wendung, von der niemand etwas mitbekam außer mir. Die Stimmung meiner Mutter kippte. Sie kam rastlos zu mir in die Küche, als ich die nicht gegessenen Kuchenteilchen in den Kühlschrank räumte. Warum tut denn keiner was, wenn wir hier bald rausmüssen?

Sommergewitter in ihrem Kopf. Der Himmel zieht sich zu und schon donnert es. Ich konnte sie nicht beruhigen, also zog sie sich die Jacke an und meinte: Dann gehe ich eben alleine los, bevor die uns rausschmeißen. Ich griff ihr forsch und fest an den Arm, vergebens. Ich folgte ihr auf dem Bürgersteig. Hoffentlich kommt bald der Bus, sagte sie, ich muss nur warten. Worauf denn, sagte ich. Damit ich mich davorschmeißen kann, du dummes Kind. Ich weiß gar nicht genau, wie lang der Weg dauerte, meine Mutter war endlos langsam unterwegs, irgendwann aber sackte sie kraftlos an meinem Arm zusammen. Sind die Gäste noch da, fragte sie plötzlich fröhlich und wie aufgewacht, ich trink jetzt noch einen Kaffee und will eine rauchen. Damit war das Unwetter vorbei.

Ich drücke die Zigarette auf der Fensterbank aus und muss schlucken. Du darfst dir das nicht zu Herzen nehmen, hatte mein Klassenkamerad gesagt, als ich ihm von den Ausnahmezuständen meiner Mutter berichtet und ihn gebeten hatte, seinen Neurochirurgenonkel um Rat zu fragen.

Ich drehe mir direkt noch eine und zünde sie mir an: Nimm es dir einfach nicht zu Herzen: Wenn man bedenkt, in welchem Zustand mein Vater sie nach Hause geholt hat, sind wir doch wirklich schon weit gekommen. In den ersten Wochen konnte sie nichts. Lag da wie ein greises Baby. Allein mein Vater hatte es geschafft, sie in Rekordgeschwindigkeit aufzupäppeln. Bis es diesen ganzen Scheiß, wie er es nannte, nicht mehr brauchte, die Windeln, die Urinbeutel, die künstliche Nahrung. Sie lernte wieder laufen, und der Nebel im Kopf lichtete sich.

Sie saß am Küchentisch, trank Kaffee und Cola, nannte meinen Vater (das würde für immer so bleiben) konsequent »Papa« und schnappte sich nach ein paar Tagen seine Zigarettenschachtel. Sie war nun wie ein rauchendes Kind, das aber wenigstens körperlich keine Fürsorge mehr brauchte. Brachte sich das Kartenspielen und Knobeln wieder bei. Las Zeitung, blätterte durch Illustrierte und Bücher, fieberte wieder mit bei ihren täglichen Privatfernseh-Serien.

Ich dusche mich und gehe nach oben. Lisbeth sitzt schon am Küchentisch und isst ihr Müsli. Er hat schlecht geschlafen, sagt sie zu mir, als ich mich neben sie setze. Nur, damit du Bescheid weißt. Und ja, ich weiß Bescheid. Guten Morgen, sage ich, als mein Vater in die Küche kommt. Keine Antwort. Die Bude stinkt nach deinem Dreckskraut, sagt er, während er sich selbst eine Zigarette ansteckt. Ich hab dir gesagt, du sollst das sein lassen hier drin, hast du das verstanden? Keine Diskussion am frühen Morgen, ich nicke nur und verstecke mich hinter der Tageszeitung. Dann ruft zu allem Überfluss auch noch meine Mutter. Ja, schreit mein Vater genervt, ich komme schon. Diese blöde Kuh, zischt er und stapft nach oben in ihr gemeinsames Schlafzimmer. Lisbeth macht mit ihrer Hand eine Wischbewegung vor dem Gesicht und lacht. Ich lache auch. Dann nehme ich meinen Rucksack. Bis heute Nachmittag, sage ich zu Lisbeth, hab einen schönen Tag, sagt sie, diese Nähe zwischen uns ist neu. Seit einigen Wochen nehme ich den zu frühen Bus, bin schon weit vor der ersten Stunde an der Schule, hole mir was Süßes beim Bäcker und einen dünnen Kaffee aus dem Schulautomaten und setze mich in die Raucherecke. Meinem Vater gegenüber erzähle ich von Unterrichtsvorbereitungen, um meinen Fleiß zu unterstreichen. Er würde nicht verstehen, dass er der zürnende Gott des Reihenhauses ist. Dass es allein an ihm liegt, wenn ich so oft wie möglich verschwinden will.

Er hat das so nicht gewollt. Fünfzig Jahre lang hat er malocht, fast auf den Tag genau. Und seit er endlich die Rente durch hat, muss er ohne jegliche Erfahrung seine kindlich gewordene Ehefrau pflegen. Diese Überforderung allein würde wahrscheinlich schon reichen für seine Launen, aber obendrein sind da eben auch die neurologischen Auffälligkeiten meiner Mutter, mit denen er überhaupt nicht umzugehen weiß. Es sind nur wenige fixe Ideen und wahnhafte Zustände, aber die spielt meine zu Kräften gekommene und zähe Mutter mitunter nacheinander und mehrmals am Tag durch: Mal behauptet sie, wir würden in unserem Haus nur zur Miete wohnen. Wie in einer Ferienunterkunft an der Nordsee. Sie imaginiert sich eine bösartige Vermieterin zurecht, die sie nur »die Alte« nennt: Mit Sicherheit bringt die Alte direkt die Polizei mit, und dann gucken wir blöd. Es bleibt nicht nur bei ihren verbal geäußerten Befürchtungen: Lässt man sie ein paar Minuten aus den Augen, schafft sie Kartons und Wäschekörbe ran und beginnt, die Schränke und Vitrinen auszuräumen. Bei jeder neu gekauften Tasse oder Decke oder Leiter fährt sie meinen Vater wütend an: Bist du eigentlich bekloppt? Wie sollen wir den ganzen Mist denn auch noch ins Auto bekommen, wenn wir wegmüssen? Der andere neuronale Irrtum ist ein Flashback um mehrere Jahrzehnte. Er betrifft mich. Ihren Kurzen. Ihr Nesthäkchen. Mehrmals am Tag dreht sie sich erschrocken um und fragt meinen Vater oder auch mich direkt, wo der Kleine sei. Mit Logik muss man ihr dann nicht kommen. Der Kleine bin doch ich, aber ich bin fast erwachsen, schau mich doch an. Sie ignoriert mich, steht auf und fängt an, im ganzen Haus nach der Kleinkindversion von mir zu suchen. Manchmal schaffen wir es, sie auszutricksen, dann ziehen mein Vater und ich an einem Strang: Er lenkt sie ab, ich setze ein Basecap auf, verberge mein Gesicht hinter einem Schal und renne in den Keller, krieche unter die Decke auf meinem Schlafsofa und warte darauf, dass mein Vater meine Mutter nach unten führt. Da ist dein Kleiner, er liegt im Bett, was hast du denn eigentlich? Dann tritt meine Mutter an mich heran, stöhnt erleichtert auf und umarmt und küsst mich: Ich dachte schon, du wärst weg für immer, ich hatte eine Heidenangst um dich. Danach sind alle erleichtert. Als wäre die Aufführung des anstrengenden Dramas vorbei, sagt meine Mutter zu meinem Vater: Jetzt habe ich aber einen Hunger. Machst du mir ein Brötchen?

Irgendwann bessert sich die Lage, als wir eine Ärztin in der Kreisstadt finden, die auf Demenzerkrankungen spezialisiert ist. Sie verordnet meiner Mutter einen ganzen Strauß an starken Medikamenten, Carbamazepin, Zyprexa, und noch etwas für den absoluten Notfall, das wir nie benutzen, von dem nur mein Vater mal aus Spaß eine Tablette nimmt und danach so tief und fest schläft wie noch nie. Die Langzeitnebenwirkungen der Präparate sind immens, aber es gibt keine Alternative. Man verkürzt die Quantität und erweitert die Qualität. Den Preis dafür nehmen wir in Kauf.

Wenn ich von der Schule nach Hause komme, übernehme ich oft den Mutterdienst. Mein Vater fragt nicht danach, er erwartet es. Seine einzige Freiheit: Einkäufe. Sich ins Auto setzen, zum Discounter fahren, Käse oder Mandarinen kaufen und zurück. Drei Mal, vier Mal am Tag. Mein Vater hat nun mal nur mich. Kristof bemüht sich zwar, oft zu Besuch zu kommen. Aber seine Frau Sarah ist schwanger und bekommt bald ihr erstes Kind, meinen Neffen, weshalb er nie lange bleibt. Und Uta? Ist plötzlich da, streitet mit meinem gereizten Vater, ruiniert die Stimmung und verschwindet wieder. Damals werfe ich ihr das vor und wünsche mir, dass sie einfach für immer wegbleiben soll.

Der Vergleich mit meinen Mitschülerinnen und Mitschülern verbietet sich: Niemand ist in einer ähnlichen Lage. Bald werde ich achtzehn Jahre alt und mein Vater wird mich auch diesmal überraschen. Steig ein, wird er an einem Nachmittag kurz nach meinem Geburtstag sagen, du musst uns tragen helfen. Was soll ich denn tragen? Wir haben Holz bestellt, falls die Heizung ausfällt und wir den Kamin anschließen müssen. Ich verstehe nicht, was das wieder für eine dumme Idee von ihm ist, aber ich steige mit meiner Mutter ins Auto ein. Er fährt ins Industriegebiet, und ich begreife selbst dann noch nichts, als er auf den Parkplatz der Autowerkstatt fährt. Wo ist denn jetzt das Holz, sage ich. Hier, du Blödmann, sagt mein Vater, und hält mir den Schlüssel hin. Meine Mutter lacht und freut sich: Jetzt kannst du immer mit mir wegfahren. Mein

Vater hat mir ein altes Auto gekauft. Einen roten *Toyota Starlet*. Unsicher tuckere ich mit dem Kleinwagen hinter ihnen her, der Führerschein gerade einige Tage alt, und kann nicht glauben, dass ich solche Eltern habe.

Mein Vater, der Gnädige. Mein Vater, der Zürnende. Mein Vater, der Wettermacher: Wir lernen uns damals eigentlich erst richtig kennen. Davor hat er vor allem gearbeitet und Machtwörter gesprochen, und ich konnte früh genug sehen, wenn sich sein Blick verfinsterte und er betrunken die Wut bekam. Jetzt aber schaltet und waltet er wie ein echter Reihenhauspatriarch mit unvorhersehbaren Stimmungswechseln. Lisbeth verschont er, weil er weiß, dass ihre hysterischen Anfälle im Streitfall nur noch mehr Unruhe bringen würden. Ich hingegen, und ich glaube, das weiß er ganz genau, kann mich nur begrenzt zur Wehr setzen, vor allem aber kann ich nicht weg. Noch nicht. Ich schreie ihn manchmal an, wenn sich sein Ärger an irgendeiner Bagatelle entzündet und er mich als Arschloch beleidigt: Du bist hier das einzige Arschloch. Du hast mir meine Jugend geklaut. Und er lacht höhnisch und meint: Das kannst du dem Gesocks in der Schule erzählen. Ich geb dir gleich Jugend. Die kannst du dir sonstwohin stecken, du Affe. An solchen Weggabelungen fangen normalerweise die wilden Road Trips an, die ich aus Büchern kenne. Man packt sein Bündel und verzieht sich für ein paar Wochen, fährt schwarz mit dem Zug oder per Anhalter ans Meer, trinkt viel, duscht nicht, kommt irgendwann stinkend und geläutert zurück und wird von den besorgten Eltern in die Arme geschlossen. Aber das kann ich nicht tun. Weil ich spüre, dass die Konsequenzen verheerend sein würden.

Sie müssen da sofort raus, sagt in einer Nacht zu Sonntag die Frau von der Telefonseelsorge zu mir, die ich nach einem besonders schlimmen Abend anrufe. Die hat gut reden, denke ich, bedanke mich dann aber doch kleinlaut.

Worüber beklage ich mich eigentlich, denke ich in anderen Momenten, wenn mein Vater mir mal wieder seine Liebe offenbart in Form von Schlafsofas und Autos, der Alte hat dich kein einziges Mal geschlagen, er hat dir kein einziges Mal wirklich etwas verbieten können, er kann schon seit einer Ewigkeit selbst nicht mehr weiter, und du kommst ihm mit verlorener Jugend. Ein Mal eskaliert die Lage fast vollends. Aus heiterem Himmel schreit er mich an, ich solle gefälligst endlich ins Bett gehen, ich widerspreche ihm, und er wird puterrot und steht sogar auf, aber auch ich weiche nicht zurück und balle die Faust, stelle mir vor, wie ich ihn einfach die Treppe runterschubse und zusehe, wie er stürzt. Aber dann meint er eiskalt, ich solle mich verpissen, mehr kommt nicht mehr von ihm. Verpiss dich, wenn dir das alles nicht passt. Danach schweigen wir tagelang, und als wir uns zufällig am nächsten Nachmittag in der Fußgängerzone begegnen, grüßt er mich nicht einmal.

Den Vater umbringen, zumindest ideell: Vielleicht hätte das was gebracht. Aber dann würde ich gleich die ganze Familie mitkillen, an der ich hänge. Stattdessen schlucke ich den Ärger über ihn oft runter. Bleibe manchmal die Nächte über bei Freunden und komme am nächsten Morgen noch halbwegs breit nach Hause, sodass mir seine zuverlässig folgenden Vorhaltungen egal sind. Bis dahin habe ich nie jemanden mehr geliebt und mehr verachtet als meinen Vater. Ihm muss es ähnlich gegangen sein.

An einem anderen Morgen im Sommer liege ich wieder früh wach und habe mich nach einer Nacht des Zorns auf meinen Alten entschieden. Hier werde ich nicht bleiben. Ein bisschen Geduld noch, denke ich und zünde mir am Fenster meines Zimmers wieder vor dem Frühstück die erste Zigarette an, dann breche ich den mir aufgezwungenen Pakt. Maximal noch ein gemeinsamer Urlaub nach dem Abitur, dann werde ich studieren, als erstes Kind in unserer Familie. Ich werde ausziehen. Und damit allen das Herz brechen.

Findus wartet im Sandkasten. Schaufelt pflichtschuldig den Eimer voll und schüttet ihn unkonzentriert wieder aus, lässt die Tür des Kindergartens nicht aus den Augen. Sobald er mich sieht, wirft er Eimer und Schaufel von sich, rennt quer über den Spielplatz der Kindertagesstätte und wirft sich mir entgegen. Die Erzieherinnen winken und betrachten uns selig: ein froher Vater, sein glücklicher Junge. Aber das Bild stimmt nicht ganz. Es ist nicht die Sehnsucht nach mir, die Findus in meine Arme treibt. Jedenfalls nicht nur. Gehen wir jetzt zu Müller, fragt er mich sofort. Den ganzen Tag hat er keinen anderen Gedanken gehabt. Seine materiellen Wünsche erfülle ich ihm auf der Stelle, soweit es geht. Zu oft, findet Katja, und ich weiß, dass das stimmt. Aber ich kann nicht anders. Großzügigkeit als Sucht. Dinge kaufen, solange sie da sind. Geld mit vollen Händen ausgeben, bevor es fort ist. Sich nicht einschränken, wenn es nicht sein muss: Das ist mein gutes Recht. Erzieherisch sinnvoll ist es nicht. Diesmal geht es mal wieder um Dinosaurier. Die sind für Findus ein noch größeres Thema, seit er verstanden hat, dass es sie nicht mehr gibt, weil sie als Folge eines gewaltigen Einschlags auf der Erde ausgestorben sind. Er wünscht sich ein Ausgrabungsset. Es besteht aus einem Tonblock, in welchem einige Splitter eines angeblich echten Meteors versteckt sind, die man freilegen und reinigen kann, um den Schatz anschließend in einer mitgelieferten Plastikbox aufzubewahren. Mit zittrigen Händen greift Findus sich das eingeschweißte Paket, tapert zur Kasse und legt den knittrigen Geldschein, den ich ihm vorher in die Hand gedrückt habe, auf den Verkaufstresen. Stolz hält er die Verpackung in die Höhe, spricht auf dem Weg nach Hause unentwegt fremde Leute an und erzählt ihnen mit sich überschlagender Stimme von aussterbenden Arten. Einkaufen als Euphorieschub. So habe ich es gelernt.

Mein Vater konnte sich prügeln, ganz früher. Seinen Platz behaupten und drohen. Das machte er zwar nur selten, aber dadurch wurden seine Waffen noch mächtiger. Er war trotz seiner Schüchternheit ungeheuer einschüchternd. Von einer körperlichen Präsenz, wie sie den Arbeitern seiner Zeit zu eigen war.

Ich wollte niemals so werden wie er. Ich war wie er. Im Alltag blieb das verborgen. Es war einfach, mein Aufsteigertum vor mir herzutragen, rhetorisch räderschlagend wie ein Pfau, mich über die groben Männer um mich herum zu erheben: Jaja, ich weiß, wie das ist, ich hatte so einen daheim. Gleichzeitig eignete sich der Archetyp des Arbeitervaters wunderbar zur Abgrenzung: Seht her, wie besonders ich bin. So weit wäre ich als Arztsohn doch niemals gekommen. Als Findus in den Kindergarten kam, verstärkte sich mein kultivierter Exotenstatus. Ich lernte andere Väter kennen und verstand sie nicht mit ihrer Sparfuchsigkeit, mit ihren Aktiendepots, mit ihrem Schwadronieren von Zeitmanagement und Vermögensaufbau durch ETFs. Ich machte mir gar nicht erst die Mühe, zu begreifen, was sie umtrieb. Mein Programm war übermäßiger Konsum, die ewige Euphorie angesichts eines Kontos, das mal zwei, drei Monate nicht im Minus war, im winzigen Rahmen unserer Kleinfamilienverhältnisse fühlte ich mich wie ein *Self Made Man*. Das bisschen Klassenkampf ist vielleicht harmlos. Aber die finsteren Seiten, das Erpresserische und Manipulative der Mutter und das Herrische meines Vaters waren auch da. Sie traten nur bei Konflikten zutage. Katja war oft fassungslos über meine cholerischen Ausfälle, über die Respektlosigkeiten, die ich mit meinem proletarischen Temperament zu rechtfertigen suchte. Nach Findus' Geburt brauchte ich eine ganze Weile, um das wirklich zu begreifen: dass mir die verhasste Wut meines Vaters genauso in den Knochen steckte wie seine Großzügigkeit und sein Gerechtigkeitssinn. Dass dieses nicht-öffentliche, dieses andere, ja, dieses brutale Gesicht die Kraft hatte, zu vernichten. Überschütte deine Leute mit Zuneigung, wenn sie nach deiner Pfeife tanzen. Schreie sie an und strafe sie, wenn sie deine Regeln missachten: Was wie das Konzept aus der Frühphase des Arbeiterhaushalts im 20. Jahrhundert klingt, war insgeheim Teil meiner Idee von Familienleben. Die erfahrene Hebamme, die in den ersten Wochen nach Findus' Geburt zu uns kam, erkannte die schwierige Situation, nachdem ich ihr gestand, dass mich das Geschrei des Säuglings nach ein paar Minuten zur Weißglut treibt. Leg ihn an einen sicheren Ort, geh auf den Balkon, atme drei Mal durch. Was dich da triggert, hat nichts mit ihm zu tun. Das kommt aus alten Zeiten.

Vor dem Einschlafen fragt Findus mich neuerdings, ob wir Freunde sind. Er sucht nach meiner Hand und drückt sie kurz, bevor er einschläft. Noch immer spüre ich meine Grenzen beim Versuch, ein guter Vater zu sein. Mittlerweile weiß ich, dass ich die Energie umlenken kann. Diesen inneren Lavastrom aus gefühlter Ohnmacht, der sich in Zorn artikuliert. Und dann bin ich unendlich froh, wenn sein und mein Trotz vorbei ist. Weil ich der Herkunft die Stirn biete, die mich ausmacht wie nichts sonst.

Ich mache den Leuten nur Angebote. Und ich bin gut darin. Drei Mal die Woche sitze ich für ein paar Stunden im Großraumbüro einer pompösen Leipziger Villa, trage ein Headset und bin der unerwünschte Anrufer. *Aufgrund Ihrer Angaben haben sich für Sie Möglichkeiten ergeben, mehrere Tausend Euro Steuern pro Jahr zu sparen. Darüber würde ich gern mit Ihnen persönlich sprechen. Wann passt es Ihnen besser, vormittags oder nachmittags?*

Die Angerufenen müssen naiv sein, um auf so etwas hereinzufallen. Und gerade genug Einkommen haben, damit es sich lohnt. Nur kein schlechtes Gewissen. Denkt immer daran, hat man uns bei der Schulung gesagt, das ist alles freiwillig. Ihr macht nur Angebote.

Eigentlich hatte ich mich auf die Vorstufe dieses Jobs beworben: die Umfragen. Man klappert anhand der Telefonbücher stoisch eine Stadt ab, ruft eine Nummer nach der anderen an und behauptet, es gehe um Marktforschung. Dabei will man private Eckdaten. Nur sie sind relevant. Unter dem Vorwand einer statistischen Erhebung zur Steuererklärung muss man herausfinden, ob der Angerufene über ausreichend Nettoeinkommen verfügt, nicht zu alt ist für monatliche Investitionen – und, das ist der wichtigste Punkt, am Ende der Telefonbefragung zustimmt, als *Dankeschön für seine Zeit* nochmals kontaktiert zu werden. Lehnt der Angerufene ab, kann man die

Umfrage wegschmeißen und hat nichts verdient. Bezahlt wird nur bei Zustimmung einer neuerlichen Kontaktaufnahme. Für die bin ich dann zuständig.

Die Chefin mag meine Stimme beim Bewerbungsgespräch. So warm und verbindlich, damit können wir was reißen. Ich steige auf, ohne überhaupt eingestiegen zu sein: Fester Stundenlohn von zwölf Euro, Bonuszahlungen bei überdurchschnittlicher Terminierung. Nach ein paar Wochen habe ich so viel Geld wie nie. Jeden Tag zu Schichtbeginn bekomme ich die Zettel mit den Nummern derjenigen, die überrumpelt genug waren, um einem nochmaligen Anruf zuzustimmen. Ich muss mich genau an mein Skript halten. *Sie haben doch vor einigen Wochen an einer Umfrage zum Jahreseinkommensteuergesetz teilgenommen, stimmt's? Warum ich anrufe? Das würde ich lieber mit Ihnen persönlich besprechen, passt es Ihnen eventuell nächsten Montag oder Dienstag?* Es geht einfach nur darum, den Leuten einen Termin aufzuschwatzen. Habe ich sie an der Angel, dann muss ich mir am Schluss des Gesprächs genau den Weg beschreiben lassen. *Wissen Sie, ich kenne mich in Hannover noch nicht so gut aus und möchte Sie natürlich pünktlich besuchen.* Dabei höre ich grundsätzlich nicht zu. Die Wegbeschreibung, erklärt die Chefin, dient ausschließlich dem schlechten Gewissen. Weil sie sich dann seltener trauen, den Termin abzusagen. Das Ganze ist ein abgekartetes Spiel: Die Terminzusage geht samt der persönlichen Daten an einen Investment- und Versicherungsvertreter in der jeweiligen Region, der dann auf der Matte steht, sich als Kollege von mir ausgibt und seinen künftigen Klientinnen und Klienten nicht besonders rentable Finanzprodukte ans Bein bindet. Investieren sie üppig genug, dann können sie tatsächlich Steuern sparen. Alles daran ist also falsch und nichts davon gelogen. Das Callcenter für die Träume der kleinen Leute. Es ist der dubioseste Nebenjob, den ich jemals habe. Und es ist mein erfolgreichster. Sie fressen mir aus der Hand. *Sie klingen wie eine ehrliche Haut. Das hört man natürlich gern. Halten wir dann direkt nächste Woche fest?*

Wände in Mimose. Blaue Auslegware mit gelben Pünktchen wie aus der Kinderzimmerabteilung, billig gekauft in der Sonderpostenecke. Zwei Bücherregale. Ein Tisch. Das Schlafsofa aus meinem Jugendzimmer. Ich schaffe es vom Souterrain ins Erdgeschoss. Von Plettenberg nach Bochum. Meine erste eigene Wohnung besorgt mir Tante Helga. In einer Sackgasse, direkt gegenüber vom Ehrenmal in Bochum-Werne. Sie wohnt nur eine Straße entfernt und hat eine Freundin im Haus, die ihr von der frei gewordenen Studentenbude erzählt. Jeden Tag laufe ich am Hochbunker vorbei, wo mein Vater in den letzten Jahren des Krieges die Bombardierungen erlebte. Jeden Tag sehe ich das Zechenhaus, in dem er wohnte. Zum Einzug schenkt mir Tante Helga eine blassblaue Gardine und eine ganze Kleiderstange bunter Hawaiihemden, die ihr Mann nicht mehr trägt. Kristof hilft beim Renovieren, wer auch sonst. Den Plan, in meiner Einzimmerwohnung nicht zu rauchen, gebe ich schon nach ein paar Stunden auf. Für meinen ersten Abend allein kaufe ich mir ein Festmahl. Eine Packung Kroketten, dazu zwei marinierte und abgepackte Schweinenackensteaks, die ich mir in der gebraucht gekauften Küche brate. In einem Kaufhaus in der Bochumer Innenstadt entdecke ich einen wegen einiger Flecken deutlich reduzierten Panamahut und schlage zu. So laufe ich durch die Stadt und durch die Universität, an der ich nun studiere: Mit viel zu großen Hawaiihemden und schmuddeliger Kopfbedeckung. Ich renne ins Theater und zu Konzerten. Ich schreibe freundlich-moderate Briefe an Kommilitoninnen, schlage ein Kaffeetrinken vor und bekomme ebenso freundlich-moderate Absagen. Bei meinem ersten Friseurbesuch in der Großstadt lasse ich mir die Haare fast komplett abschneiden. Wochenlang schimmert meine Kopfhaut sichtbar durch den Maschinenschnitt. Es ist nicht so, dass mir die Frisur gefällt. Aber es muss sich lohnen, Geld für den Friseur auszugeben. Ein Mal hole ich meine Mutter für eine Nacht zu mir und schleppe sie mit ins Theater. Warten auf Godot mit Harald Schmidt. Es ist eine Sensation für uns, jemanden so nah auf der Bühne zu sehen, den wir sonst nur aus dem Fernsehen kennen.

Nach nicht mal einem Jahr will ich weiterziehen. Mit allen Mitteln weg. Bestenfalls nach oben, wo auch immer das sein mag. Ich bekomme einen Platz an der Leipziger Schreibschule und bin mir ab diesem Augenblick sicher, dass das der weiße Bademantel sein muss, dessen Vorstellung mich seit jeher begleitet. Beinahe ziehe ich damals zu einem Nazi in ein umgebautes Kellerbüro. Er bietet eins der beiden Zimmer für viel zu viel Geld an. Allein die Tatsache, dass er mir die Gelegenheit gibt, dort zu wohnen, dass er sagt: Du kannst sogar heute schon einziehen, schaltet bei mir alle natürlichen Abwehrreflexe aus. Ich sage ihm mündlich zu, unterschreibe aber noch nichts, glücklicherweise. Letztlich lande ich in einer teilsanierten Bude mit Außentoilette und Dusche in der Küche. So billig, dass das restliche Geld täglich für Zigaretten, zwei Döner und drei Bananen reicht. Wofür es damals nicht reicht: einen neuen Drucker und ein neues Bett. Aber selbst diese Probleme lassen sich neuerdings lösen, ich fühle mich erwachsen genug, um das Versandhaus zu kontaktieren, für das meine Mutter jahrzehntelang genäht hat. Keine Frage, dass sie dem Sohn ihrer ehemaligen Sammelbestellerin großzügige Ratenzahlung gewähren. Hätte ich das vorher gewusst, denke ich nach Abschluss meiner Bestellung, dann hätte ich mir noch mehr ausgesucht.

Bekomme ich Geld in die Finger, dann gebe ich es gleich wieder aus: für mein erstes gebrauchtes Notebook, für einen fünffach reduzierten, dunkelorangenen Cordmantel, der wohl das geschmackloseste Kleidungsstück des gesamten Kaufhauses darstellt. Ich trage ihn stolz auf den Partys unseres Instituts, wo man sachte mit Weißweingläsern anstößt und sich in gedämpfter Lautstärke über den zu Schulzeiten in der Freizeit gelesenen Kanon der Weltliteratur zu unterhalten weiß. Mein Gott, wie sehr gehöre ich dort nicht hin.

Ausgerechnet am Nikolaustag verliere ich meine gut bezahlte Arbeit. Anders, ich gebe sie freiwillig wieder her. Wir telefonieren damals in einem kleinen Ort im Westfälischen und ich rufe einen Mann Anfang sechzig an. Herr Keun. Eigentlich schon zu alt, aber so gerade noch an der Grenze. Bei meinen ersten Sätzen legt er noch die übliche Skepsis an den Tag, worum geht es denn, wieso rufen Sie ausgerechnet mich da an, aber dann hört er von sagenhaften 2000 bis 3000 Euro, das will ich ihm doch eigentlich erst *persönlich* verraten, die er durch mich an Steuern sparen wird. Aber bei uns, sagt Herr Keun mit etwas heiserer Stimme, ist doch nichts zu holen. Das kann man so nicht sagen, sage ich. Da können wir schon noch was machen. Und dann fängt er mit mir am Ohr ungefragt an, in seinen Unterlagen zu kramen, er schlurft ins Wohnzimmer, ich höre das Aufklappen von Aktenordnern, er liest aus seinen Lohnbescheinigungen vor und fragt unentwegt, ob es da *wirklich* Mittel und Wege gäbe. Zum ersten Mal kehrt sich die Situation um: Herr Keun wirbt um mich. Lobt den starken Kaffee, den seine Frau kochen wird. Bietet an, mich an einer Kreuzung im Ort abzuholen, falls ich ihn nicht auf Anhieb finde, es ist ein bisschen schwierig mit den ganzen Baustellen bei uns. Am Ende habe ich den Termin in der Tasche und er verabschiedet sich euphorisch. Selbst Schuld, sagt mein Kollege, der neben mir telefoniert, wer so verarscht werden will, den muss man verarschen. Mir hingegen ist schlecht. Ich wollte weg, ich wollte nach oben. Bis zu diesem Tag im Winter in einem schicken Leipziger Altbau, an dem ich mich wie ein Verräter fühle. Die alte Version meiner Mutter, fällt mir ein, während ich den Weg durch die eiskalte Stadt nach Hause trotte, hätte ich damit nicht gekriegt. Zu misstrauisch und zu schwerhörig wäre sie gewesen, um auf meine Manipulationen hereinzufallen. Meinen Vater hingegen, und das trifft mich, hätte ich so und zwar genau so auch um den Finger gewickelt. Die späte Chance im Leben witternd, alles dafür gebend.

Am Abend liege ich meinem Versandhauskatalogbett und habe schlimmes Heimweh. Ich fange an zu heulen, weil ich mir meinen Vater in seinem unmodischen und etwas zu engen weinroten Nicki-Pullover vorstelle. Wie er sich rasiert und kämmt, weil er weiß, dass gleich der Vertreter klingelt mit dem Geld. Wie er all seine Unterlagen schon sortiert auf den Küchentisch legt, um alles griffbereit zu haben. Wie er sich verarschen lässt, weil er verarscht werden will. Es ist wie ein Aufwachen aus dem Rausch mit Panamahut und Cordmantel. Ich denke an meine Besuche in den Jahren der Abwesenheit. Wie froh ich bin, wenn ich meine Eltern und Lisbeth wiedersehe. Wie ich aufatme, wenn ich wegfahren kann von alledem. Es geht vor die Hunde.

Am nächsten Morgen stehe ich bei einer Chefin auf der Matte. Traue mich nicht, ihr die Wahrheit zu sagen, spreche von unaufschiebbaren Familiensachen, weswegen ich nicht mehr arbeiten kann. Nein, auch später nicht mehr. Merke ihr die Enttäuschung an, weil keiner so viele Termine gemacht hat wie ich in den letzten Monaten. Als ich meine wenigen Dinge, ein paar Stifte und Notizbücher, von meinem Schreibtisch in die Tasche stecken will, entdecke ich die Notiz des Kollegen auf meinem Platz und muss lächeln: Herr Keun hat angerufen und den Termin abgesagt.

Einmal komme ich vor Weihnachten nach Hause zurück, und mein Vater redet einfach nicht mit mir. Er hängt die frisch gewaschenen Gardinen auf, als ich die Tür öffne, und obwohl wir uns zwei Monate nicht gesehen haben, dreht er sich nicht mal um. Hol den Staubsauger, du machst das Wohnzimmer. Können wir uns nicht normal begrüßen, frage ich ihn. Red kein dummes Zeug, sagt er genervt. Abends in der Küche ist er nach ein paar Schnäpsen nicht mehr ganz so bitter. Ich kann nicht mehr, sagt er mir zum ersten Mal ins Gesicht. Und dann beschreibt er seine Kopfschmerzen, seine Rückenschmerzen, seine Knieschmerzen, seine Bauchschmerzen. Du könntest Hilfe kriegen, sage ich, eine Haushaltskraft, eine Pflegerin. Ich will hier kein fremdes Volk in der Bude haben, sagt er. So weit kommt das noch.

Einmal bin ich wieder da, und mein Vater ist aufgebracht, wie ich ihn selten erlebt habe. Beim Waldspaziergang hat er was gefunden. Wolfslosung, sagt er. Was soll das sein? Scheiße vom Wolf. Mit Knochen drin. Das ist kein gutes Zeichen. Die tun doch keinem was, sage ich. Was weißt du, was die tun und nicht tun, sagt er. Wenn die Wölfe so nah sind, ist das kein gutes Zeichen, das war früher schon so. Am nächsten Tag nimmt er mich sogar mit in den Wald. Aber wir können die Spuren des Tiers nicht mehr finden.

Einmal ist seine Wange ballonartig dick angeschwollen. Er geht nicht zum Arzt damit, obwohl er sogar schlecht Luft bekommt. Ich sage ihm, woran es liegt, aber er glaubt es mir nicht: Du musst die Früchte waschen, du isst sonst die ganze Zeit Gift, sage ich. Blödsinn, sagt er, und kauft weiter das billige und gespritzte Obst im Supermarkt für seine Abende vor dem Fernseher. Er wäscht es nicht ab, reißt die Packung auf und isst einen Pfirsich nach dem anderen.

Einmal riecht es streng nach meiner Heimkehr, meinem Vater, der so penibel auf Sauberkeit achtet, läuft der Haushalt aus dem Ruder. Ich räume hinter seinem Rücken verschimmelte Essensreste aus dem Kühlschrank, entsorge vergammelte Apfelsinen und gieße halbleere Bierflaschen in die Spüle. Nichts dazu sagen, ihn einfach lassen.

Einmal hat er doch noch kleine Pläne. Das Haus streichen. In den Urlaub fahren. Das Dach der Gartenhütte neu teeren. Aber wann? Aber für wen? Aber wie? Aber warum?

Einmal packt er plötzlich eine alte Geschichte nach der anderen aus, erzählt seine Anekdoten aus Schmiede und Bergwerk und spricht wehmütig von seinen Eltern, von seinen Urlauben mit meiner Mutter, als sie beide jung waren, von den ersten Wochen mit den neugeborenen Kindern. Dann kommt er auf seinen Vater zu sprechen. Der hat mir gesagt, sagt mein Vater, ich hab den Krepps im Balch. Und ein halbes Jahr später war er tot wegen dem Krepps im Balch. Und was soll das heißen, frage ich. Ich hab auch den Krepps im Balch, sagt mein Vater. Dann geh zum Arzt, sage ich. Brauche ich nicht, sagt er, ich weiß es sowieso.

Einmal bringt er mich mit dem Auto zurück zum Bahnhof. Vielleicht besuchen Mama und ich dich ja doch mal in Leipzig, sagt er. Ich nicke und freue mich, weil ich mir das jahrelang gewünscht habe. Ich nicke und schlucke, weil ich weiß, dass es dafür längst zu spät ist. Normalerweise lässt er mich am Plettenberger Bahnhof nur raus und fährt weiter. Diesmal stellt er das Auto ab und geht mit auf den Bahnsteig, steckt sich noch eine Zigarette an und wartet mit mir. Als der Regionalexpress nach Hagen einfährt, steht er unbeholfen da, macht einen Schritt auf mich zu und umarmt mich lang und fest. Seit ich kein Kind mehr bin, hat er mich nicht mehr umarmt. Der Händedruck: das Höchste der Gefühle. Im Zug fange ich an zu weinen. Das Ende naht. Es wird bald keine Einmals mehr geben. Ich weiß es, als wir in den ersten Tunnel einfahren und es dunkel wird auf dem langen Weg in meine Fremde.

An einem Wintertag des Jahres 1866 bricht der junge Seemann Tjark Evers auf, um seine Familie zu überraschen. Es ist der Tag vor Heiligabend. Die Bootsleute sind erfahren. Aber über der Nordsee hängt ein schier undurchdringlicher Nebel. Trotzdem schaffen sie es bis an den Strand von Baltrum. Tjark Evers steigt aus dem Boot, die überraschten Gesichter von Mutter und Vater schon vor Augen, wenn er gleich auf der Insel vor ihrer Tür steht. Nachdem das Boot außer Sichtweite ist, macht der Seemann eine furchtbare Entdeckung: Das ist nicht der Strand seiner Heimatinsel. Sie haben ihn versehentlich auf einer Sandbank aussteigen lassen, die mit der ansteigenden Flut im Meer versinken wird. Evers weiß, dass es keine Rettung gibt. Er nimmt sein Notizbuch und schreibt einen versöhnlichen Abschiedsbrief an seine Mutter. Gott tröste Dich, Dein Sohn ist nicht mehr da. Gott sei mir Sünder gnädig. Gott gebe, daß Ihr die Zeilen von meiner Hand erhaltet. Er steckt das Büchlein in die Zigarrenkiste, die er als Weihnachtsgeschenk mit nach Hause bringen wollte. Im Januar 1867 werden Kiste und Brief auf Wangerooge angespült. Tjark Evers wird nicht gefunden und bleibt im Meer. Ein Schauspieler steht vorn an der Bühne der Plettenberger Aula des Gymnasiums und erzählt die Geschichte als Prolog. Ich sitze auf dem äußersten Platz der ersten Reihe, Lisbeth im Rollstuhl neben mir. Die

Theatergemeinde veranstaltet den Abend. Und obwohl das Stück in der Lokalzeitung als melancholische Winterreise angekündigt ist: kein Platz ist mehr frei.

Wenn ich für ein paar Tage zurück nach Hause komme, klammern sie sich an mich wie Ertrinkende. Meine Mutter, mein Vater und Lisbeth. Sie erwarten, dass ich ihnen sämtliche Wünsche von den Augen ablese, Sehnsüchte stille, Erwartungen erfülle, die sie in den Monaten meiner Abwesenheit angehäuft haben. Meine Mutter will in die Eisdiele und neue Blusen und Hosen kaufen und allein am Sparkassenschalter dafür Geld abheben und auf den Wochenmarkt und endlich wieder Gabriele besuchen. Mein Vater setzt sich in die Küche und auf die Terrasse und macht Spaziergänge. Ohne schlechtes Gewissen, weil ich ja da bin. Ist er sonst länger als eine halbe Stunde weg, erzählt er mir, wird Mama nervös und gibt keine Ruhe mehr. Lisbeth ist es fast egal, was ich mit ihr unternehme: Hauptsache, sie kommt da raus. So bin ich der stets erwartete Erlöser. Und je mehr ich in diesen Tagen für sie da bin, desto schlimmer ist der Abschied. Sie müssen es in diesen Jahren gar nicht aussprechen, es liegt auf der Hand: Das Wasser steht ihnen bis zum Hals. Wie in den Stücken von Samuel Beckett. Wie sie sich reflexhaft umklammern und so nur schneller gegenseitig in den Abgrund ziehen.

Das Stück heißt *Bevor alles weg ist*. Es ist prominent besetzt. Eine Starschauspielerin aus der ehemaligen DDR und ein bekanntes männliches Fernsehgesicht in den Hauptrollen. Ein altes Ehepaar. Sie nicht mehr ganz richtig im Kopf. Er vollkommen überfordert. Man weiß anfangs nicht so recht, wohin die Geschichte führt: Er hilft ihr morgens beim Waschen, zieht sie an, packt eine kleine Reisetasche für beide. Auch alle wichtigen Unterlagen nimmt er mit: Ihre Geburtsurkunden und die Lottoscheine und ein paar nicht besonders wertvolle Bundesschatzbriefe. Er wirft das Zeug ins Auto und dann fahren sie los. Bei Ascheberg wird die Hölle los sein, sagt der alte Mann, da ist immer Stau. Aus den Augenwinkeln beobachte ich Lisbeth. Sie schaut mit ausdruckslosem Gesicht auf die Bühne. Eine Komödie hätte sie sich gewünscht, aber letztlich könnten auch zwei Stunden Stille zu sehen sein und sie wäre froh über die Abwechslung.

Der Abstieg kommt nicht von heute auf morgen und ist doch ausgemachte Sache. In den ersten Jahren nach meinem Auszug gibt es noch ein gewisses Gleichgewicht. Mein Vater hat gerade genug Kraft, um sich um Frau und Tochter zu kümmern. Meine Mutter wiederum verharrt auf dem Niveau einer tüddeligen Dame, damit lässt sich gut leben, ohne Ausreißer nach oben oder unten. Lisbeth macht allen Sorgen. Aber das hat sie immer schon getan. Mit der Zeit wird das Konstrukt ihres Zusammenlebens porös. Ich merke es von Besuch zu Besuch. Die Reihenhausmelancholie lässt sich nicht mehr zukleistern mit lauten Vorabendserien oder dem dröhnenden Schlagerradio, das sein *Schönes bleibt* immer noch zwischen schmalzigen Liedern in die Welt schreit. Die Traurigkeit wächst die Wände hoch wie Schimmel. Und bleibt doch unsichtbar. Man kann sie nicht sehen, aber man kann sie spüren.

Auch protestantische Motive helfen nicht mehr weiter. Der Tod ist hier keine Erlösung, sondern steht als Drohung im Raum.

Irgendwann erfahren wir, wohin das alte Paar im Auto auf der Bühne unterwegs ist: an die Nordsee. Das Publikum in der Aula lacht erleichtert, als es von dieser Wendung in der Handlung erfährt: Damit ist das Ende des Programms gesichert. Das kann nicht mehr schlecht ausgehen. Wir beobachten einfach zwei schrullige Eheleute dabei, wie sie sich den Wunsch erfüllen, ein letztes Mal zusammen das Meer zu sehen.

Mindestens zwei Abende während meiner Besuche daheim gehören Lisbeth und mir. Mein Vater leiht mir neuerdings das Auto, weil ich meinen verrosteten *Toyota Starlet* vor dem Umzug verkauft habe. Er traut mir zwar nicht, will aber Lisbeth nicht enttäuschen, also lässt er mich fahren. Seit meiner Kindheit bin ich geübt im Umgang mit Rollstühlen. Ich falte ihn zusammen und wuchte ihn in den Kofferraum. Ich reiche Lisbeth meinen Arm und sie stapft zur Beifahrerseite. Sie wird immer behäbiger und schwerer, weil sie an den Abenden in ihrem Zimmer vor dem Fernseher eine Schokoladentafel nach der anderen vertilgt, dazu tütenweise Weingummi. Nachmittags suchen wir im Veranstaltungskalender der Lokalzeitung nach möglichen Ausflugszielen. Ein Improvisationstheater in Iserlohn. Ein Konzert in Lüdenscheid. Manchmal gehen wir zusammen essen. Einen Auflauf im neu eröffneten Kartoffelhaus. Einen Gyrosteller im griechischen Lokal. Einen Eisbecher am Abend in einer anderen Kleinstadt. Lisbeth ist damals schon über vierzig. Aber sie schimpft über unsere Eltern wie ein Kind. Während sie isst und trinkt, erzählt sie mir von der Zukunft, die sie sich erträumt: die Wohngruppe mit Gleichgesinnten bei pflegerischer Betreuung 24/7, endlich Freunde, auf die man sich verlassen kann, aber finde die mal hier in diesem Kaff, bessere Therapien, um wieder auf die Beine zu kommen, viel mehr Abende wie diese hier mit mir. Wenn du doch nur hier wärst. Ob sie jemals Zweifel an ihren Hoffnungen hat? Ich jedenfalls zerstreue sie ihr nicht, obwohl das ein Leichtes wäre. Denn ihr Alleinsein ist hausgemacht. Lernt sie ab und zu neue Leute kennen, dann tut sie, was sie ihr Leben lang gelernt hat: fordern und nehmen. Und je schneller anfangende Freundschaften deshalb wieder enden, desto einsamer wird sie. Und je einsamer sie wird, desto lauter klagt sie. Über die Menschen, die es besser haben und die ihre Lage nicht verstehen. Ihr fehlt die Einsicht darin, dass allein sie etwas ändern könnte. Sie ist überhaupt nicht dumm, aber wirklich wie ein Kind. Und so behandele ich sie auch, ganz automatisch: Wisch dir den Mund ab. Sprich nicht so laut. Stell das Glas vernünftig hin, du schmeißt es sonst nur wieder um.

Licht und Soundkulisse wechseln. Man hört das Rauschen des Meers. Es regnet unentwegt. Das alte Paar ist ausgestiegen. Der Mann nimmt seine Frau an die Hand und sie stehen an der Nordsee, wo gerade Ebbe ist. Wir hatten es schön, oder? Oh ja, wir hatten es schön. Eigentlich das perfekte Schlussbild, irrtümlicherweise applaudiert auch schon jemand, nachdem die Darsteller mit dem Rücken zum Publikum ausharren und aufs abwesende Meer schauen. Aber das Stück ist noch nicht vorbei. Der Mann macht die ersten Schritte ins Watt hinein. Sie kichert und sagt, meine Füße werden ja ganz nass, wenn wir weitergehen. Komm, dann ziehen wir uns die Schuhe aus.

Neuerdings schlafe ich wieder in meinem alten Kinderzimmer, das zwischendurch das Pflegezimmer meiner Mutter war. Höre Lisbeths nächtliche Flüstermonologe und lasse sie klatschen und schimpfen wie früher. Kann lange nicht einschlafen und wache ständig wieder auf. Mein Vater hat aus dem Souterrainzimmer seinen Fernsehraum gemacht. Dort sitzt er und raucht und trinkt und hofft, dass weder Frau noch Tochter ihn rufen. Ruhe. Wenigstens ein paar Minuten Ruhe. Selbst wenn mein Vater mein Jugendzimmer nicht für sich okkupieren würde: Ich würde dort sowieso nicht mehr bleiben. Meine Angst hat nach dem Auszug aus dem Reihenhaus wieder Hochkonjunktur. Ich kann nicht mehr dort unten schlafen, auch nicht bei gänzlich geschlossener Jalousie, auch nicht bei mechanisch bombenfest verbarrikadierten Fenstern. Wenn ich Träume habe von daheim, in Bochum, in Leipzig, in Berlin, dann immer nur vom Einbruch in Dauerschleife. Meist ist es brüllend heiß, alle Heizungen auf höchster Stufe, immer schlafen alle im Haus schon längst und lassen sich nicht wecken. Stets bin nur ich es, der den entscheidenden Knall hört: Im Traum ist der Eindringling nur noch eine Wand von mir entfernt und mir fehlen die Mittel und Wege, um mich zu verteidigen. Dabei, denke ich im Traum, bin ich doch schon groß, verdammt.

Schauspielerin und Schauspieler, Mann und Frau, Vater und Mutter waten derweil schon durchs knietiefe Meer. Er ist die treibende Kraft. Bist du denn verrückt? Das Wasser kommt doch! Ich kann schon gar nicht mehr laufen. Na los, ich nehm dich huckepack. Und so laufen sie am Ende des Stücks in die Flut hinein, bis das Licht auf der Bühne immer schwächer wird. Es gibt donnernden Applaus für den Abend, am nächsten Tag wird die Lokalzeitung von harter Kost für einen Plettenberger Sonntag schreiben. Ich schiebe Lisbeth zurück zum Auto, helfe ihr hinein, sie wünscht sich ein *McFlurry* vom Werdohler Drive-Inn, ich stöhne ein bisschen und sage, dass ich müde bin und lieber nach Hause fahren würde. Der Blick in ihr bodenlos enttäuschtes Gesicht. Was sie gar nicht aussprechen muss: Übermorgen bist du schon wieder weg, und wir können sehen, wo wir bleiben. Komm, dann lass uns fahren. An der Kreuzung des Schulzentrums übersehe ich die gelb blinkende Ampel und fahre einfach. Beinahe werden wir von einem Sprinter gerammt. Er weicht aus und schlittert, quietschende Bremsen, der Fahrer bleibt stehen und schaltet vor Schreck die Warnblinkanlage an. Lisbeth lacht nur vor sich hin, siehst du, wir müssen doch auch mal Glück haben, und ich denke in den Jahren danach wieder und wieder an diesen Vorfall. Der Sprinter hätte Lisbeths Beifahrerseite mit voller Wucht erwischt. Ich wäre der Auslöser des Desasters gewesen, das ich doch um jeden Preis so weit wie möglich hinauszögern wollte. Und doch ist der Beinahe-Crash der Vorbote des Unglücks.

Als wir nach Hause zurückkommen, schläft meine Mutter schon, und mein Vater sitzt in der Küche und trinkt Mineralwasser. Beides ungewöhnlich: Dass er an einem Sonntag so spät noch am Küchentisch ist und dass er keinen Alkohol trinkt. Was machst du hier, frage ich und rechne mit einer bissigen Antwort. Ich hab gewartet, antwortet er. Ich bringe Lisbeth ins Bett, dann komme ich zu dir. Ist gut, sagt mein Vater. Sein Verhalten irritiert mich, ist er an den Tagen vorher doch so brüsk wie eh und je. Hat er was getrunken? Hat er von den Tabletten meiner Mutter probiert? Der wird sich schon fangen, mich wegen irgendwas anpflaumen, denke ich, während ich Lisbeth auf den Stufen nach oben helfe und mich aufrege, wie kann man nur so unsportlich sein, tu endlich was dagegen, Mensch.

Auf dem Rückweg vom Theater spricht Lisbeth nicht über die Geschichte des Stücks. Vielleicht bin ich sogar froh darüber. Stattdessen fragt sie, ob wir nicht mal zusammen an die Nordsee fahren wollen. Das würde uns doch guttun, sagt sie, dir und mir. Ich traue mich wieder nicht, ihr die Illusion zu nehmen. Die Feigheit vor ihren Tränen, die ich gerade nicht ertragen würde. Außerdem wertet sie mein Schweigen ohnehin als Zustimmung. Neulich, sagt sie, war da ein Bericht im Fernsehen, in manchen Orten gibt es jetzt extra Strandrollstühle mit so dicken Reifen, die sehen aus wie bei *Raumschiff Enterprise*. Da kann ich mich reinsetzen und du schiebst mich bis ans Wasser. Wir müssen mal sehen, sage ich, du weißt ja, wie das mit meiner Arbeit ist.

Unserem Vater geht es nicht gut. Alle wissen das. Sogar Kristof hat mich neulich extra angerufen und am Telefon gefragt, ob ich was bemerkt hätte. Die andauernde Müdigkeit. Die versiegte Angriffslust. Die ständige Heiserkeit. Wie oft er sich räuspert. Dem Vater geht es nicht gut. Das sagt sich so leicht, wenn man über andere Leute spricht. Bei meinem Vater hingegen heißt das höchste Alarmstufe. Ich kann an einer Hand abzählen, wie oft er während seines Berufslebens krankgefeiert hat. Schleppte sich mit Bronchitis hin. Holte sich verschreibungspflichtige Schmerzmittel. War nach einem Tag mit oder ohne Pillen wieder obenauf.

Mir geht es beschissen, sagt er, als ich wieder am Küchentisch sitze. Er hat mir auch ein Glas mit Mineralwasser hingestellt. Was kann man da machen? Morgen lasse ich mich untersuchen, sagt er. Beim Pahlisch, frage ich ihn. Das ist der Betriebsarzt in der Nähe der Firma, zu dem er auch als Rentner noch geht. Im Krankenhaus, sagt er. Ich bin überrascht. Er hat mir davon seit meiner Ankunft nichts erzählt. Später schreibe ich mit Kristof: Auch er weiß von nichts. Das ist ein Ding, sage ich. Und mein Vater atmet durch und stützt seinen Kopf auf die Hand. Kannst du wieder herkommen, fragt er. Wie lange, frage ich. Für eine Weile, sagt er, vorübergehend. Das klappt nicht, sage ich. Du weißt doch, wie das mit der Arbeit ist. Was frage ich dich überhaupt. Er macht ein verächtliches Geräusch, lässt die Wut aber nicht zu. Stattdessen hält er mir die Friedenspfeife hin. Zündet sich eine von seinen Zigaretten an und rollt mir eine über den Tisch.

Ich rauche sie mit ihm, obwohl mir von den Discounterzigaretten übel wird. Morgen soll gutes Wetter werden, sagt er. Vielleicht gehen wir mit der Mama an die Oester, wenn ich wieder da bin. Ja, sage ich und weiß nicht, ob mir von den Zigaretten schlecht ist oder vom Gespräch. Mein Leben lang sehne ich mich danach, dass dieser Mann endlich auf Augenhöhe mit mir redet. Und jetzt, wo er es tut, wird mir schwindlig davon.

Am nächsten Morgen ist er früh schon unterwegs. Er muss das wochenlang so geplant haben. Den Termin vereinbaren, wenn ich da bin, damit Mama nicht alleine ist. Er hat es mir einfach verschwiegen und vielleicht ist das auch richtig so. Ich helfe Lisbeth beim Einsteigen ins Taxi, das sie zur Arbeit bringt. Ich spiele die Untersuchung bei meiner Mutter runter, auch sie ist unruhig, weil sie merkt, dass da was nicht stimmt. Mir fällt meine früheste Erinnerung ein, und so klappt es auch mit diesem Vormittag: Wir gehen zur Haltestelle wie früher. Meine Mutter hat sich bei mir untergehakt, in der Hand hält sie eine Zigarette. Wir fahren mit dem Bus zu Aldi, obwohl meine Mutter meint, dass die guten Sachen sowieso schon weg sein werden. Immerhin finden wir noch ein Polohemd für meinen Vater und zwei Pullover im Partnerlook für Lisbeth und meine Mutter. Spätestens beim Sahnehörnchen in der Eisdiele hat zumindest meine Mutter die Sorgen vergessen.

Alles in Ordnung, sagt mein Vater zu meiner Mutter, als er nach Stunden endlich wieder nach Hause kommt. Müssen noch was auswerten, aber alles in Ordnung. Ist das wahr, sagt meine Mutter und fällt ihm um den Hals. Er, der nie lügt, sagt nicht die Wahrheit.

Als meine Mutter vor dem Fernseher sitzt und mein Vater das Mittagessen vorbereitet, will ich wissen, was sie wirklich gefunden haben. Ich hab einen Tumor, sagt er, und betont das Wort auf der letzten Silbe wie Humor. Ich muss ins Krankenhaus über Nacht, dann wissen sie mehr. Okay, ein bisschen länger kann ich noch bleiben, sage ich zu ihm. Und er nickt nur erschöpft. Kannst du das fertig kochen? Ich muss mich hinlegen.

In den nächsten Tagen haben mein Vater und ich ein Geheimnis. Wir sagen es weder meiner Mutter noch Lisbeth. Und selbst mein Vater weiß nicht, wie schlimm es ist. Während seiner Untersuchungen im Krankenhaus bittet mich ein Arzt zum Gespräch, während mein Vater auf den ganzen Schrecken eine Zigarette raucht. Zwar haben sie ihm da schon mitgeteilt, dass es sich um ein kleinzelliges Bronchialkarzinom handelt, Chemotherapie unausweichlich. Sie haben ihm aber aus taktischen Gründen nicht verraten, dass seine Rückenschmerzen, seine Kopfschmerzen, seine Bauchschmerzen auch damit zu tun haben: Metastasen überall. Wie lange geht das noch gut, frage ich den Arzt, obwohl ich aus meiner Zeit in der Neurochirurgie doch weiß, dass man darauf niemals Antworten bekommt. Das hängt von so vielen Faktoren ab. Eine Grundrichtung? Eventuell ein paar Monate, vielleicht ein halbes Jahr.

An einem Wintertag des Jahres 2008 bricht mein Vater auf, um seine Familie zu verlassen. Er geht nicht freiwillig, ganz und gar nicht. Fast bis zum letzten Tag glaubt er stur und stolz daran, dass alles wieder wird. Zum Glück steigt er nicht ins Auto, um mit seiner Frau an der Hand ins Wattenmeer zu laufen. Aber doch ersäuft er innerlich. Gut vier Wochen nach der Lungenkrebsdiagnose stirbt er auf der Palliativstation des Lüdenscheider Kreiskrankenhauses. Am Schluss erhöhen sie die Valiumdosis immer weiter, weil er panische Angst vor dem Ersticken hat. Schließlich steigt er ins Boot des erfahrenen Fährmanns, kramt in der Tasche seiner Jogginghose, in der er auch beerdigt wird, nach einem bisschen Klimpergeld als Wegezoll und steckt sich für die Überfahrt ans andere Ufer seine allerletzte Zigarette an.

Meine Mutter näht nicht mehr. Sie hat einfach den Faden verloren. Dabei will ich sie doch eigentlich nur aufmuntern an dem Tag, als mein Vater im Sterben liegt. Kristof und ich besuchen ihn ein letztes Mal im Krankenhaus, da hat er schon das Einzelzimmer. Sein Gesicht ist so fremd, wie ich es später nur bei meiner Mama nochmals sehen werde: Er ist weggetreten von den starken Beruhigungsmitteln, der Mund steht etwas offen, wie im medizinischen Lehrbuch rasselt seine Lunge bei jedem Atemzug. Seine Finger sind ein wenig kalt und seine Zehen bestimmt auch, aber das prüfen wir nicht nach. Meine Mutter lassen wir daheim und überraschen sie mit einem *Happy Meal* von McDonalds. Wie geht es dem Papa, fragt sie. Es geht so, sage ich, und sie lenkt sich mit dem Spielzeug ab. Ein Plastikpinguin zum Aufziehen, er tapst über den Tisch, und meine Mutter freut sich jedesmal, wenn er über die Kante hinaus ist und zu Boden fällt. Was soll nur aus mir werden, fragt Lisbeth an diesem Abend, als wir allein in ihrem Zimmer sind. Das kriegen wir schon alles wieder hin, sage ich. Dann gehe ich zu meiner Mutter und zeige ihr eine alte Jacke von mir: Siehst du, der Reißverschluss, ich kriege sie nicht mehr zu. Mit versiertem Blick prüft meine Mutter den Mechanismus. Da ist nichts mehr zu machen, den müssen wir ganz tauschen, ich hab doch noch genug Reißverschlüsse, komm, das machen wir sofort. Sie humpelt mit mir zur Kellertreppe, geht nach unten, entfernt die Abdeckung ihrer Nähmaschine und pustet den Staub der letzten Jahre fort. Dann wühlt sie geschäftig in ihren Kisten und Kästchen und findet einen passenden Reißverschluss. Das Raustrennen gelingt ihr noch mühelos. Aber schon das Einfädeln des Garns in die Nähmaschine macht ihr Schwierigkeiten. Sie schafft es nicht. Zusammengesunken sitzt sie da und schimpft auf die Maschine. Die stand zu lange rum, sage ich, wir kaufen dir einfach eine neue. Nichts kann ich mehr, sagt sie, gar nichts. Du bist doch auch schon in Rente, sage ich. Sie bleibt niedergeschlagen. Das darfst du keinem erzählen, dass ich das nicht mehr kann. Ich helfe ihr die Treppe hoch, gieße ihr ein frisches Glas Cola ein und suche eine DVD raus mit einem Film, den wir zusammen anschauen können. *Stirb langsam* geht immer. In der Nacht ruft das Krankenhaus an und Kristof und ich fahren hin. Wir räumen seine Kleidungsstücke aus dem Schrank und stopfen die Reisetasche achtlos voll mit den Gegenständen, die keiner mehr braucht. Die Gardine weht im Wind des offenen Fensters. Die Seele des Toten entweicht in die Nacht, sagt man, dabei ist es einfach nur November und stürmisch. Am nächsten Morgen verabreden Kristof und ich uns nach ein paar Stunden Schlaf vor dem Reihenhaus und stehen hilflos da. Wir gehen rein und haben schon verloren. Wir müssen keine Worte machen. Die Mutter lässt die Kochutensilien fallen, als sie uns sieht. Sie bricht an Kristofs Schulter zusammen, ich ertrage das Wehklagen nicht und gehe zu Lisbeth, um ihr die Nachricht zu überbringen. Das kriegen wir alles wieder hin, sage ich zu ihr, und sie meint, jetzt habe er wenigstens keine Schmerzen mehr. Meine Mutter denkt schon bald nicht mehr an die verlorenen Fäden. Nur manchmal kommt ihr in den nächsten Jahren noch in den Sinn, die Nähmaschine einfach zu verkaufen und von dem Geld einen schönen Urlaub mit mir zu machen.

Da kommen wir her. Da haben wir gelebt. Aus der Kleinstadt, aus dem Reihenhaus. Da bleiben wir noch. Eine Weile jedenfalls. Mama, Papa, zwei Töchter, zwei Söhne: Auf dem Beistelltisch am Sessel meiner Mutter sind die gerahmten Fotos um den Aschenbecher herum drapiert. An Geburtstagen gibt es Torte. An Weihnachten Gänsekeule. Zwischendurch Eisbecher mit Sahne. Das ist doch ihr gutes Recht.

Das ist mein Häuschen, sagt meine Mutter und steckt sich eine Zigarette an, hier kriegt mich keiner raus, hier kann ich machen, was ich will. Nach dem Tod meines Vaters erfinden Lisbeth und meine Mutter ihre Version des Schicksals füreinander, das sie durch den Alltag trägt. Ich kann nicht ausziehen, weil ich mich um Mama kümmern muss, sagt Lisbeth. Ich kann das Haus nicht verkaufen, weil ich für meine Lisbeth da bin, sagt meine Mutter. Und so hangeln sie sich von Tag zu Tag. Die Pflegerinnen und Pfleger haben den Schlüssel. Morgens kommen sie erstmals ins Haus, helfen im Badezimmer, schneiden Fingernägel und hören zu. Spät am Abend verabreichen sie die Tabletten zur Nacht und hören wieder zu, bevor sie die Haustür hinter sich abschließen. Kristof kommt täglich vorbei und bringt Zigaretten und Aufschnitt und Brot. Ansonsten bleibt die Küche kalt. Das Essen auf Rädern funktioniert zuverlässig. Meine Mutter vergisst Wochentage und Jahreszeiten, nicht aber meine Besuche. Ihre Inseln des Glücks. Wir halten den Lauf der Dinge an bei einer Tasse Kaffee, beim Shopping im Modepark, beim Rubbellos aus dem Lottoladen. Wir gewinnen nichts. Das wäre auch zu viel verlangt. Wir hatten es schön. Wir werden es schön haben.

Als alles leer ist, rief Kristof mich an: Kannst du mit mir die Sachen durchgucken? Er sieht hundemüde aus, als ich ihn besuche. Der Keller seines Hauses: voller Umzugskisten. Das nach Qualm stinkende Destillat der Familiengeschichte. An den Wochenenden hat Kristof jedes Stück mindestens ein Mal selbst in der Hand, bevor es im Container landet. Zwanzig Kartons zum Aufbewahren müssen reichen. Die Rechnung ist einfach: Für das Mittelreihenhaus mit Sanierungsstau bekommen wir genug Geld für ein paar Jahre im Altersheim. Danach muss das Amt die Kosten übernehmen. Aber wir kennen die mittlere Verweildauer in Pflegeeinrichtungen. Und wir haben nie eine Statistik über Gebühr strapaziert.

Wir wühlen uns durch Unterlagen wie durch Gesteinsschichten eines Bergwerks. Lohnabrechnungen, Kontoauszüge mit viel Soll und wenig Haben, Ratenvereinbarungen, Versicherungspolicen, viel zu teuer abgeschlossen. Viele Fototaschen, Ebbe und Flut, unsortiert aus etlichen Jahrzehnten. Drei Bilder nehme ich mit. Foto eins: Meine Mutter, mein Vater und ich während einer Hafenrundfahrt, ich trage eine Kapitänsmütze und lache mit offenem

Mund, gerade habe ich mein Schiffsdiplom erworben, halte das abgegriffene Steuerrad fest für eine Minute, bis das nächste Kind an der Reihe ist. Foto zwei: Meine Mutter bindet mir, damals noch ganz dünn, ein Handtuch um, sie selbst trägt einen aus der Zeit gefallenen blauen Badeanzug, mein Vater schaut sich die Szene amüsiert an: Strandglück. Foto drei: Meine Mutter, mein Vater und Lisbeth tragen die Funktionsjacken aus dem Aldi-Sonderverkauf, es regnet und stürmt. Meine Mutter schiebt Lisbeth im Rollstuhl, mein Vater geht voran und will irgendwie noch aus dem Bild, aber da ist es schon zu spät. Ein Fußweg irgendwo am Deich, im Hintergrund grasen schwarzweiße Kühe hinter dem Stacheldrahtzaun.

Das ist mein Häuschen, sagt meine Mutter, hier gehe ich nicht weg. Und dann muss sie doch. Im Winter 2017 hat Lisbeth Brustkrebs. Sie operieren und bestrahlen und vor Heiligabend ist sie wieder daheim. Der Pflegedienst kommt am ersten Weihnachtstag und badet sie und gibt die Tabletten und hört zu und und misst Fieber. Zu hoch, um es so zu lassen. Ich habe meiner Mutter gerade die Reste der Gans mit Rotkohl und Knödeln vom Vorabend serviert, da rufen wir den Krankenwagen. Und dann ist der Punkt erreicht, an dem es kein Zurück mehr gibt. Ohne Lisbeth keine Mutter. Ohne Mutter keine Lisbeth. Nicht mehr in diesem Haus, nicht mehr jetzt. Zwischen den Jahren organisieren Kristof und ich Plätze im Seniorenzentrum. Wir haben Glück und umgehen ellenlange Wartelisten. Diesmal gehören wir zu denen da oben, zwei Zimmer werden fast zeitgleich frei. Die Jahreszeit spielt uns in die Karten. Um Silvester herum ist das Kondolenzbuch der Einrichtung besonders gefragt.

Meine Mutter lebt sich schnell ein. Behandelt die deutlich desorientierteren Bewohnerinnen großzügig wie ihre Kinder. Liest ihnen aus der Zeitung vor. Schneidet ihnen die Brote klein. Verkauft ihnen Zigaretten für ein paar Cent. Setzt durch, dass allein sie in ihrem Zimmer rauchen darf und man ihr den Aschenbecher lässt, weil sonst der Mülleimer brennt. Mit ihrem Einzug ist sie sofort die unumstrittene Königin ihres Wohnbereichs. Ob sie insgeheim ahnt, was Sache ist? Offiziell jedenfalls gibt sie sich ahnungslos.

Antwortet auch nach vielen Monaten jedem, der sie fragt: Ich bin seit zwei Wochen hier. Und ich gehe bald wieder zurück in mein schönes Häuschen. Wenn Kristof und ich bei unseren Besuchen das heikle Thema ansprechen, dann tut sie einfach so, als hätte sie uns nicht verstanden: die Gnade der Schwerhörigkeit.

Lisbeth hingegen schaut die meiste Zeit nur noch Fernsehen und drückt auf ihrem Mobiltelefon herum. Ihr innerer Monolog ist da schon längst verstummt. Seit dem Verschwinden meines Vaters haben die Beschwörungen und Verwünschungen aufgehört. Sie kämpft nicht mehr. Irgendwann kommen dann die fixen Ideen. Sie öffnet eine Spamnachricht auf ihrem Telefon und liest. Ihr Bitcoin-Kontostand beträgt: 252.000 Euro. Bitte verifizieren Sie Ihr Konto, um Ihr Vermögen freizugeben. Jetzt sind wir reich. Jetzt wird doch noch alles gut. Sie lässt sich nicht vom Gegenteil überzeugen. Entwickelt wüste Verschwörungstheorien von korrupten Pflegediensten und falschen Freundinnen, die ihr an die Kohle wollen. Traut irgendwann allein noch Kristof und mir und wird nicht müde, uns zu sagen: Wir müssen bald alle nie wieder arbeiten, wenn ich erst an mein Bitcoingeld komme. Wartet es nur ab. Irgendwann ruft sie mich aufgelöst an. Während des therapeutischen Badens räumt eine Pflegekraft ihr Zimmer auf. Entsorgt die Süßigkeitenverpackungen, die sich auf dem Tisch stapeln, wirft die bekleckerten Tageszeitungen von Wochen und Monaten weg. Lisbeth ist fassungslos. Sie haben in meinen Sachen gewühlt, sagt sie. Sie haben einfach hinter meinem Rücken alles weggeschmissen. Das ist doch mein Zimmer. Ich beruhige sie, stelle einen Besuch von mir in Aussicht, wenn die Pandemie endlich vorbei ist, das kriegen wir hin, sage ich zu ihr, bevor wir auflegen.

Ich bin einsam, schreibt mir Lisbeth. Ich schicke allen Leuten aus dem Telefonbuch eine Nachricht und niemand antwortet mir. Sie meldet sich auch, wenn Kristof ihr Schokolade und Weingummi mitbringt. Sie berichtet von Altenpflegerinnen, die sie angeblich zu mehr Tempo antreiben und grob behandeln. Sie teilt mit mir ihre kleinen Fantasien. Wie es wäre, mit einem großen Eisbecher in der Stadt zu sitzen und direkt danach eine Pizza zu essen. Und fast jeden Tag fragt sie, wie es mir geht. Jedes Telefonat beginnt gleich. Wie geht es dir, frage ich. Der ganz normale Wahnsinn, antwortet sie. Und dann klagt sie über ihr Alleinsein und ihre Stimme bricht. Sie kommt nicht auf die Idee, dass es mit ihr zu tun haben könnte, wenn alle Anbahnungen von Freundschaft stets enden, weil sie Bekannte für ihre Zwecke instrumentalisiert, weil sie sich bedienen lässt, weil sie Ansprüche stellt wie an ihr persönliches Pflegepersonal. Sie bemerkt nicht, dass alle neuen Leute um sie herum nach einer kurzen Phase des Mitleids erst genervt von ihr sind und schließlich wütend werden. Das passiert nicht von heute auf morgen. Lisbeths Verfall verschärft sich mit jedem Verlust. Erst Mama, dann Papa – und wo bleibt sie? Hätte ich mehr tun müssen, um den Niedergang zu verhindern? Aber was? Und hätte man das, was im Nachhinein nach manifester Depression eines ohnehin schon fragilen Charakters klingt, irgendwie lindern können? Nur wie? Als sie gerade fünfzig Jahre alt geworden ist, verlässt Lisbeth ihr Zimmer nur noch fürs Mittagessen, wo sie mit ihren dementen und alten Mitbewohnerinnen am Tisch sitzt und sich mit einem Lätzchen um den Hals die versalzenen Altersheimspeisen Löffel für Löffel reinschaufelt. Damals weiß ich, dass es vorbei ist. Spätestens, als ich sie bei meinen Besuchen nicht mal mehr dazu animieren kann, mit mir in die Cafeteria des Seniorenzentrums zu kommen. Ihr sei der Alltag zu anstrengend geworden, erklärt sie mir. Deshalb habe sie beschlossen, ihr Leben in Bett-Tage und Rollstuhl-Tage einzuteilen. An Bett-Tagen, so sagt sie, bleibe sie entsprechend von morgens bis abends grundsätzlich liegen. Und ausgerechnet am Tag meines Besuchs sei nun mal ein Bett-Tag. Da hätten wir wohl Pech gehabt.

Fast elf Jahre nach meinem Vater beerdigen wir meine Mutter und anderthalb Jahre später Lisbeth. Am Tag nach ihrem Tod habe ich einen Kloß im Hals. Vor der Fahrt zum Termin mit Kristof und dem Bestatter gehe ich in eine Apotheke und mache sicherheitshalber einen Coronatest. Positiv. Ein paar Stunden später habe ich Husten und Fieber. Ich bin in Quarantäne, sage ich zu Kristof am Telefon. Das hast du dir ja wieder schön zurechtgelegt, sagt er und lacht. Dafür telefonierst du aber mit dem Pfarrer. Du kannst besser quatschen als ich. Jener Pfarrer ist ein erfahrener Prediger kurz vor dem Ruhestand. Ab und zu macht er Beerdigungen in den Nachbarstädten on top, wenn sich niemand sonst findet. Ich schreibe ihm, dass ich an Covid erkrankt bin, dass wir das Trauergespräch also am Telefon führen müssen. Am nächsten Abend rufe ich ihn an. Ich höre den Fernseher im Hintergrund. Ich will seine Zeit nicht über Gebühr strapazieren, er braucht ein paar harte Fakten und weiche Details, ein bisschen was über Lisbeth habe ich vorbereitet. Aber dann sagt er zum Einstieg: Jetzt erzählen Sie zuerst mal in aller Ruhe, wie es Ihnen gerade geht. Und ich: die ganze Geschichte? Er: Wenn Sie wollen. Ich habe nichts vor. Na gut, sage ich, und fange an. Von Lisbeth. Von der Scham, die ich bis heute habe dafür, dass ich mich für sie jahrelang schämte. Von der Unmöglichkeit, etwas an der Misere zu ändern.

Von der Unausweichlichkeit dieses Endes. Ich berichte ihm von ihren Reisen und von ihrem kleinen Glück und von ihrer großen Einsamkeit. Er unterbricht mich kaum, ich höre es rascheln und er trinkt und murmelt zustimmend, mit Sicherheit, denke ich, macht er sich Notizen. Weil er zugleich keine Anstalten macht, mich zu bremsen, rede ich jetzt ohne Punkt und Komma. Von Schuld und Schulden. Von Arbeitern und Bombennächten und adoptierten und verschwundenen Schwestern, vom Untergang auf halber Strecke, von Reihenhäusern mit Aussicht auf Mittelgebirge ohne Aussicht auf Tilgung, von ersten Reisen und letzten Spaziergängen mit meiner Mutter an der Talsperre und wie sie sich dabei an die Nordsee erinnert und ihren Kopf an meine Hand schmiegt, von Reichtum, auf den wir ein Leben lang warteten und der vielleicht gar nicht kommen musste. Der Pfarrer ist ein guter Protestant, das merkt man gleich, zwischendurch nimmt er einen kräftigen Schluck, isst sein Butterbrot, stellt den Fernseher leiser. Als ich ihm alles Wesentliche gesagt habe, ist mehr als eine Stunde vergangen. Jetzt wissen Sie, sage ich, wie es mir geht. Ich glaube, sagt er, daraus lässt sich was machen für eine schöne Trauerrede. Aber eins haben Sie mir nicht verraten, danach hatte ich doch eigentlich nur fragen wollen: Wie geht es Ihnen denn jetzt, sie sind doch krank, sind sie schon wieder gesund?

Epilog

Wir sind an der Nordsee. Wir sind zusammen. Wir haben die beste Zeit erwischt. Vom Balkon aus können wir dem Straßenfest zusehen. Die *Alfons Pieterslaan* ist für den Autoverkehr gesperrt. Wir sind gerade erst angekommen und müde von der langen Zugfahrt, aber Findus hält es nicht aus. Wir gehen auf die Straße und er rennt von Stand zu Stand, stürmt die Hüpfburg, isst Zuckerwatte, fährt Karussell, will endlich zum Wasser. Wir erfüllen ihm den Wunsch, denn deshalb sind wir ja hier: weil auch wir immerzu ans Meer wollen. Wir wohnen ein Stück entfernt von der Strandpromenade, hinter dem Maria Hendrikapark, wo im Winter der Weihnachtsmarkt aufgebaut ist. Wir brauchen keinen Blick aufs Wasser, stellen wir beim ersten Aufwachen fest: Mit dem aufkommenden Licht des Tages holen die Möwen uns sowieso ab. Sie kreischen uns wach. Nach ein paar Tagen entdeckt Findus vom Schlafzimmerfenster aus den Grund für die Aufregung. Auf den Garagen des Hinterhofs lernen die Möwenbabys gerade fliegen und es ist ein Getöse, solange die Sonne scheint.

Warum eigentlich Oostende, hatte Katja mich gefragt, als ich den Vorschlag für den Urlaub gemacht hatte. Und ich hatte ihr erzählt, was Kristof und ich nach Lisbeths Tod beim Ausmisten der allerletzten Kartons gefunden hatten: diese Postkarten aus dem Jahr 1970, ein paar Wochen vor Lisbeths Adoption. Meine Mutter hatte sie an ihre Schwester und an ihre Mutter adressiert, versehen mit ein paar Worten: So weit sind wir noch nie weggekommen. Die Sonne scheint den ganzen Tag. Wenn wir wieder da sind, dann erkennt Ihr uns gar nicht mehr wieder. Meine Eltern waren tatsächlich hier gewesen, in Oostende. Ich kann mir lebhaft vorstellen, wie sie es damals fanden: Mein Vater wird es gehasst haben wegen der fremden Sprache und wegen der für seinen Geschmack viel zu großen Stadt. Meine Mutter wiederum wird es genossen haben: das mondäne Gefühl der für sie sonst unerreichbaren Fremde. Wahrscheinlich waren sie nur kurz hier, zwei Tage hin, zwei Tage bleiben, zwei Tage zurück. Es wunderte mich, dass sie die Reise uns gegenüber nie erwähnt hatten; mein Vater hatte höchstens mal von Brüssel erzählt und dem unerträglichen Gesöff bei den Belgiern. Vielleicht war die Erinnerung an diese einzige weite Reise als Paar mit der Ankunft von Lisbeth verblasst. Zu spät, um noch danach zu fragen.

Katja hatte zwischendurch gezweifelt, ob wir die lange Reise überhaupt schaffen. Ihre Arbeit vor den Ferien war stressig. Kein Wunder, dass ihr dauernd schwindlig war in den letzten Wochen. Aber jetzt sind wir hier. Die Tage vergehen viel zu schnell, und wir bekommen nicht genug, lecken uns das Salz von den Lippen. Da hinten ist das Meer und es geht nicht weg. Wir spielen mit Findus Minigolf und schleppen ihn ins Kindercasino, wo er stundenlang vor den leuchtenden Automaten steht und ein Boule-Set gewinnt, das wir am Sandstrand ausprobieren. Wir lassen ihn ein paar Schritte in die Nordsee laufen und lachen jedesmal, wenn er kreischend vor den kleinen Wellen flieht. Wir streiten uns nicht mehr. Sowieso nicht am Meer. Vor den Aushängen der Immobilienmakler bleiben wir stehen. Eine renovierungsbedürftige Parterrewohnung im Nachbarort für 99 000 Euro, angeblich nicht mal fünf Minuten vom Strand entfernt, unklar, ob mit dem Auto oder zu Fuß. Zehn Prozent davon würde ich schon irgendwie zusammenkratzen, sage ich. Und das reicht schon für einen Lachanfall von uns beiden.

Vor unserer Reise war ich für zwei Nächte allein nach Plettenberg gefahren. Für Kristofs Rückkehr aus Amerika. An einem Vormittag machte ich mich auf den Weg zum Friedhof. Außer zu den Beerdigungen war ich nie am Familiengrab gewesen. Zuerst suchte ich aber nach anderen Grabstellen, doch war im Grunde zwecklos. An Allerheiligen hatte mein Vater mich jedes Jahr mitgenommen. Und immer murmelte er ein paar Worte zum Abschied, mach's gut, bis nächstes Jahr. Ich kannte noch in etwa die Position des Grabs und ging hin: Direkt neben der damals noch grünen Wiese mit Platz für weitere Verstorbene hatte sich die kleine Grabeinfassung befunden. Dort hatten meine Eltern Uta begraben. Heute war die Ruhestätte längst aufgelassen. Ich schlenderte also den kleinen Kiesweg entlang und der Wind pfiff durch die Baumkronen. Unser Familiengrab würde noch die nächsten zwanzig Jahre überdauern bis zur Auflösung. Ich stand vor dem Grabstein meiner Eltern und dem kleinen steinernen Herzen für Lisbeth, das Kristof für sie ausgesucht und bestellt hatte. Ich blieb ein paar Minuten da und hörte dem Rauschen der Blätter zu, wusste nichts weiter zu sagen außer: Hallo. Und: Macht's gut, bis nächstes Jahr.

Wir haben das Glück im Rücken. An diesen Satz meines Vaters muss ich während der Tage in Oostende oft denken. Wie er im Auto saß und rauchte und ich auf der Rückbank husten musste, viel zu aufgeregt, um mich zu beschweren. Einerseits, weil wir unterwegs waren an die Nordsee. Andererseits, weil ich um seine Reisekasse wusste und wie wir die dreihundertfünfzig Mark verprassen würden.

An unserem vorletzten Morgen ist es noch fast dunkel, und ich kann nicht mehr schlafen. Ich gehe spazieren und bringe Brötchen mit, flüstere ich Katja zu, die sich schlaftrunken an Findus schmiegt. Ich gehe die menschenleere Strandpromenade entlang bis zur Mole. Setze mich auf eine Bank und warte auf das kommende Licht. Eine Robbe liegt am verwaisten Sandstrand und wartet mit mir. Als ich zurück in unsere Ferienwohnung komme, schläft Findus immer noch, aber Katja sitzt mit geröteten Wangen in ihrem Schlafanzug am kleinen Küchentisch. Was ist denn los, frage ich, und rechne mit dem Schlimmsten. Guck doch, kein Zweifel, sagt sie, und ich schaue mir die deutlich sichtbaren Streifen auf dem Stück Plastik an, das sie mir hinschiebt. Ich ziehe sie hoch und umarme sie, wir tanzen ein bisschen ungelenk auf der Stelle und können es einfach nicht glauben. Wir sind am Meer und bald noch mehr. Selbst die Möwen jubeln uns zu. Wir haben wirklich die allerbeste Zeit erwischt.

Der Verlag behält sich die Verwertung der urheberrechtlich
geschützten Inhalte dieses Werkes für Zwecke des
Text- und Dataminings nach § 44 b UrhG ausdrücklich vor.
Jegliche unbefugte Nutzung ist hiermit ausgeschlossen.

MIX
Papier | Fördert
gute Waldnutzung
FSC® C014496

Penguin Random House Verlagsgruppe FSC® N001967

1. Auflage
Copyright © 2024 Luchterhand Literatur Verlag
in der Penguin Random House Verlagsgruppe GmbH,
Neumarkter Str. 28, 81673 München
Umschlaggestaltung: buxdesign | Ruth Botzenhardt unter Verwendung
eines Motivs von © plainpicture/Wolfgang Steiner
Satz: Uhl + Massopust, Aalen
Druck und Einband: GGP Media GmbH, Pößneck
Printed in Germany
978-3-630-87740-2

www.luchterhand-literaturverlag.de
facebook.com/luchterhandverlag